海外小説の誘惑

# 房思琪《ファン・スーチー》の初恋の楽園

林奕含《リン・イーハン》

泉京鹿＝訳

JN084036

白水*u*ブックス

# 房思琪の初恋の楽園

「天使を待っている妹」、そしてBに捧ぐ

これは実話をもとにした小説である

# 第1章　楽園

劉怡婷《リュウ・イーティン》は子どもであることの一番の長所を知っている。それは、誰も自分の話を真剣には聞こうとしない、ということ。彼女は大口も叩けば、約束も破り、嘘だってつく。真剣に取り合わないのは大人の反射的な自己防衛かもしれない。子どもというのは時として鋭い本音を口にするものだが、大人は自分を慰めるように言う。「子どもにはわからない」

ブレーキをかけられた子どもは、本当のことを口にする子どもから、本当に言っていいことを選んで言う子どもへと進化する。言葉のデモクラシーにおいて、子どもはようやく大人になる。

唯一、おしゃべりで怒鳴られたのは、ホテルの高層階のレストランでのことだ。大人たちの集まりではいつも、珍しくてくだらないものを食べる。白磁の大きな皿に横たわっているナマコは、外国人労働者がピカピカに磨いた便器の底のウンコのようだった。劉怡婷は口に入れたり出したりしてから、お皿の上に吐き出した。しゃっくりが止まらないみたいに笑う。何を笑っているのと母親に聞かれたが、彼女は「秘密」と言うだけだ。母親が声を大きくしてもう一度聞きなおすと、今度はこう答えた。「これってフェラチオみたい」。母親はひどく怒って、罰として立っているよう言いつけた。自分もその罰につきあいます、と房思琪《ファン・スーチー》は言った。劉ママの口調が和らぎ、房ママにお世辞を並べ始めた。劉怡婷は知っている。「お宅のお子さんは本当にいい子ね」といったたぐいの言葉で、感嘆詞ですらない。マンションの同じ階にあるのは二戸だけだから、劉怡婷はよくパジャマにスリッパで房家のドアを叩く。手にしているのがファーストフードであろうと宿題のノートであろうと、別のところで暮らしていて長い間帰ってこなかったわが子でもあるかのように、房ママはいつでも彼女を歓迎する。一枚のティッシュペーパーだけでも一晩中遊べる、大人になりたい年ごろとはいえ、ぬいぐるみで遊ぶのを恥ずかしがることも、気に入っているおもちゃはトランプと将棋〔碁〕盤だけというふりも、お互いの前でだけは必要ない。

二人は肩を並べて足元まである窓ガラスの前に立った。思琪が声を出さずに口を動かして尋ねる。

「さっきはどうしてあんなこと言ったの？」

劉怡婷も声を出さずに口を動かして答える。

「ああ言えば、ウンコみたいって言うより賢そうに聞こえると思ったのに」

必ずしもちゃんと理解しているわけではない言葉を使うことは、もはや犯罪である、と劉怡婷は何年もたってからようやく知ることになる。心に愛のない人間が、「愛しているよ」と言うのと同じ。思琪はさらに口を動かし続ける。そこから見下ろせる高雄港にはたくさんの船が入って来ていて、大きなクジラの貨物船の前には必ず小さなエビのパイロットボートがあり、小さな舟、大きな船が、それぞれV字形に波しぶきを吐き出し、高雄港全体が、アイロンがいったりきたりしている青い服のようだった。一瞬、二人の心の中にぼんやりとした寂しさが浮かんだ。ぴたりとそろって、どこまでも美しく。「テーブルに戻って、デザートを食べなさい」と大人たちが言う。思琪はアイスクリームの上にのっている旗のような麦芽糖を怡婷に差し出したが、拒絶された。声を出さずに口だけを動かして、こう言われた。

「自分が食べないものをわたしにくれないで」

思琪も頭にきた。唇の動かし方がだんだん大きくなった。

「わたしが麦芽糖を好きだってことは知ってるでしょう」

「それならなおさらいらない」

体温で少しずつ溶けてしまった糖が、指にねばりつく。思琪は思い切って手にしゃぶりついた。怡婷が笑みをこぼし、声を出さずに口を動かして言う。

「まったくみっともないったら」

「あなたのほうがみっともない」

思琪は言い返したかったが、言葉が口元まで来ると糖と一緒に呑み込んだ。怡婷にそう言ってしまったら、本当に罵っているみたいになってしまう。怡婷がたちまちそれに気づいて、こぼれた笑顔が崩れた。二人の間のテーブルクロスが突然、砂漠に覆われ、見知らぬ小人たちが輪になって音もたてずに踊り出す。

銭爺《チエン》さんが言う。

「美人のお二人さん、何か気になることでもあるのかい？」

誰かが彼女たちのことを「美人のお二人さん」と呼ぶのを、怡婷は何よりも憎んでいた。こういうわざとらしい好意を憎んだ。呉《ウー》ママが言った。

「今の子ったら、まるで生まれてすぐに思春期が始まったみたい」

陳《チエン》おばさんが言った。

「わたしたちはもう更年期だっていうのに」

李《リー》先生が続けた。

「彼女たちはわたしたちとは違いますよ。わたしたちにはもうニキビすらできない！」

席についているみんなの口が笑いを吹き出す穴になり、次々にその笑いをテーブルに投げつける。失った青春の話題は手をつないで足を振り上げるダンスだが、彼女たちはこれまでそのダンスで手をつながれたことなどなかった。貞節を守るサークルは何よりも排他的なのだ。青春を失うことができるのはこうした大人たちではなく、彼女たちなのだと、のちに怡婷は知ることになる。

翌日、仲直りした二人は、まるで麦芽糖のように、そのままずっと仲良しだった。

ある年の春、マンションの管理組合から連絡があり、お金を出し合ってホームレスの人々に元宵節[*1]の湯圓《タンユエン》[*2]を配ろうということになった。文教エリアにあって、彼女たちの住むこの高層マンションは目立っていた。自転車で前を通っても進んでいる気がせず、ギリシア式の円柱の列の中を走っているように感じられた。クラスメートがそのことをニュースで知って、裏で劉怡婷のことを笑っている。「高雄帝宝〔高級マンションの名称〕だって」。彼女の心の中で、ふいに一匹の犬が雨に濡れながら悲しげに鳴き出した。あんたたちに何がわかるっていうの、あれがわたしの家よ！　と思ったのだ。けれど、彼女はこのとき以来、週に一度の私服の日も制服を着て、体育の授業があろうとなかろうとスニーカーを履いた。自分の足が大きくなるのが早すぎて新しいものに替えなければならないことだけを憎んだ。

数人の母親が集まって、湯圓会について話していると、呉婆さんが突然言いだした。「ちょうど元宵節は週末だから、子どもたちにやらせましょう」と。母親たちはみな、それがいい、子どもたちもチャリティー活動を学び始めなくてはね、と言い合った。それを聞いて、怡婷はぞっとした。

＊1　陰暦正月十五日の祭日。灯籠を飾り、団子を食べる。
＊2　ゴマ餡入りのもち米の団子をゆでたもの。

一本の手が彼女のお腹の中に伸びてきて、マッチを擦って火を灯し、お腹の壁にそっと詩を刻んでいる気がした。彼女には「チャリティー」とはどういうことなのかわからなかった。辞書を引くと、「慈善」とある。「いつくしみ深く善良で、同情心に豊かであること。梁の簡文帝の呉郡石像碑文『道由慈善、応起霊覚*』より」。どう見ても、お母さんたちの言っているのとは違う。

劉怡婷が幼い頃から理解していたのは、人が経験し得る最高の感覚とは、努力しさえすれば必ず報いがあるとわかることだ。それなら、努力してもしなくても愉快だ。宿題はほかの人に教えてあげたし、ノートも人に写させてあげたし、書道や、作品作りを手伝ってあげたりしても、交換条件に生協に走らせたりすることもなかった。彼女はこの方面において達観していた。施しをしているという優越感ではなく、宿題ノートがあちこちの手に渡り、さまざまな手で書き写される筆跡は、シャボン玉のようになめらかに吹き出されるものもあれば、生煮えの麺のようにぼそぼそしたものもあった。宿題ノートが自分の手に戻ってくると、彼女はいつもこのノートが異なる顔のたくさんの子どもを産んだのだという幻想を抱いた。房思琪の宿題を写したがる生徒もいるが、思琪は厳かに怡婷を推薦する。「彼女の宿題は浮気性だから」と。二人は視線をあわせて笑う。他人に理解してもらう必要はなかった。

その年の冬は遅れてきて、元宵節のときもまだ寒かった。大通りに幕が張られた。最初の列で子どもが塩味の汁を入れ、二列目で塩味の湯圓を入れ、三列目で甘い汁を入れる。怡婷は四列目で甘い湯圓を入れる担当になった。湯圓はおとなしく、ふっくらとしている。浮かんできたら、汁の中に入れればいい。お汁粉が引き立たせる湯圓の太った顔には、甘えて意地を張っているような気配があった。チャリティーをすることを学ぶ？　深い慈しみを学ぶ？　善良さを学ぶ？　同情の心を学ぶ？　ぼんやりとそんなことを考えているうちに、人が次から次へとやってきた。みな風に吹かれて顔が皺だらけだ。最初にやってきたのはひとりのお爺さんで、身に着けているのは服とはとても呼べないような、せいぜい布切れにすぎないものだった。風が吹くと、油染みた布切れはゆらゆら揺れて目立っていた。広告の紙の下側に切り込みが入った、連絡先の電話番号が切り取れるようになっている細長いメモのように。お爺さんははらはらと歩いてきた。その人は丸ごと、切り取られるのを待っているようだ。怡婷はまた考えた。うん、他人の人生がどんな様子かをたとえたりする資格なんて、わたしにはない。

「はい、わたしの番。湯圓三つ」

「おじいさん、あちらへどうぞ、自由に座ってください」

李先生が三は陽数で、いい数字だと言う。先生は本当に博識だ。想像していたよりも人が多く、「さあ食え」と言わんばかりのふるまいに怡婷が前日に感じていた恥ずかしさは、人々の中でゆっ

＊　道は慈善より生み出して霊覚を応用して神の意志を悟る。

くりと薄れていったが、もう何かにたとえるようなことはせず、ただすくって声をかけるだけにした。ふいに、前の方で騒ぎが起こった。一人のおじさんが「余分に二つくれないか」と声をかけたとき、塩味の湯圓をすくっていた小葵《シャオクイ》の顔は、冷たい風に吹かれてもはや石と化していた。あるいはその声も、風に吹かれてきたのかもしれない。小葵の返事が聞こえた。

「これは自分が決められることではないので」

そのおじさんは黙って次のところに移動した。その沈黙は、さっきまで騒がしかった赤い絹織物の中で際立つ宝石のように、ただならぬ重苦しさで、彼らの身体を圧迫した。怡婷は怖かった。湯圓はたくさん用意してあることを彼女は知っていたが、小葵も悪者には思えなかった。プラスチックのお椀を受け取ると、考えることなく、手渡すときに一個多くすくっていたことに気づいた。潜在意識によるミスだ。振り返ると、小葵が自分を見ていたのがわかった。

あるおばさんはビニール袋を持ってきて、「家で食べるから、持ち帰れるようにこれに入れてほしい」と言う。このおばさんには、さっきのおじさんやおばさんたちにあった台風の被災地区のようなにおいはなかった。車で被災地区を通ったときに、この間の台風被害の実態を見たのか見なかったのか、自分でもわからないけれど、目は忘れてしまったのに、鼻は覚えていた。そう、ここに来るおじさんおばさんたちは、豚小屋の柵にしがみついている豚のにおい、黄色く濁った水の流れるにおいがした。それ以上のことはもはや考えられなくなった。このおばさんには家があり、それならホームレスではない。もうそれ以上は考えない。

別のおばさんは服がほしいという。小葵が突然、独断で、きっぱりとそのおばさんに言った。

「おばさん、僕たちがあげられるのは湯圓だけなんです。湯圓だけ。そう、だから少し多めにあげることならできます」

おばさんはぼんやりとした表情を浮かべた。湯圓と服のどちらがカロリーをもたらしてくれるのかを計算しているかのように。ぼんやりとした表情を浮かべ、二つの大きなお椀をもってテントの中に入っていった。テントの中は次第にいっぱいになり、人々の顔は赤い帆布を通して差し込む日の光に照らされ、赤く、なまめかしい恥じらいの美しさをたたえていた。

思琪は見映えがするからと、席への案内とごみの片づけの担当になった。怡婷は大きな声で思琪に、朝早くから午後になってもずっとトイレに行けてないから、ちょっと代わってほしいと頼んだ。思琪は了解した。

「いいよ、でもあとであなたもこっちを手伝って」

交差点を二つ通り抜けて、マンションまで帰った。一階のホールの天井は天国のように高い。トイレに入る前、李先生の奥さんが、廊下に背を向けたソファに座っている晞晞《シィシィ》をしかりつけているのを見かけた。ソファの前の広いテーブルの上に置かれている湯圓のお椀に目がとまった。湯圓が積み重なって、赤いプラスチックのお椀の水平線から高く飛び出している。彼女には、晞晞が泣きながら言っているのだけが聞こえた。

「ホームレスじゃない人だって持って行ったよ」

たちまち尿意がひいてしまった。トイレを出て鏡に映るのっぺりとした顔にはびっしりのそばかす、ほとんど正方形といってよい輪郭だったが、彼女を見ていると飽きないと思琪はいつも言っている。わたしの顔を見るたびにあんたは、「東北大餅」が食べたくなるっていうだけでしょう、と怡婷は言い返す。ホールのトイレの鏡の縁は金色のバロック式彫刻の装飾だ。背が高い怡婷は、鏡の中で、ちょうどバロック時代の上半身の肖像画のようだった。どれだけ胸を張ろうとしても張れなくて、はっと我に返ったように顔を洗う。誰かに見られたらいけない。子どもが鏡に向かってすました顔をするなんて、そもそも見た目がよくないのだし。晞晞は何歳になったっけ？　自分と思琪より二、三歳下らしい。李先生はあんなにすばらしい人なのに——晞晞ったら！　トイレを出ると母娘の姿は見えず、お椀もなくなっていた。

ソファの向こうにふたつ、パーマのかかったこんもりとした髪が見える。こんもりとした赤とこんもりとした灰色で、雲のようにとらえどころがない。赤いのは十階の張おばさんに違いない。灰色は誰かわからない。灰色は貴金属を意味する。全体が灰色なのか、それとも白髪が黒い髪の中にまじっているのかよく見えない。黒と白を混ぜれば灰色だ。彼女は色彩の算数を心から愛していた。それがピアノを弾くのが下手な理由でもあった。世界は白黒がはっきりしていればいるほど、間違えてしまうものだから。

二つの頭は低くなって、ソファの山の向こうに隠れてほとんど見えなくなったが、鷹が谷から出てきたみたいに、突然声を高く張り上げた。——得意げに口をあけて鳴いたら、口にくわえていた獲物が落ちてしまったとでもいうように——なんですって！　あんなに若い奥さんを殴ることができるっていうの？　張おばさんは声を抑えた。

「だから、殴るのはいつも見えないところなのよ」

「それなら、どうしてあんたが知っているの？」

「あの家の家政婦はわたしが紹介したでしょう」

「だから、ああいう使用人の口は」

「銭昇生《チェン・シェンシェン》は、しつけをしないのかしら。お嫁さんをもらってまだ二年足らずよ」

「銭の大旦那は会社がうまくいってさえいればそれでいいのよ」

怡婷は聞いていられなかった。殴られているのが自分であるかのような気がした。

まぶたを震わせて、抜き足差し足でそろそろと通りに戻ると、漢方医を信じない人が西洋医学の療法をひと通り試したけれど効果がなくて、鍼と灸を顔中に施すような冷たい風が吹いていた。伊紋《イーウェン》姉さんが、まだ気候が暖かいときにもハイネックの長袖を着ていたことに彼女はようやく思い当たった。青く痣《あざ》になった皮膚だけでなく、これからさらに青い痣になる皮膚も露出しないように。

この日一日で、怡婷は自分が年をとったような気がした。すっかり時間に煮込まれてしまった。

突然、曲がり角の向こうから思琪が目の中に飛び込んできた。

「劉怡婷ったら、こっちを手伝ってくれるんじゃなかったの。待ちきれなくて、仕方なく戻って来ちゃった」

「ごめん、お腹痛くて」

なんてありふれた言い訳だろうと思いながら尋ねる。

「あんたもトイレに戻って来たの」

思琪の目に涙がたまっている。声を出さずに唇だけで言った。

「着替えに来たの。新しいコートなんか着てこなきゃよかった。天気予報で、今日は寒くなるって言ってたから。みんながああいうのを着ているのを見たら、自分が悪いことをしているみたいな気がして」

怡婷は彼女を抱きしめた。二人は一つになった。

「古いのはもう着られないんでしょう。あんたが悪いんじゃないって。子どもの成長は速いんだから」

二人ははじけるように笑って、お互いの身体に倒れこむ。麗しい元宵節は終わった。

銭昇生の家はお金持ちだ。台湾経済が飛躍するときに一緒に飛び上がった、八十過ぎの人物である。どのくらいお金持ちかといえば、富裕層ばかりのこのマンションの中でも特に資産家で、台湾人であればみな彼の名前を聞いたことがあるほどだ。歳をとってからようやく息子ができた。その息子・銭一維《チエン・イーウェイ》は、劉怡婷と房思琪がエレベーターに乗るときに会うお兄さんの中で一番好きな人だった。怡婷たちはお兄さん、と声をかけ、潜在意識の中で抜け目なく、とにかく早く大人になりたいとアピールしつつ、銭一維の容貌をもてはやした。怡婷たちは密かに隣人たちをランク付けしていた。李先生が一番。「深き目は蛾眉に似て、状は愁える胡の如く[*1]、文にして博にして、また玄にしてまた史なり[*2]」。銭兄さんは二番。めずらしくきちんとしたアメリカ東部訛りが耳に心地よく、つかもうと思えば空をつかむことができそうなほど背が高い。眼鏡をかけている人には、レンズでフケをあつめているような人もいれば、柵にしがみつくことを誘っているような細い銀のフレームの人もいる。背が高い人には、無理して背伸びしているだけのように見える人と、風や雨林のように立派に見える人がいる。同世代の子どもはこのリストには入らない。『幼獅文芸[*3]』を読んでいる

＊1　「深目蛾眉、状如愁胡」晋の孫楚『鷹賦』より。
＊2　「既文既博、亦玄亦史」博識で玄学にも史学にも通じている。孔稚珪『北山移文』より。
＊3　反共中国青年救国団発行の文芸誌。

人が、どうやってプルーストを語れるというの？

銭一維はちっともお兄さんではなく、四十を過ぎていた。伊紋姉さんはまだ二十代で、やはり名家の生まれだ。許《シュー》伊紋は比較文学を学んだ博士だったけれど、学業は結婚によって打ち切られ、つぶされた。許伊紋は美しい瓜実顔で、大きな目に長いまつげ、その目はびっくりしたように大きく、まつげは重たそうなほど長く、アメリカで過ごした一年間に英語だけでなくアメリカ人の鼻まで学んできたかのような高い鼻、おとぎ話のように白い肌は、かすかに血の色が透けて見えた。どうやって化粧をすれば目がそういうふうになるのか、と幼い頃から彼女はよく聞かれたが、これはただまつげが長いだけ、と答えるのは気が引けた。ある日、怡婷の目が思琪の顔にくぎ付けになった。

「あんたは伊紋姉さんに似てる。ううん、伊紋姉さんがあんたに似てる」

思琪はただ、お願いだからからかわないで、と言った。次にエレベーターの中で会ったとき、じっと伊紋姉さんを見つめた思琪は、初めてそこに自分の顔立ちを見た。伊紋も思琪も仔羊の顔をしていた。

銭一維のバックグラウンドは非の打ちどころがなく、容姿はどこもかしこも見目麗しく、アメリカの紳士のような貫禄がありつつも、アメリカ人のいわゆる世界警察的な尊大さはなかった。けれど伊紋には気にかかることがあった。こんな人がどうして四十過ぎてもまだ結婚していなかったのか。「それまで自分に近づいてきた女はみんな金目当てだった。だからもともと裕福な家柄の人をと探してみたら、自分がこれまで目にしてきた中で一番美しく、一番善良な女性に会えた」云々、銭一維は恋愛マニュアルの言葉をコピー&ペーストした。あまりに直観的すぎる説明、と伊紋は思ったものの、筋は通っているようにも思えた。

伊紋のことを「美不勝収〔美しすぎて鑑賞しきれない〕」と銭一維は言った。伊紋はうれしくなった。

「あなたが口にしたその四字熟語、使い方は間違ってはいるけれど、詩的ね」

内心微笑みながら、「彼がこれまで口にしてきたあらゆる四字熟語よりは正確だけど」と思っていた。心の中の笑いは沸き立つ水のように、うっかりすると顔から蒸散してしまう。自分の言葉の文法について指摘する女性に、一維は夢中になった。伊紋はそこに座っているだけで、コンビニエンスストアで売っている一冊四十九元〔約一六六円〕のミニ恋愛小説の表紙のようで、酔ってうっとりしてしまうほどの美しさであった。彼女も僕に酔ってほしい、僕にうっとりしてほしい。

その日、また寿司屋でデートした。伊紋は身体が小さく、口も小さいのに、寿司を食べるときだけは、大きな口を開けて食べるのを一維は目にすることができた。最後の一貫がでてくると、親方は手を拭い、まな板の前を離れた。伊紋には不思議な予感があった。そればかり食べていたらむせてしまうとわかっているのに、それでも生姜をつまんで食べ続ける。まさか。一維は跪《ひざまず》くこともなく、ただあっさりと口にした。

「早く結婚しよう」

伊紋は告白されたことは数えきれないほどあったが、プロポーズされたのは初めてだった。仮に、このえらそうな物言いを申し込みと見なすならば。彼女は髪を整えた。そうすることで、気持ちを整理できるかのように。二人がデートをするようになって、まだ二か月あまりだ。仮に、あらゆる命令形の物言いをデートにカウントするならば。伊紋は言った。

「銭さん、そのことはちょっと考えさせてください」

伊紋は自分のまぬけさ加減に、今になってようやく気がついた。いつもなら客でいっぱいの寿司屋にいるのは、最初から最後まで彼ら二人だけだった。一維はゆっくりとカバンの中からベルベットのジュエリーケースを取り出した。ふいに、伊紋はこれまで出したことのない大きな声を出した。

「ダメよ、一維、それを取り出してわたしに見せたりしないで。そうでないと、あとであなたに応えた理由はその箱で、あなた自身ではない、と思ってしまうかもしれないでしょう?」

口に出してすぐに、言ってしまった、とはっとした。寿司屋の親方がまな板の上でガスバーナーで炙ってくれたエビのような顔色になってしまった。一維は笑いながら何も言わない。君はあとで応えてくれるんだね。君は僕の呼び方を変えてくれたね。彼は箱をしまったが、伊紋の顔は火が通ってしまった以上、もう生には戻せなかった。

本当に心を動かされたのは、あの台風の日に授業が終わるのを彼が待っていてくれて、彼女を驚かせ、喜ばせようとしたときのことだ。学校の門を出ると、ひょろりとした影が目に入った。黒い車のヘッドライトの逆光で、大きな傘が風の中で癲癇《てんかん》を起こし、ライトが二つの光の触手を伸ばし、触手の中で雨は蚊と虻《あぶ》のように大はしゃぎしている。光の手が彼女を探し、彼女を見破る。彼女が走っていくと、両足の靴が水たまりの中に波を立てた。

「ほんとうに申し訳ないわ。もっと早く、今日あなたが来るってわかっていたら……うちの学校は雨が降るとすぐに水浸しになってしまうの」

車に乗ると、彼のスーツのズボンがふくらはぎまで濡れて深い藍色に、革靴はラテからアメリカンコーヒーに変わったような色になっているのが目に入り、三世因縁の『藍橋会』*の物語がおのずと思い出された。約束した相手が現れず洪水に遭い、橋脚を抱えて死んでしまった話。すぐに自分自身に言い聞かせる。「心を動かされる」というのはとても重い言葉だ。ほどなくして、二人は婚約した。

結婚後、許伊紋が引っ越して来ると、銭の大旦那と大奥様はマンションの最上階に住み、一維と伊紋はその下の階に住むことになった。怡婷たちはたびたび上の階に本を借りに行った。伊紋姉さんはとにかくたくさん本を持っていた。

「わたしのお腹の中にはもっとたくさん入っているのよ」

＊ 中国の地方歌劇『黄梅戯』の演目の一つで、前世で結ばれなかった二人が、別の物語の人物に生まれ変わる話。

伊紋はしゃがみこんで彼女たちに話しかけた。リビングでテレビを見ていた大奥様の銭夫人が、ひとりごとのようにつぶやいた。

「お腹は子どもを産むためのもので、本を詰めるためのものではないわ」

テレビがあんなに大きな音を響かせているのに、どうして聞こえたのか。怡婷は伊紋姉さんの目から火が消えたのを見つめていた。

伊紋はいつも彼女たちに本の読み聞かせをしてくれるが、伊紋が中国語で読むのを聞いていると、新鮮なレタスを嚙んだみたいにシャキシャキと快く澄んでいて、一字ごとに、ボロボロと床に落ちたりはしないのだと怡婷は思った。少しずつわかってきたのは、彼女たちに読み聞かせをするというのは口実で、ほんとうは伊紋姉さんは自分のために読んでいるのだろうということだった。上の階に行くよりも熱心に。伊紋の共謀を彼女たちはひとことで形容した。

「青春伴を作して好し郷に還らん」[*1]と。

美しく、強く、勇敢な伊紋姉さんの帆布を、彼女の代わりに隠したり、彼女の代わりに自分たちが口にしたりすることで、彼女の欲望に覆いを被せたり、地ならししたりしていくことで欲望の形状をよりはっきりとさせるのだ。一維兄さんが仕事を終えて帰宅し、スーツのジャケットをはたいてから、彼女たちのことを笑う。またうちの奥さんにシッターをさせるためにやって来たね。ジャケットの中のシャツはシャツの中の人と同じ、きれいに洗って糊付けされたにおいがする。その目に見つめられるだけで、自分は楽園にいるのだと、伊紋は受け入れなければならなかった。

　しばらくの間、彼女たちはドストエフスキーを読んでいた。伊紋姉さんに命じられるままに、年代を追って読んだ。『カラマーゾフの兄弟』を読んだとき、伊紋姉さんは言った。「『罪と罰』のラスコーリニコフと『白痴』のムイシュキン公爵を覚えているかしら？　この中のスメルジャコフと同じ、彼らはみな癲癇持ちなのだけど、ドストエフスキー自身も癲癇持ちだったの。これは、ドストエフスキーがキリスト・イデアにもっとも近い人は、何らかの要素によって社会化されない自然な人、要するに、非社会的な人であればこそ人類といえるのだと考えているということなのね。非社会的と反社会的の違いはわかるでしょう？」

　劉怡婷は大人になってからも、伊紋姉さんが当時、まだ子どもだった彼女たちにどうしてあんなにも多くのことを伝えたがったのかわからなかった。彼女たちの同世代が九把刀《ジウバーダオ》あるいは藤井樹《ふじいいつき》＊2ですらまだ読み始めていないときに、ドストエフスキーを教えるなんて。あるいは埋め合わせる役割を果たしていたのだろうか？　伊紋姉さんは自分が挫折した、ひいては断ち切られて進めなかった場所を、彼女たちに引き継いでほしかったのだろうか？

＊1　「青春作伴好還郷」杜甫『聞官軍収河南河北』より。
＊2　いずれも若者に人気のある台湾の作家。藤井樹は岩井俊二監督の映画『ラブレター』の主人公からとった呉子雲《ウーズーエン》のペンネーム。

その日、伊紋姉さんは下の階の李先生のことを口にした。李先生は彼女たちが最近ドストエフスキーを読んでいるのを知っていて、「『カラマーゾフの兄弟』の兄弟の名前を全部言える人間がいったい世間に何人いるだろう?」と村上春樹が尊大に言ったことがあるとか言っていたから、次に彼があなたたちを見かけたらきっとテストしてくるわよ。ドミートリイ、イヴァン、アレクセイ。どうして思琪は後に続いて読まないのだろう、と怡婷は心の中で思った。一維兄さんが帰って来た。伊紋姉さんはドアを見つめている。まるでチェーンが嚙み切られる音が目に見えるかのように。一維兄さんが手にしている紙袋に向けた伊紋姉さんの目には、思いやりの雨だけではなく、問いただすような光があった。

「わたしが何よりも大好きなケーキ。あなたのお母さんにあまり食べてはいけないと言われているのに」

一維兄さんが伊紋姉さんを見て笑う。顔に石を投げこんだように、顔中にさざ波を立てた笑い。

「これかい? これは子どもたちにあげるためだよ」

怡婷と思琪はすごくうれしかったけれど、二人の食べ物に対する本能は明らかに淡泊だ。獣と同じようにはなれない。

「わたしたちはさっきまでドストエフスキーを読んでいたの」

「ドミートリイ、イヴァン、アレクセイ」

一維兄さんの笑いはさらに大きくなった。

「お嬢さんたちが知らないおじさんがくれる食べ物は口にしないと言うのなら、僕が自分で食べるしかないな」

伊紋姉さんは袋を受け取ると、言った。

「彼女たちをからかわないで」

怡婷にはっきりと見えたのは、一維兄さんの手に触れたとき、伊紋姉さんが一瞬、変な表情をしたことだった。ずっとそれを新婦のなまめかしい恥じらいだと思っていた。彼女たちの食べ物に対する冷ややかさと同じ意味で、「食、色、性也〔食欲も性欲も本能である〕*」。それが、伊紋の心の中で放牧するように一維が育んだおびえる小動物と名づけるべきもので、小動物が伊紋の顔という柵に衝突したのだということを、彼女はのちに知った。それは痛々しいモンタージュだった。やがて、進学し、家を出てから、一維が伊紋姉さんを殴って子どもを流産させてしまったと耳にした。大奥様の銭夫人が何よりも欲しがっていた男の子。ドミートリイ、イヴァン、アレクセイ。

その日はぐるりとテーブルを囲んでみんなで一緒にケーキを食べたが、お互いの誕生日でもこんなことはなかったというほど楽しい時間だった。一維兄さんが仕事のことを話すと、「上市」

＊ 『孟子』「告子」より。

〔上場する〕というのを彼女たちは野菜市場に行くのだと思い込み、「株価のポイント」の単位と時間の尋ね方を混同したり、「人事」と聞いて人の初め性本善《せいもとぜん》なり……と「三字経」*を諳《そら》んじてみたり。彼女たちは大人として扱われることを喜んだが、大人扱いされてからすぐにまた子どもに戻ることをさらに喜んだ。一維兄さんが突然、言い出した。

「思琪は本当に伊紋によく似ているね、ほら」

「確かに似ている、目元、輪郭、表情もみんな似ている」

この話題になると、怡婷は脱落する。目の前にいるのはまるでひとつの家族のような、満面きらびやかでまぶしい人たちだ。怡婷は悲しみ、憤った。わかっていることが世界のいかなる子どもより多くても、自分が美しいことを知っている女の子が歩くときにうつむく気持ちは、彼女には永遠にわからない。


進学の季節がやってきた。ほとんどの人は地元に残ることを選ぶ。劉ママと房ママは話し合って、怡婷と思琪を台北に送り、一緒に下宿させて、お互いの面倒を見られるようにすることにした。怡婷たちはリビングでテレビを見ていた。期末試験が終わってからは、テレビがいままでにないくらい面白く感じられた。劉ママ曰く、その日に李先生が言っていたという。「一週間の半分は台北にいるから、何かあれば頼ってくれていいですよ」と。怡婷は思琪の背中が丸まったのを見ていた。

まるでママたちの話が彼女の身体を押しつぶしたかのように。思琪が声を出さずに口を動かして、怡婷に尋ねた。

「台北に行きたいと思う？」

「思わないはずないでしょ。台北にはとにかくたくさん映画館があるんだから」

台北に行くことは決まっている。唯一、最後にようやく決まることといえば台北の劉家の部屋に住むのか、それとも房家の部屋に住むのかということだけだ。

荷物は少なかった。ホコリが舞い上がり、彼女たちの小さなマンションの小さな窓から投げ込まれる光のトンネルの中を移動する。紙袋がいくつか横たわっていて、二人よりもずっとホームシックを感じているように見えた。下着を一枚一枚取り出す。一番多いのはやはり本だ。陽の光も手話のように、馴染めないと感じてしまったら健康な人は受け入れようとはしない。怡婷が沈黙を破った。紙箱を破るのと同じように。

「わたしたち本を一緒に読んでいてよかったよ。そうじゃなかったら二倍の重さになってた。教科書は一緒には読めないけど」

思琪は空気のように静かだった。空気みたいだった。近づくと、逆光の中で激しく揺れ、たぎっ

＊　中国の宋代につくられたとされる伝統的な初学者向けの学習書。漢字三文字で生き方の知恵を説く。

ているのが見えた。

「どうして泣いているの？」

「怡婷、わたしが李先生とつきあっているって言ったら、怒る？」

「どういうこと？」

「聞いた通りよ」

「つきあっているってどういうこと？」

「聞いた通りよ」

「いつからなの？」

「忘れた」

「母さんたちは知っているの？」

「知らない」

「どこまでいったの？」

「やるべきことは全部した。やるべきでないこともした」

「なんなのよ。房思琪、奥さんも、晞晞もいるのに。いったい何やっているの。汚らわしい、サイテー。近づかないでよ！」

思琪は怡婷をじっと見つめている。涙が米粒から孵化して大豆になった。突然崩壊して、激しく、暴露するように大泣きした。

「ひどいよ、房思琪、わたしがどれだけ先生のことを崇拝しているかよく知っているでしょ。どうしてあんたが何もかももっていっちゃうの？」

「ごめんなさい」

「申し訳が立たないのはわたしにじゃないでしょう」

「ごめんなさい」

「先生とわたしたち、何歳年が離れてるっけ？」

「三十七」

「なんなのよ。汚らわしい。もうあんたと話なんかできない」

学校が始まって最初の一年、劉怡婷はさんざんな日々だった。思琪はたびたび家に帰って来なかったし、帰って来てもただ泣いているばかりだった、壁を隔てて、毎晩、枕に顔を埋めた思琪の甲高い叫び声が怡婷の耳に届いた。綿から漏れ、沈んだような叫び声に変わる。彼女たちはかつて思想的なふたごだった。一人がフィッツジェラルドを好きで、もう一人はパズルみたいにヘミングウェイを好きだということはなく、一緒にフィッツジェラルドを好きになり、ヘミングウェイを嫌う理由もまったく一緒なのだった。一人が暗唱しているうちに記憶が尽きてしまったら、もう一人がそのあとに続けるのではなく、同じ段落を二人一緒に忘れてしまっていた。午後、李先生がマンションの下まで思琪を迎えに来た。怡婷がカーテンの隙間から下を見ると、ぴかぴかと照らされた黄色いタクシーのてっぺんが、彼女の頬を苛立たせた。李先生の頭はすでに一部が薄くなっている。これまでには見ることができなかったものだ。思琪の髪の分け目は道路のようにまっすぐで、まるでその上を、人生で最も悪趣味な真理に向かって進んでいくような気がした。思琪が紙のように真っ白な足を車の中にひっこめ、ドアがバタンと閉じるたびに、怡婷はいつも、自分が手のひらで振り払われたような気持ちになった。

「あんたたちいつまで続けるつもり？」

「わからない」

「離婚してほしいなんて考えたりしてないよね？」

「考えてない」

「これがずっと続くはずがないってわかってる？」

「わかってる。彼――は、いつかわたしがほかの男の人を好きになって、自然に別れることになるはずだって。わたし――わたし、つらくて」

「あんたは愉しんでいるんだと思ってた」

「お願いだから、そんなふうに言わないで。もしわたしが死んだら、悲しんでくれる？」

「自殺するの？　どうやって自殺するの？　飛び降りるの？　わたしの家で飛び降りるのはやめて

くれる？」

かつて思想的なふたごで、精神的ふたごで、魂のふたごだった二人。伊紋姉さんが講義をしてくれていたとき、突然、「二人がとてもうらやましい」と言うのを聞いた彼女たちは、すぐに異口同音に言った。

「わたしたちは姉さんと一維兄さんがうらやましい」

伊紋姉さんは言った。

「恋愛っていうのはね、恋愛っていうのは違うのよ。プラトンの言う、人が失った片割れを求めるというのは、二人が一緒になってようやく完全になるということだけど、一緒になると一人になってしまうということなの。わかる？　あなたたちの場合は、欠けていようと余計であろうとそんなことはどうでもよくて、自分と鏡面対称の相手がいて、永遠にひとつにはなれないからこそ、ずっと一緒にいられるの」

その夏の昼下がり、房思琪はすでに三日授業に出ておらず、家にも帰ってきていなかった。外では虫や鳥が騒いでうるさかった。大きなガジュマルの木の下に立つと、セミの鳴き声で震動する皮膚まで歳を取ってしまいそうなのに、どこで鳴いているのかは見えなくて、まるで木そのものが鳴いているみたいだった。ブン――ブンブン、しばらくたってから劉怡婷はそれが自分の携帯電話だと気づいた。授業中の先生が振り返った。「ん、発情しているのは誰の携帯電話だ？」彼女は机の下で携帯電話のカバーを開いて画面を見たが、知らない番号だったから、そのまま切った。ブン——ブンブンブンブン。鬱陶しい、切る。またかかってきた。先生は真面目な顔になった。

「ほんとうに緊急なら電話に出なさい」

「先生、緊急なことなんてありません」

またかかってきた。

「すみません。先生、ちょっと失礼します」

陽明山*のなんとか湖派出所というところからの電話だった。タクシーで山を登ってゆくうちに、山道と一緒に心もくねくねと曲がりくねってゆく。山はクリスマスツリーのような形をしていて、幼い頃、房思琪と二人でつま先立ちして星を摘み取ったことを思い出す。休み明けの象徴的なひとき。思琪は山にいるの？　派出所？　怡婷は自分の心がつま先立ちしているような気がした。タクシーを降りると警察官が近づいてきて、「劉怡婷さんですか」と声をかけてきた。

「そうです」

「山の中であなたのお友達を発見したのです」

怡婷は心の中で思った。発見、なんて不吉な言葉。警察官はさらに尋ねた。

「彼女はずっとこんなふうなのですか？」

彼女はどんなふうなの？　派出所はとても広い部屋で、ぐるっと見回したが、思琪はいない

――まさか――まさか――まさか「あれ」が彼女でないのなら。思琪の長い髪がもつれてばらばらの束になって、顔の半分を覆っていて、顔のいたるところが赤く腫れて皮膚が剝け、いたるところに虫刺されの痕があり、頰は乳を吸う子どものように落ちくぼみ、腫れた唇は血だらけだ。子どもの頃の、あの湯圓会の、ホームレスの人たちの体臭のごった煮のようなにおいがした。

「なんてこと。どうして手錠？」

警察官は驚いたように彼女を見ている。

「見ればわかるでしょう。お嬢さん」

怡婷はしゃがみこみ、彼女の片側の髪をかき上げる。その首は折れたように歪んでいた。大きく見開いた目で、鼻水とよだれをだらだらと垂らしている。房思琪が声を出した。

「あはは！」


医師の診断の内容は劉怡婷にはよく聞き取れなかったが、房思琪が狂ってしまったことだけはわかった。「家で面倒を見るなんてありえないし、高雄にいることもできない、あのマンションの住人には医師が何人もいるのだから」と房ママは言う。台北にもいられない。エリートクラスには両

＊　台北郊外の山。国家公園がある。

親が医師だという生徒も多い。折り合いがついて、台中の療養所に送られることになった。怡婷は台湾を見つめる。自分たちの小さな島。二つに折りたたむと、高雄と台北が峰で、台中は谷になり、思琪は滑落していった。魂のふたご。

怡婷はたびたび真夜中に飛び起きて、顔中涙で濡らしながら壁の向こうのうめくような夜の泣き声を待った。房ママは思琪の荷物を片付けないままだったから、学期が終わってから、怡婷はとうとう隣の思琪の部屋のドアを開け、思琪が添い寝していたぬいぐるみ、ピンク色の仔羊をなで、二人お揃いの文房具をなでた。学校の制服に刺繡された学籍番号に触れたとき、それは旧跡の周囲を囲む塀に手をついて空想しているときに、ふいに乾いてかたまっていたガムに触れてしまったような、そして、よどみない命の演説中にふと何よりも簡単な言葉を忘れてしまうような感覚を覚えた。きっとどこかで間違ってしまったのだ。どこかの瞬間に、ほんの少しだけ狂い始め、どこまでもこんなふうに違ってしまった。二人は並行した、肩を並べた人生だったのに、思琪はどこかで歪んでしまった。

劉怡婷は部屋の真ん中でぐったりと萎《しお》れていた。見た目は自分の部屋とそっくりの部屋だった。自分はこれから、子どもを失った人がいつまでも遊園地を歩き回っているように、この世界で生きていくのだということに怡婷ははっとした。しばらく泣いてから、ふとピンク色の日記帳が机の上に置いてあり、その横には万年筆が礼儀正しく帽子を脱いでいるのが目についた。間違いなく日記だったが、思琪の筆跡がここまで乱れているのはこれまで見たことがなかった。自分のためだけに書いたに違いなかった。もはやさんざんめくられてぼろぼろになっていて、ページをめくるのに苦労した。過去の日記にも思琪は注釈を書き込んでいた。幼い房思琪の字はふっくらとした子どもの笑顔のようで、成長した房思琪の字は名司会者の顔つきをしているように見えた。最近の字の注釈は過去の日記の横に書かれ、本文は青い字、注釈は赤い字になっている。彼女が勉強をするときと同じ。開いたページは思琪が出て行ってから発見される数日前の、たった一行だけ書かれていた日記だった。「今日はまた雨が降っている。天気予報は嘘つき」。探したいのはこの言葉ではなかった。そのときの、思琪が歪んでしまったそのときのもの。いっそのこと最初から読もう。結局、それは最初のページにあった。

青い字：わたしは書かなければならない。インクが感覚を薄めてくれる。そうでもしなければわたしは気が狂ってしまう。李先生に作文を直してもらいに下の階に行った。彼が取り出し、わたしは壁に押し付けられた。先生は言った。「ダメなら、口でならいいだろう」。わたしはちゃんと言った。「ダメ。できない」。すると、彼は押し込んできた。溺れるような感覚だった。口がきけるようになってから、わたしは先生に向かって口にしていた。「すみません」。勉強がちゃんとできなかったような気持ちになっていた。わたしの勉強ではないのに。先生は言った。「隔週でまた作文を一本持っておいで」。顔を上げると、自分は天井を透視することができた。上の階でママが長電話をしているのが見えて、その内容がわたしがもらった表彰状の自慢話ばかりだということもわかった。大人にどう答えればいいのかわからないときは、「わかりました」と言っておくのが一番だ。その日、わたしは先生の肩越しに、天井が波打って海のように鳴いているのを見つめていた。その瞬間は幼い頃に着ていたドレスに穴をあけられたような感じだった。彼は言った。「これは先生の君への愛し方なんだ。わかるかい?」わたしは心の中で思った。彼は間違っている。わたしは陰茎をペロペロキャンディーと間違えるような子どもじゃない。わたしたちは先生を誰よりも崇拝していた。大人になったら先生のような旦那さんを見つけたいと話していた。ほんとうに先生に旦那さんになってほしい、とまで冗談を言いあっていた。わたしはこの数日間考え続けて、唯一の解決の道を考え出した。わたしは先生を好きなだけではダメで、先生を愛していなければならない。愛する人なら、自分に何をしようとかまわない、そうでしょう? 思想とはなんと偉大なものなのか。わたしは、かつてのわたしの偽物。わたしは先生を愛さなければならない。そうでなければ、あまりにつらすぎる。

赤字:どうしてわたしはできないなんて言ったの? どうしてわたしは嫌だと言えなかったの? どうしてだめと言えなかったの? 今になって、すべてのことがこの第一幕に還元されるということがやっとわかった。彼が無理やり押し込んだのに、わたしはそのことに謝っている。

怡婷は少しずつ読んでいく。クッキーを食べている子どものように。どんなに気をつけていてもボロボロこぼしてしまい、床に落ちたクッキーの方がいつまでも口の中よりずっと多い。ようやく理解した。全身の毛穴が喘息の発作を起こしたように、怡婷が涙の薄い膜を隔てて呆然と見回すと、周囲がひどく騒がしくて、自分が今までカラスのように鳴いていたことに気づく。狩りで撃たれた一羽一羽の鳥の声が、体にからみつきながら落ちていくかのような声で、ずっと。カラスを狩ることなんてありえないのに。どうしてわたしに話してくれなかったの？　日付を見つめていると、それは五年前の秋のことだった。その年、張おばさんの娘がようやく結婚し、伊紋姉さんが引っ越してきてまもなく、一維兄さんが彼女を殴り始めたばかりのころのことだった。今年二人は高校を卒業するけれど、あの年二人は十三歳だった。

物語をあらためて語らなければならない。

# 第2章 失楽園

房思琪《ファン・スーチー》と劉怡婷《リュウ・イーティン》は物心がついた頃からずっと隣人だった。二人の住む七階は、飛び降りたら死ぬかもしれないし、一生寝たきりになるかもしれないし、手足を折るだけかもしれない微妙な階だ。まだ名門スクールとエリートクラス*がある時代に生きて、彼女たちは幼い頃からエリートクラスで学び、条件が整っているからといって、隣人の子どものように海外に留学したりはしなかった。「わたしたち、人生をかけてこの中国語を上手に話せるようになるだけでも十分に難しいんだから」などと言いながら。

彼女たちが人前で胸のうちを口にすることはほとんどなかった。思琪は知っていた。ビスクドールのように麗しい女の子は賢さをひけらかすことで、その容姿を狂暴に見せることができる。一方、怡婷は知っていた。醜い女の子はこざかしく振る舞っても、他人は狂気としか思わない。お互いが

＊　特別な教育を行なう成績優秀者の選択クラス。

いてよかった。さもなければ彼女たちは世界に対する心得のために、息ができなくなって死んでしまう。同じような年齢の子どもたちが（ダニエル・ハンドラーによるボードレール家の）『世にも不幸なできごと（"*A Series of Unfortunate Events*"）』を読んでいるとき、彼女たちはすでにシャルル・ボードレールの詩を読んでいた。他の子どもたちは『広州殺人事件*』で初めてヒ素の存在を知ったが、彼女たちがその毒を知ったのは『ボヴァリー夫人』であった。

李国華《リー・グオホア》一家は引っ越してきたとき、マンションの上から下までくまなく訪問した。家々にフカヒレや鮑など高級食材をふんだんに使ったスープ・佛跳墻《フォティアオチアン》を一つずつ届けるのに、李教授夫人は片手に陶器の甕《かめ》を、もう一方の手で娘の晞晞《シィシィ》の手を引いていたが、娘よりも甕の方を大事にしているように見えた。手に負えないほどびっしりと本が並んでいる房家の部屋の壁を、李国華は丁寧にひとつひとつの本の装丁を見ては、房氏と房夫人は趣味が良いとほめた。わたしなど高校生の学習塾で長く教えているのですが、テストの点数をあと何点上げられるか、解答のスピードを何分早くできるか、とかそんなことばかりです。もはや教育職人ですよ、と。房夫人はたちまち謙遜しつつ、誇らしげに、本は自分たちのものではなく、娘のものだと言う。李先生が尋ねる。お嬢さんはおいくつですか？　その年、彼女たちは十二歳で、小学校を卒業したばかりだった。ですが、これは大学生の本棚ですよ、と彼は言った。お嬢さんはどちらに？　思琪はそのときそこにはいなくて、怡婷の家にいた。数日後に劉家を訪れると、劉家の壁にも同じように本が並んでいて、李先生は赤茶色の指で本の背表紙を弾くようになで、その指の高らかな響きとともに、やはり称賛の言葉を並べた。そのときも怡婷を先生に紹介することができなかったのは、怡婷がちょうど思琪の家にいたからだった。晞晞は家に帰ると、ベッドの上に立って、部屋の壁の前でしばらく身振り手振りをしながら言い続けた。「ママ、わたしにも本棚を買ってくれない？」

最上階の銭《チエン》家のお兄さんが結婚することになり、マンション内のつきあいのあった家は、みな嬉々として婚礼に参加することになった。花嫁は十階の張《ジャン》おばさんが銭家のお兄さんに紹介した人だという。張おばさんときたら、娘がようやく結婚したと思ったら、すぐに仲人をするなんて。思琪は劉家のドアをノックして、準備はできたかと聞く。迎えたのは怡婷で、ピンク色のひらひらのドレスを着ているが、すっぽりとドレスの中にはめ込まれているみたいに見えた。思琪は彼女を見て、滑稽なだけでなく痛ましささえ感じた。怡婷はこの衣装のためにさんざん悩んだ末にようやく悟ったような顔をしている。わたし、ドレスは着られないってママに言ったのに。「花嫁の装いを横取りしてどうするの」って。怡婷が冗談を言うのは、自分のためにに心配しないでという意味だと

＊　原題『九品芝麻官』。周星馳《チャウ・シンチー》主演の映画。

思琪はわかっていた。ぎゅっと収縮した内臓がようやく緩む。

房家と劉家は同じテーブルである。スマートな立ち姿の銭家の一維《イーウェイ》兄さんが赤い絨毯の末端、あるいは先端？　に立っている。一維兄さんは燕尾服を着ている。全身がまぶしいほどに真っ黒だ。ジャケットのピークドラペル〔剣襟〕は中の白いシャツを削ってひどくとがらせた鉛筆のような形をしている。彼女たちは、なぜかその燕尾服が赤い絨毯を切り裂きたがっているような気がしてならなかった。花嫁が入って来た。若くて、すごくきれい。彼女たち二人の言葉遊びは中断された。言葉は魚が沈むように、表現は雁が列を乱して落ちるかのように。* 都会の子どもが蝶を目にしたとき、「ちょうちょ」と大きな声をあげるのがやっとで、それ以上何も言えなくなるように。許伊紋《シューイーウェン》は、まさにそうだった。ちょうちょ！　花嫁が彼女たちのテーブルのそばを通り過ぎるとき、赤い絨毯の両側のシャボン玉マシーンからシャボン玉が吹き出した。房思琪と劉怡婷には広々としたゴージャスなバンケットホールいっぱいに、花嫁の影が映るシャボン玉が見えるような気がした。とにかくたくさんの伊紋が引き伸ばされてシャボン玉にプリントされている。ねじれた腰は誰かが後ろから彼女を押したみたいで、いくつもの伊紋の身体には虹のさざ波がある。優しくテーブルの一つ一つに降りてきては、一人一人の目の前で消えてなくなった。その中で溺れてしまいたいというように、一維兄さんは伊紋の目をのぞき込む。オーケストラの演奏、激しい雨のような拍手、ダイヤモンドの中できらめいているようなフラッシュ。房思琪と劉怡婷にはあとになってからわかったことがある。彼女たちが夢中になったのは、実は花嫁が思琪に似ていたからだった。それは彼女たちの幸せな生活に対する予行演習だったのだ。

結婚初夜の部屋は、銭家の大旦那と大奥様の家の下の階にある。ワンフロアをすべて買い取って、二戸分をぶち抜いたものだった。一維は新婚初夜にようやく、伊紋にプロポーズのときに見せたベルベットの箱を渡した。中に入っていたのは十二粒のピンクダイヤをはめたネックレスだった。ジュエリーのことはわからないから、毛毛《マオマオ》のところに駆け込んで、一番いいピンクダイヤをくれって言ったんだ、と一維は言った。伊紋は笑った。いつのこと？　初めて会ったとき、君のバッグの中のものがみんなピンク色だったのを見て、すぐに毛毛のところに駆けつけた。伊紋は口を開けて笑い出した。あなたは初めて会った女の子にいつもダイヤを買ってあげているの？　初めてだよ、君だけだ。伊紋の声も笑っている。そうなの？　わたしには確かめようがないけど？　毛毛のところに行って聞いてみたらいいよ。身体が服からこぼれ落ちそうなほど伊紋が笑う。毛毛、毛毛って、いったいどこの毛なの？　一維の手は彼女の太腿に沿って——撫でて——上がってゆく。毛毛って、ダメよ、悪い人ね。一糸まとわぬ伊紋は、首にダイヤのネックレスだけをつけて、新居の中をうろうろと歩き回っては、かがみこんで、一維の幼い頃の写真を見る。腰に手をあてて、ここにはどん

＊「沈魚落雁」魚や雁も恥じらいに身を隠すほどの美人の意から。

な本を入れて、あっちにはどんな本を入れようかなと言うたびに、小さな乳房も真剣に口をとがらせている。トルコ絨毯の上に転がると、わきの下のしわを胸よりもさらにむき出しにするように、伊紋は両手を広げる。イスラムの重なりあうシンメトリーの青い模様は蔓を伸ばすように、彼女を縛りつける。何もかもが美しすぎて。それからの数か月だけが、伊紋の人生の河における金色の砂地だった。

　許伊紋が引っ越してきて最初の来客は、二人の女の子だった。婚礼ののち間もなくやって来た。怡婷が口にした最初の一言は「一維兄さんは前からわたしたちに話していたの。兄さんの恋人はわたしたちよりずっとものごとをわきまえてるって」。思琪はお腹が痛くなるほど笑った。「ああ、劉怡婷、わたしたちすごく失礼だよ」。伊紋はたちまち彼女たちを気に入った。「どうぞお入りなさい。小さなお二人さん」

　一維兄さんと伊紋姉さんの家は、一面全部が本の壁だ。それぞれの棚はとても深く作られていて、本は一番奥に積まれている。その前には、以前銭おじさんの家で見たことのある目を奪うばかりの美しい芸術品が並べられている。いくつもの琉璃の急須の中にはブドウ、ザクロ、リンゴの実とリンゴの葉の色のものがあり、急須の外側にもびっしりと貼りついているように果物が彫られていて、アンドレ・ジッド全集の前に立ち塞がっている。『窄門〔狭き門〕』『梵蒂岡地窖〔法王庁の抜け穴〕』などのタイトルの、最初の一文字だけが琉璃の急須の上にのぞいていて、横に見ていくと、窄、梵、田*、安、人、偽、如、杜*、となっている。隠された意味をもっているみたいに。助けを求めているような感じもする。

許伊紋は言った。「こんにちは。わたしは許伊紋よ。秋水伊人〔愛する美しい人〕の伊、紋身〔入れ墨、タトゥー〕の紋、伊紋と呼んでね」。思琪と怡婷は、本と伊紋を目の前にして緊張もほぐれた。「わたしのことは思琪と呼んでね」。「わたしのことは怡婷と呼んでね」。二人はハハハと大笑いした。二人が不思議だったのは、伊紋姉さんは結婚式のあの日よりもさらに美しく見えると感じられたことだった。一枚の絵のように、まずは全体を褒めたたえ、それから顔料や筆づかいの波の鋭さにまで目を向けたところで、一生見終わることがないような人。彼女たちがずっと本棚を見つめているのを見て、伊紋は申し訳なさそうに言った。たくさん本がありすぎて全部ここに置くことができないの。読みたい本があれば、実家から持ってきてあげる。二人は本棚を指さして尋ねた。「これだと本を取るのが難しくない？」伊紋姉さんは笑いながら言った。「ほんとうに何か壊してしまったら、ジッドのせいにするわ」。二人はまた笑った。

* 『窄門（狭き門）』、『梵蒂岡地窖（法王庁の抜け穴）』、『田園交響曲（田園交響楽）』、『安徳魯・華特手記（アンドレ・ヴァルテールの手記）』、『人間糧食（地の糧）』、『偽幣製造者（贋金づくり）』、『如果麦子不能死（一粒の麦もし死なずば）』、『杜斯妥也夫斯基（ドストエフスキー）』、『日尼薇（日記）』。

二人は幼い頃から少女になるまで、数えきれないほど本を借りたり読み聞かせをしてもらったりしたが、伊紋姉さんが何かものを壊したのを耳にするようなことは一度もなかった。彼女たちは知らないが、伊紋は毎回手をきれいに拭いてから、恐る恐る、ずっしりと重い芸術品を手に取って下に降ろす。スリッパに気を配り、絨毯に気を配り、手の汗に気を配り、指紋に気をつけるのは、銭家の大奥様が与える伊紋に手の込んだ厳しい罰のせいだった。彼女の罪は大奥様の息子にワンフロアの二戸分をぶち抜かせたこと以上に、大奥様が心の奥で自分の息子が彼女にはふさわしくないとわかっているためだ。そのころの伊紋姉さんはまだ、一日中半そでにショートパンツ姿でいた。

結婚してから一年もたたないうちに、一維は彼女を殴り始めた。一維はいつでも七時ぴったりに仕事を終えるが、十時すぎには飲み会の電話を受ける。そばで聞いている伊紋は、リンゴの皮をむく手を止める。一維は未明の二時三時に帰宅する。ベッドに横たわっている彼女は、チェーンとロックが互いにかみ合う様子を目にする。タバコとアルコールのにおいのせいで彼が近づいてくるのがわかっても、逃げ場所はない。一日おきに、夕方、仕事を終えた彼はしつこく彼女の身体を求める。新しい痣《あざ》は茄子紺あるいは葡萄《えび》色で、古い痣はキツネやタヌキあるいはテンの、濃い茶色をしている。シャワーを浴びるとき、伊紋は手のひらと同じくらい大きな傷の上に手を貼りつける。古い傷の上に、新たに殴られたり蹴られたりしてさらに傷ができて、色とりどりの熱帯魚のようだった。シャワールームにいる間だけは、泣き声も外に漏れることはなく、噂になることもなかった。夜にまた一維が電話で話しているのが聞こえてきた。電話を切って、一維が服を着替えているとき、彼女はウォークインクローゼットのドアの外に立って、彼に問いかけた。「今日は行かないでくれる？」一維はドアを開け、彼女の目がゆらゆらと潤んでいるのに気づくと、彼女の頬にキスをして、そして出て行った。

結婚式当日の朝のリハーサルのとき、赤いロールカーペットが広げられているのを見た伊紋は、ふいに何と呼べばいいのかわからない長く赤い舌にのみ込まれるのを想像した。人生で一番美しい瞬間。のちに彼女が理解したのは、結婚式が一人の女性にとって人生で一番美しい瞬間だというのは、女性の内外の美しさが下り坂になり始めるだけでなく、結婚後は自発的にあらゆる性的魅力をパンドラの箱の中に閉じ込めるものだということを暗示しているということだった。彼女と一維のクイーンサイズのダブルベッドは、彼女が存分に美しさを見せることのできる唯一の場所だった。そのベッドは、彼女が死に、そしてまた生き返る場所であった。反撃したところでせいぜい、歯を食いしばってひとこと言うのがやっとであった。「午後はのしかかってきて、夜中に殴るのはやめて」。一維は笑いながらただカフスボタンを外《はず》し、顔をほころばせて目じりにしわを寄せるだけだ。二つの目は、相手に向かって泳ぎながらキスしたがっている二匹の魚のよう。素面《しらふ》のときの一維は、世界一可愛い男だった。

李国華と夫人は晞晞を連れて、一維と伊紋の住まいを訪れた。伊紋は晞晞を見ると、さっとしゃがみこんで声をかけた。「ハイ、こんにちは」。晞晞はお尻までとどく長い髪を、どうしても切りたがらない。母親の大きな目と父親の高い鼻を受けついだ彼女は、まだ十歳なのに自分で服を買うことにこだわっている。固執するのは着るものに関してだけだった。晞晞は伊紋に返事をすることもなく、髪の毛先を指に巻き付けて遊んでいる。伊紋はお茶を二杯入れ、ジュースを一杯持ってくると、主人は日本に出張に行っているので、ちゃんとおもてなしができなくて申し訳ない、と口にした。晞晞が椅子の上でゆらゆら落ち着かなかったのは、リビングのインテリアにうんざりし、文化的なものにうんざりしていたからだった。

李国華はリビングのインテリアについて大いにしゃべり始めた。本能的に美女の前では、話はペニスと同じように膨張する。二十代の女性もまったくダメというわけではなかった。彼は手を伸ばして本棚にある玉《ぎょく》で彫られた観音像を指さした。人差し指もビンビンにそそり立っているようだ。玉の観音像は、一目見てその原石が極上のものだとわかる、一点の曇りもない、美しい緑色に輝いている。観音は右脚を組み、左脚を投げ出している。投げ出した脚のつま先には、むっちりとした親指があり、親指には爪の縁がある。「ああ、この姿勢の観音は、如意輪観音と呼ばれるもので、観世音菩薩すなわち観自在菩薩、観は観察、世は世間、音は音声で、一人の善男子には世の中が見えるということを意味しているんです。如意、自在、如来といったことは、あなたは文学を学ばれているから理解できるでしょう。面白いことに、東洋では成熟した豊満なイメージが好まれるが、西洋では童子童女、さもなくばイエスのように、生まれたとたんに救世主となるのです」。晞晞は首を所在なげにして、ひと口ジュースをすすると、両親を振り返って耳障りな声で言った。「わたしがオレンジジュースを好きじゃないことを知ってるくせに」。晞晞が言いたいのは、こういう話は聞きたくないということなのだと伊紋にはわかった。そしてはっとしたように、冷蔵庫を見に行って、じゃあぶどうジュースは大丈夫？　と声をかける。晞晞は返事をしなかった。

李国華は引き続き視線を室内にめぐらせた。多くの西洋美術のことは、わからない。語らなければ、わからないことは誰にも知られない。「ああ、壁炉の上にある小さなあの絵は、まさか真筆でしょうかね？　八大山人〔明代末期～清代初期の画家〕の真筆は初めて見ましたが、ほら、あの鶏の目、八大山人の目はどれも丸の中に点が一つあるだけなのに、世間の人々が二十一世紀になってようやくわかったのは、これこそが多くの画筆よりも真に迫っているということです。現在のサザビーズのオークション価格を見ればわかるように、わたしが言うのは観察力なのですよ。ご主人はそんなにお忙しいなんて、ああ、わたしがこの部屋の主人であったら、どれほどすばらしいことか」。李国華は伊紋の目をのぞきこむ。「わたしは美しいものはきっと手に入れる」。たった一杯で、こんなふうに高ぶってしまうのはお茶のせいではない、と心の中で考える。いずれにせよ、彼女は安全だ。銭家には絶対に手は出せない。それに、彼女はあと数年で三十になるではないか？　晞晞が突然、ネジをくわえているかのように口ごもりながら言った。「ぶどうジュースも好きじゃない。濃縮還元の果汁は、みんな好きじゃない」夫人が言った。「シーッ！」伊紋はこめかみに感じるものがあった。夕方に思琪と怡婷が会いに来てくれたらいいのに、と考え始めていた。

　李国華一家が立ち去ると、伊紋は家の中にあふれる芸術品が発散しているのが年代物の色やにおいではなく、オークション会場のオーデコロンのようだと感じた。李先生という人は好きになれない。隣人を嫌うわけにもいかないけれど、あの人を好きになりたくはないとしか言えない。ああ、いかにも思い上がりで、まるで映画の中のセリフのよう。もうほんとうに考えるのをやめたい。伊紋はちょっと笑いたくなった。笑い声を出すと、自分は正気でなく愚かだと思った。晞晞は物分かりが悪いわけではないが、わかったふりをすることもない。とても美しい女の子で、大きな目は長いまつげに縁どられ、髪は滝よりも美しかった。

　手をそっと払い、琺瑯《ほうろう》をなでてみるとまるで中の金属の底をなでたように、歯が浮く感じがした。琉璃をなでてみると、幼い頃のすり減って鋭さがなくなった金魚鉢の口のようで、粗陶*は生まれたばかりのしわくちゃの赤子のよう。これらの玩具は、人の形をしていようと、獣であろうと、シンボルであろうと、あるいはいっそ神であろうと、彼女が殴られるのをぼんやりと見ている。観音も彼女を助けてはくれない。シルクをなでてみると早起きしたときの鼻水のようになめらかだ。一維は今でもまだアレルギーがある。玉器はなでてみると、一維そのものだ。

思琪と怡婷ったら。二人とも教え諭されることがあんなにも嫌いな少女なのに、こともあろうに李先生を好きだなんて。申し分のない美しいものも、文化の仏舎利にして語ってしまうような人を。それとも、教える人の方が離さない？　二人が知らないのなら、それもいい。もうすぐ子どもたちと一緒に勉強する時間だ。そのあと、一維が仕事を終えて帰宅し、またわたしを求めてくる。

ある日授業を終えた李国華が帰宅する際、急いでエレベーターに駆け込もうとすると、金の手すりに首をもたせかけていた中学の制服を着た二人の少女が、ゆっくりと開いてゆく金色のエレベーターのドアの動きに従って笑顔をひっこめた。李国華はカバンを後ろに振り払うようにしてから、体をかがめて声をかけた。「きみたちのどちらが怡婷で、どちらが思琪？」「どうしてわたしたちの名前を知っているの？」怡婷がまずわっと声を響かせて、問いかけた。中学に通うようになってから日常的に、好意を寄せる男子生徒から朝食や飲み物などを手渡されることがあった思琪は、本能的に男性に対してバリアを張っていた。けれど目の前の人は防御しなければならない年齢のラインをもはや越えているようだ。二人はすぐに大胆になった。思琪は言った。「あなたが後ろから劉怡婷か房思琪のどちらの名前を呼んだとしても、わたしは振り向きますよ」。自分は安全だと判定さ

＊　中国先史時代、砂まじりの粘土で焼成された粗製の土器。

れたことがわかり、李国華は初めて自分の年齢に感謝した。彼女たちの顔には、上の階に住む二人の主婦の面影が見られたので、答えはわかった。房思琪は生まれたばかりの仔羊の顔をしていた。彼は身体を起こした。「わたしは引っ越してきたばかりの教師、李先生だよ。君たちの下の階に住んでいて、国語を教えているんだ。本が必要なときには借りにおいで」。そう。できるだけそっけなく。晩明〔明代末期〕の文体のように。咳をする。自分を年寄りに見せる。このマンションのエレベーターはどうしてこんなに速いのか。手をさし出すと、彼女たちは一瞬動きを止めたが、順番に彼と握手した。彼女たちの作られた笑顔がはっと目を覚ましたように、五官が微笑のがけっぷちに立ち、あやうく声を出しそうになってしまった。エレベーターを降りると、李国華は内心、失敗したのではないかと思った。金のある家の子どもには、面倒なので手を出さないことにしてきた。それに劉怡婷のあばた面を見て、彼女たちはお互いに愛し合っているのかもしれないとも思った。だが、握手した時の二人の表情！　彼女たちの本棚だけでも十分に、大人として扱ってほしいと宣言していた。母の乳房のようにやわらかな手のひら。ウズラの卵のような手のひら。詩眼の手のひら。あるいは、うまくやったのかもしれないが、わからない。

　週末、彼女たちは親に連れられて挨拶にやってきた。制服のスカートをはき替えてきた。怡婷がズボンをはき、思琪はスカートをはいている。シンボリックな装いだ。玄関を入ってスリッパに履き替える瞬間、思琪は顔を赤らめた。あ、この靴には靴下をはいていないんだった。彼女が足の指先を縮こませたとき、その足の指の爪にピンク色が透け、きらきらと光っているだけでなく、そこにある種のはじらいもあることを李国華は目にした。風景が廃墟にはじらいを感じているだけでなく、自分のせいで風景もはじらいを感じている。房ママが後ろから「先生とお呼びしなさい」と声をかけ、二人は声をそろえて「先生」と口にしたが、その先生という二文字の中にはちっとも先生という意味はこめられていなかった。劉ママは、「二人とも聞きわけが悪くて」と謝った。李国華は思った。「聞きわけが悪い」とはなんとも麗しい言葉。十四歳を超えた人間には身にまとうことができないもの。劉ママと房ママは立ち去る前に、「どうぞ、ありがとう、ごめんなさい、をきちんと言うのを忘れないようにね」と言い聞かせた。

彼女たちは意外にも晞晞に辛抱強くつき合った。晞晞は彼女たちより二歳しか年下にすぎないが、二人と比べてしまえば文字を知らないようなものだった。勝気で、挿絵入りの本を読むにもドラ声で息も荒く、気をつけて聞いていなければテレビドラマの中の宦官《かんがん》*が聖旨《せいし》〔皇帝の命令〕を読み上げているのではないかと思ってしまう。晞晞は読むのに苦労している。思琪が文字の説明をしようとすると、晞晞はたちまち本を放り出し、大声を上げる。「パパはバカ！」しかし、李国華が見ていたのは、開いていた物語の本をぱたんと閉じるときに風が巻き上がり、思琪の前髪がめくれあがったこ

＊ 宮廷に仕えるために去勢を施された官吏で、その声はホルモンバランスの関係で甲高いといわれる。

とだけだった。少女の前髪をめくるのは、スカートをめくるよりもむずかしいことを、彼は知っている。その瞬間、まるで高いところから飛び降りたように、思琪の前髪は蒸気のように舞い上がった。長い首が卵形の顔をつかんでいて、顔全体があらわになる。額はあかちゃんのゲップのようにつややかだ。この一幕は、物語の本の中の妖精が彼のことを理解してくれて、彼のためにふーっと息を吹きかけてくれたのだと李国華は思った。彼女たちは驚いて、呆然と晞晞の背中を見つめていたが、やがて彼の方に向き直った。李国華はこのとき、自分がいかにも老けすぎて見えないように、とそれだけを願った。しばらくたってからようやく思琪たちが理解したのは、李先生はわざと晞晞がバカなことをするにまかせているのだということだ。文字をたくさん知っている人間が何をしでかすかを、彼は誰よりもわかっていた。

李先生は柔らかい声と柔らかい言葉で、彼女たちに言った。「よかったら、ノーベル文学賞全集があるのだけれど」。このときの晞晞はいい感じだった。ノーベルもいい感じだった。娘の愛情に期待する父親の役をうまく演じた。時折、心の奥底からつい漏れてしまうプロ教師、中年になってもまだ理解を待ちきれない国語教師の役。壁一面の原書は彼の学問を標榜するものであり、一面の教科書は孤独を掲げるものであり、一面の小説は魂に等しいものであった。必ず彼の授業を受けたことがある者でなければならないわけではなかった。必ずその家の娘でなければならないわけではなかった。

李国華は学習塾の教壇に立って、つむじの海原に向き合う。ノートを取り終わって顔を上げた生徒は、泳いでいる人が息継ぎをしているかのようだ。長く長くだらだらと広げる中国の伝統的な横書きの山水画のような、長い黒板の前を、彼は行ったり来たりする。大学入試のプレッシャーとはなんとも不思議なものだ。学校と塾しか生活にない台北市立第一女子高級中学*の女子生徒は、プレッシャーを粉々にしたものをラブレターにして、良い香りのするピンク色の封筒に詰める。その中の一部の女の子たちの醜さときたら。恥ずかしさにはしかのように顔を赤らめ、太い手をまっすぐに、弓矢を射ようとするようにギリギリまで伸ばし、手にした封筒を彼に射るのだ。こんなに醜くなってまで、無理に頑張らなくても、彼だって受け取りたくはないのに。しかし、まさにこうした醜い女の子たちが、彼の秘密のマンションに置いてある生徒からのラブレター用の紙箱をたっぷりと満たしてくれるのであった。そのマンションに連れ込まれた美しい女の子たちはみな、そのピンク色の封筒の海に酔って、その中に倒れこむのだ。どれだけ美しい女の子であろうと、さすがにこれほどたくさんのラブレターなど受け取ったことはなかった。この紙箱を見れば、ずいぶんと聞き分けがよくなる。聞き分けがよくならない女の子もいるが、それでもこれによって彼女たちがい

＊　高級中学は日本の高校にあたる。なかでも第一女子は別格の最難関進学校。

くらか前向きになっているのだと信じたかった。

ある女の子は夜中の一時から二時まで頑張って隣の同級生に勝ち、隣の同級生は二時から三時まで頑張って彼女に勝とうとする。ある醜い女の子はなりふり構わず数万人の受験生に勝つために、正午の太陽よりも熱烈な夜の明かりと高いプレッシャーのもとで、憂いのない学生生活に対する郷愁《ノスタルジア》、幸せな青写真に対する妄想を、すべて李先生の身に転嫁する。彼女たちは解答用紙を交換して採点しあう合間に彼のことを話し、李先生のおかげで国語が好きになった、と言い合う。無自覚なこの言葉の本質は、国語のテストがあるからこそ、李先生を愛する人がいるということだ。無自覚に補習のムードに性的な要素を期待する。無自覚な彼女たちの欲望は、実は絶望なのだ。幸いにも彼の鼻筋は通っている。幸いにも彼は冗談も言えば厳しいことも言う。幸いにも彼の板書は整っている。一年に十数万人という受験生の中で抜け駆けしようという思い、毎年十数万人という受験生の積み重ねられてきた思いが、麗しい筆跡で便箋の上に刻まれ、それは麗しいだけでなく、はねやはらいの尻尾の先まで欲望に震えている。口を開けている紙箱は、とてつもなく大きな生きる叫びなのだ。あの女の子たちが、その筆跡の半分でも美しければいいのに。このような大きすぎる欲望を、彼は美しい女の子たちの中にぶち込み、台湾の進学至上主義の痛ましさ、残酷さを容赦なくぶち込み、「灯夜を徹していそしむ」夜の意味を一年三百六十五日に掛け算して、さらに十数万人に勝る一人の醜い女の子に掛け算して、ことごとく美しい女の子の中にぶち込む。壮麗なオーガズム、叙事詩的な誘姦。偉大なる進学至上主義。

学習塾の生徒は最年少でも十六歳で、とっくにロリータの島から飛び出している。思琪はようやく十二、三歳、まだ島の木の幹に跨って、波に胸を舐められている。彼が金持ちの家の子どもには手を出さないのは、金持ちの対応がどれだけ面倒かわかったものではないからだ。ビスクドールの女の子は、壊そうとする人がいなければ砕けたりはしない。恋愛をするのもいいが、これは生徒を第一志望に合格させるのとは違って、間違いなく一人の人生を変えてしまう。これは、買うのともまた違う。一人の女の子が初めて陰茎を見て、その見苦しい血管に声を殺して笑い、自分のためにすっかり受け入れたときの荒々しさと犬のような鳴き声。顔の上半分では泣き、下半分では笑い、泣くに泣けず笑うに笑えない表情になる。さんざん苦労して彼女の膝を押し開け、ショーツについている小さな蝶結び、へその下の方に留まっている小さな蝶に目をやる暇さえない。ただ本当に、泣くに泣けず笑うに笑えないあの表情のためだけに。何を求めている？　求めることが許されないからといって、なんだというのだ？　房思琪の本棚は、彼女が飛び出そうとしたロリータ島の海に吐き戻された砂浜の記録簿なのだ。

ロリータ島は、彼が探し求めて見果てぬ神秘の島だ。乳と蜜の国、乳は彼女の乳房、蜜は彼女の体液。彼女がまだ島にいるうちに急いで会いに行き、右手の人差し指と中指を人の形にして、彼女の膣に入らなければならない。彼女をノーベル文学賞全集の上に押し倒し、ノーベルも震わせてやるのだ。彼女は混沌とした中年の白く輝く希望なのだと教え、まず彼女を言葉で、中学の男子生徒にはまだわからない語彙の海の中で打ち砕き、言葉の中で成長を感じさせ、さらには彼女の魂に彼女の身体を欺かせるのだ。言うことすべてが難しい字の、新しい単語という中学生。彼女の制服のスカートを腰までまくり上げ、蝶をくるぶしまで引き下ろし、彼が後ろから押してあげるからと言って、彼女の身体を魂に追いつかせるのだ。上の階の隣人、もっとも危険でもっとも安全な場所。ビスクドールの少女。処女よりもさらに処女らしい少女。あの房思琪がどんなふうに、泣くに泣けず笑うに笑えない表情をするのか彼は知りたくてたまらなくなった。それを知ることができなければ、彼が蒐集している清朝の妃の簪《かんざし》は、皇后の簪より一本少ないのと同じことだ。

李国華が初めてエレベーターの中で思琪を見た、金色のエレベーターのドアが開いた瞬間、思琪は新たに額に入れたばかりの絵のように見えた。話しているとき、思琪は所在なげにこめかみを鏡にぶつけていたが、鏡を見て自分の容貌を気にするでもなく、なんとも自然体である。鏡の中の彼女の頬は明るい黄色で、まるで彼が蒐集する龍袍《ロンパオ》*1の、皇帝だけが使うことのできる色、生まれつきの貴重な色のようだった。あるいは彼女はまだ美の破壊力を知らないのかもしれない。制服に刺繍された学籍番号の下に隠れたピンク色のブラジャーが、ふちにレースも何もついていない、何も知らない少女のブラジャーであるように。ソフトなワイヤーさえない。白い靴下は、彼女の白い足の上ではありふれた白さに見える。「その白さを求める時は、あたかも雪が黒いことを嫌うようなもの」[2]。続きは忘れてしまったが、どうでもいい。いずれにしても「教育部〔文科省〕」が交付している数十篇の必読の中に含まれているものではない。

まもなく季節は、秋瑾《チウジン》の「秋風秋雨、人を愁殺す」[3]の秋だった。李国華は一週間のうち四日は南部にいて、三日は台北にいる。そのうち一日は、李国華は同じ学習塾の、志を同じくする数人の教師と猫空《マオコン》〔台北郊外の地名〕で一杯やっていた。山の上は人が少なく、話がしやすい。英語教師が言う。「もしわたしが陳水扁だったら、退任した後は財団の顧問になるね。任期中に汚職するのは、バカだ」。数学教師が言う。「海角七億《ハイジャオ・チーイー》[4]なんてたいしたことない。だが、陳水扁はただ『一辺一国』[5]の四文字のためだけでも、四十年は収監されるべきだ」。英語教師がそれに答える。「政治家としての誠実さのかけらもない。就任前は四つのノー[6]、もうすぐ退任となると四つともやりたい、だ。あの英語で、

＊1　龍の文様入りの皇帝の朝服の上衣。
＊2　「方求白時嫌雪黒」蘇軾『書墨』より。
＊3　日本に留学経験もある清朝末期の女性革命家。計画が発覚して処刑された際に、この句を残した。
＊4　大ヒットした台湾映画『海角七号《ハイジャオ・チーハオ》』にひっかけて陳水扁元総統の汚職、マネーロンダリングの金額の大きさを示して流行った言葉。
＊5　台湾と中国はそれぞれ別の国。
＊6　二〇〇〇年に陳水扁が総統就任時に発表した四つの政治宣言。「独立を宣言せず、国号を変更せず、両国論を憲法に加えることは進めず、統一か独立かの国民投票は行わず」

ビッグブラザー〔中国〕を怒らせてはいけないということだ」。物理教師が言う。「新聞を見ると多くの知識人は台湾独立を支持しているようだが」。李先生が言う。「それは知識人のほとんどに常識がないからだ」。四人は自分の常識が十分であることに笑った。英語教師が言う。「今、テレビに阿扁〔陳水扁の通称〕が出ていたら、わたしはチャンネルを変えるね。陳敏薫《チェン・ミンシュン》*1が出ていたら別だが」。李先生が笑う。「あんな婆さんでも君はいいのか？　わたしは絶対に無理だ。彼女はうちの奥さんにそっくりでね」。美しいパス。話題のタッチダウンに成功した。彼らの興味のセンターに到達した。

英語の教師が物理の教師に尋ねる。「あんたはまだあのスター歌手になりたいという子か？　何年になる？　すごいなあ、そんなに長く続くなんて、そんなの家に帰って女房とやるのとどこが違うんだ」。ほかの二人が笑う。物理の教師はどこまでも優しい笑顔で、自分の娘のことを語るような口ぶりで言う。「歌うのは難しすぎると言って、今はモデルをやってる」。「テレビに出ることはあるのかい？」物理の教師は眼鏡をはずすと、鼻あての脂を拭きとり、ぼんやりとしたまなざしで、控えめに言った。「広告の撮影をひとつ」。ほかの三人は、物理教師の勇気をほめたたえるように拍手した。李先生が尋ねる。「彼女が他の人から手を出されるのが心配じゃないのか？」物理教師は永久に眼鏡をぬぐい続けようとするかのように、何も答えなかった。数学教師が口を開く。「俺はもう三人の儀隊〔衛兵隊〕の隊長とやった。あと一人で大満貫だ」。乾杯。阿扁の七億元の監獄飯《メシ》に乾杯。知識はあっても常識のない台湾独立支持者に乾杯。保健体育の授業でせっせとノートを書き写している、性知識をまったくもたない少女に、乾杯。彼らがつけ入ることのできる、「聯考」[*2]の巨大な空虚に、乾杯。

英語教師が言う。「わたしは来るものは拒まずだから、あなた方が何を頑張っているのかわからない。あなた方は彼女たち自身よりもずっと張りつめているね」。李先生が言う。「あなたのような人を遊び人と呼ぶんだよ。長い時間遊んでいると、どれだけ醜い女にもふしだらで色気があることを発見するんだ。わたしにはそんな思いやり深い愛情はないね」。きまり悪そうにグラスの底に目を向けると、言葉をつなげる。「それにわたしは恋愛というゲームが好きなんだ」。英語教師が尋ねる。「心の中では愛していないのに演じなければならないなんて、疲れないか?」

李国華は考える。何人かの女子生徒を数える。自分を崇拝する女子生徒をレイプするのは、自分から離れなくさせる一番手っ取り早い手段だということに気づいた。しかも振り払えば振り払うほど彼女は苦しむ。彼はある女子生徒の前で将来の、次の女子生徒に対する甘い言葉を練習するのが好きだった。まるで永遠の命を手に入れたような感覚が美しく、ある意味でエコロジーという感じもある。投げ出すときの彼に与えられる遠心力はさらに美しく、映画の中のヒロインがカメラにお

＊1　陳水扁の妻・呉淑珍への一千万元の賄賂供与を認めた女性実業家。
＊2　大学聯合招生考試の略。二〇〇二年に廃止された大学の合同入学試験。

だてられながら雪の中でくるくる回っているシーンのように、ヒロインの顔が大きくなってレンズを塞いだと思うと、画面が風景に切り変わり、四角い小さな庭が、高速鉄道から垂直に引きで窓の景色からフェイドアウトしてゆき、空間は引き裂かれ、血まみれの時間となる。じつに美しい。英語教師に説明するのは難しい。彼は思いやりがありすぎる。女子生徒が自殺したことを李国華が初めて聞いたときのあの歌い踊って寿ぐ感覚を、この英語教師は理解できるはずがない。心の中に李白の『清平調*』の津波が押し寄せる。一人の男にとって最高に高いところに持ち上げられるのは、自分のために相手が自殺してくれることだ。「彼のために」と「彼のせいで」の違いについて、彼は考える気がしなかった。

　数学教師が李先生に尋ねる。「あなたはまだあの台北の高二の生徒と？　それとも高三？」李先生は口ではなく、鼻の穴からため息をついた。「彼女にはちょっと疲れているんだが、新しい学年はまだ始まらないだろう。新しい生徒もいないし、続けるしかない」。物理教師はいつの間にか眼鏡をかけていた。突然声を大きくして、独り言のように言った。「あの日、わたしは妻と一緒にテレビを見ていた。ＣＭが放送されることを彼女も早く知らせておいてくれたらよかったんだ」。ほかの人の手がぱらぱらと葉が落ちるように、彼の肩を叩く。乾杯。教師と生徒の恋愛のような台湾海峡の両岸の、言葉足らずの抒情的な伝統に。テレビの中からリビングに飛び込んできた愛人に。ラブホテルを出て帰宅してから、さらに明かりをつけたまま妻ともやれる夫に。学校が始まることに。英語教師が物理教師と李先生に言った。「あなた方は彼女たちよりも貞節だね。どうして新入生が入ってくるのを待たなければならないのか、わたしにはわからないんだが」

外のロープウェーのロープが斜めに雲をひっかいている。ゴンドラは遠くにあって、とても小さく見える。彼らの窓に近づいてくるゴンドラは少しずつ昇っていき、もう一方は少しずつ下がってゆく。まばらな数珠を動かしながら数えるように。李国華の心の中に突然、『清平調』が響き渡った。雲想衣裳花想容〔雲を見ても花を見ても楊貴妃の衣装や容貌を思う〕。台湾の樹木は秋に入ってもまだすこぶる元気である。雲を見ながら、房思琪のことを思い出す。けれど思い浮かんだのは衣装ではなかった。初めての訪問のとき、彼女は言っていた。「ママはコーヒーを飲ませてくれないけれど、わたしはコーヒーを淹れられる」。このセリフには、ちょっと考えれば深い意味がある。思琪が食器棚の一番上にあるミルを取ろうと手を伸ばすと、ブラウスとスカートの間に大きなむき出しの脇腹が一切れ露出した。緑色の罫線の作文用紙の細かい白います目に書こうとする言葉を飛び越えて、答案を提出してから書き忘れてしまったことをようやく思い出す。大きすぎる余白は、添削する教師も生徒が何を言いたいのかまったくわからない。ようやく手が届き、思琪のブラウスは舞台の幕のごとく下ろされた。彼女が顔を上げて彼の方を見ることもなかったが、コーヒー豆を挽くときの顔は真っ赤だった。の

＊ 玄宗皇帝が楊貴妃と長安の興慶宮で牡丹の花をめでて遊宴した際、李白に命じて作らせた歌。楊貴妃の美しさを詠ったもの。

ちに再訪したときには、コーヒーミルは作業台の上においてあって、もう手を伸ばす必要はなかった。けれど彼女がコーヒーミルを手にするときの顔は前回よりもさらに赤くなっていた。

最終的に李国華にその一歩を決心させたのは、房思琪の自尊心だった。こんなに精緻な麗しい子どもが、口外するはずがない。あまりにも汚らわしいことだからだ。自尊心は往々にして互いを傷つける針となるが、ここでは、自尊心が彼女の口を縫い合わせてくれる。李国華には今や緻密な計画だけが欠けていた。房パパ房ママはよく出張に行くらしい。一番難しいのは、あの劉怡婷かもしれない。結合双生児を切り離すとき、大切な臓器は一つしかない。どちらのものにすればいいのか。今は彼女が自重して劉怡婷にも話さないことを願うしかない。ところが、李国華の計画が整う前に、すっかり整えて彼に送り届けてくれた人がいた。

十階の張夫人が世界中で何よりも心配だったのが娘の結婚であった。娘は三十五歳になったばかりだったが、その年になっても決まった相手はおらず、バースデーケーキのろうそくまでぐったりしている。張夫人はもともと李という姓で、張氏が学生のときからさんざん一緒に苦労してきたが、やがて張氏は出世した。彼女自身ある種「糟糠の妻」という思いがある。張氏は実にずっと変わらず、卒業したばかりの頃からいつもスープの具は張夫人にすくって食べさせてあげてきた。そのときはまだ李小姐《ミス・リー》だったが、今や張夫人は張夫人である。張氏は宴会に行くとおいしいものを包んで夫人に持ち帰る。飲み友達は張氏の古風なところを笑うが、張氏も笑って言うだけであった。

「千水《チュンシュイ》〔張夫人〕に食べさせてこそ、君たちにこんなにすばらしい料理をごちそうになった申し訳が立つというものさ」。張氏は娘の恋愛についても急いではいない。娘には母親のぱっとしない容姿が遺伝していて、母親のコンプレックスも受け継いでいるけれども、張氏は娘を見て、可愛いと思っていた。

少し前、一維がなかなか結婚しなかったころ、飲み過ぎた銭氏が、たびたび大きな声で張氏に言っていた。「いっそお宅のお嬢さんと」。張夫人は両手で杯を掲げて「とても釣り合いませんよ」などと言いつつ、家に帰ると張氏に「銭一維が何人も恋人をとっかえひっかえしてきたのをわたしだって知らないわけじゃない。今日困窮して死ぬようなことになったって、婉如《ワンルウ》を嫁がせたりはしないわよ」。張婉如はそばで聞いていたけれど、母が彼女を守ってくれたという気はせず、かすかに惨めな気持ちになった。エレベーターで会う銭一維は、その沈黙した空気で人の息の根を止めることができる。そのくせ銭一維は気楽なもので、互いの両親たちが彼ら二人をからかって冗談を言っていることなど聞いたこともないようであり、それ以上に、このことを完全に冗談としか見なしていないようだった。婉如は余計に腹が立った。

張婉如が三十五歳の誕生日を迎える少し前、張夫人はまるで世界の終りの日をカウントダウンしているかのような表情をしていた。張夫人が料理を運ぶ。スープは美白効果のあるハトムギと山芋スープ、肉の炒め物にはむくみを解消する枝豆、デザートは補気補血の黒紫米。目の前でごぼごぼと注ぎこまれ、厚い眼鏡が熱いスープで雲に覆われ、婉如が怒っているのか悲しんでいるのかよく見えなかった。あるいはそのいずれでもなかった。

婉如は誕生日を迎えてまもなく、シンガポールに出張に行ったときに恋人ができたと家族に宣言した。その恋人は華僑で、中国語を話すたびに思琪たちにスパイスとウツボカズラのにおいを思い出させた。見た目もスパイシーで、眉骨が高く眼窩が深く、くっきりした人中に反った唇。どこから見ても美しい。しかも婉如姉さんと同じように勉強ができるのは、彼女がかつてアメリカで修士の勉強をしていたときの先輩だったからだ。聘金《へいきん》*は木箱にびっしりとつまっていたという。しかも米ドルで。さらに口もうまくて、その恋人はこんなことを言った。「僕も婉如も金融を学びましたが、婉如に値段などつけられるものではありません。これは単なる僕の気持ちにすぎないものです」。婉如姉さんのお婿さんの名前を知らない思琪たちは、その人のことを「彼氏」と呼んでいた。その後十数年たってから、劉怡婷は張夫人が言うのを耳にしている。うちの婉如はおとなしく見えるけれど、他人に選ばれるのではなく、自分で選んだのよ。さらに、蓋を開けば米ドルの緑色が草よりもずっとつやつやした緑色に見えた木箱のこともたびたび口にしていた。

婉如が結婚してシンガポールに行ってしまうと、張夫人は人に会えば、若い人の結婚の心配のことと結婚がうまくいったときの快感を語った。ほどなくして、伊紋を一維に紹介したのだった。

あるとき、張夫人はエレベーターの中で李国華に会うと、いきなり話し始めた。「李先生、あなたがうちの婉如に会えなくて本当に残念だったわ、おとなしい子に見えますけどね、彼女のことを好きになる男の人に一流でない人はいないのよ」。さらに声を押し殺して言った。「以前、銭さんはずっと婉如を一維と結婚させようと言っていましてね」。「そうだったんですか？」李国華はすぐに伊紋の容貌が浮かんだ。キッチンの作業台に向かっているときスリッパをつっかけた彼女の、かかとの骨に肉と皮をはりつけたようなところもうっすらとピンク色で、ふくらはぎの蚊に刺されたあとも、うっすらとピンク色をしていた。「どうしてかって？　うちの婉如は強いけど、一維に合うのは言うことを聞く女性。伊紋ったら、朝から晩まで隣人の子守りまでさせられて」。「どこの家の子守りを？」「劉さんと房さんのところの娘たちじゃないの。七階の」。李国華はそれを聞いて、自分の下腹部がいまだかつてないほどに、なんとも不思議に騒ぎ出すのを感じた。張夫人は話し続ける。「子どもが文学なんか勉強して何になるのかわたしにはわからないけれど。ああ、李先生あなたも愛だの恋だの美辞麗句にすぎないものにこだわる人には見えないわ、うちの婉如も彼女の夫もビジネスを勉強しているんですけれどね。ビジネスを勉強してこそ役に立つのにねえ」。李国華にはもはや何も聞こえておらず、ただ横に広い張夫人の口を見つめながら、深く頷いているだけだった。頷いているのは、他のことを考えている人間だからこその聞き分けの良さの仕草であった。そ

＊　結婚の際に男性側が贈る結納金のようなもの。

の目は一人の人間の心の中のもっとも汚れた感性のたまり水があふれるのを告白するときの、他人の前だからこその澄み切った目である。

思琪たちは学校が終わると、すぐに伊紋の家に行く。伊紋は塩辛いお菓子と甘いお菓子とジュースを用意しておくが、用意しておくといっても、彼女たちが到着したときにお菓子はいつでもまだ熱々だ。最近、彼女たちは大陸の「文化大革命」を記録した作品に夢中で、伊紋は今日、彼女たちに張芸謀《チャン・イーモウ》監督の映画『活きる』を見せた。オーディオルームの大きなスクリーンは聖旨の巻物を広げたように垂れ下がっていて、プロジェクターがブンブンと音をたてている。厳粛さを示すため、何回かこれまでに映画を観た時のように、ポップコーンを彼女たちに渡すことはしなかった。三人で革張りのソファの上に身体を丸める。カーフスキンのソファは日差しのように柔らかい。伊紋は最初に言った。人の痛みを傍観するだけではだめよ、わかる? 彼女たち二人は「はーい」と言って、背中をソファの背もたれから離し、姿勢よく座った。映画が始まってまもなく、福貴《フーグイ》〔主人公の名前〕が賭場から使用人に背負われて帰ってくるシーンで、伊紋は声を抑えながら言った。「わたしのおじいさんも小さい頃、使用人に背負われて学校に行ったそうだけど、他の子どもはみんな歩いているから、彼は恥ずかしく思って、自分を背負うその使用人にいつも走って追いかけさせたそうよ」。その後は三人とも黙っていた。

福貴の妻の家珍《チアジェン》が言う「わたしは何も望まないわ。望むのはあなたと平穏な生活を送ることだけ」。思琪たちは伊紋姉さんが袖口で涙をぬぐっていることに横目で見て気づいていた。二人は同時に思った。なかなか秋がこなくて、こんなに暑くて、まだ扇風機が必要なくらいなのに、どうして伊紋姉さんはハイネックの長袖なんか着ているんだろう？　再び映画の中の影絵芝居に引き戻される。振り返らなくても、伊紋姉さんがまだ泣いていることを彼女たちは知っていた。ふいに玄関のチャイムが映画の中の影絵芝居の幕を突き破り、さらに垂れ下がっているスクリーンを突き破った。伊紋には聞こえていない。生活の中に映画があり、映画の中に芝居がある。生活の中にも芝居がある。思琪も怡婷も、振り返って伊紋姉さんに伝える勇気はなかった。三回目にチャイムの音が鳴ったときにやっと、伊紋はまるで「チャイム」の字に打たれたかのようにはっとして、頰を軽く押さえてそそくさとオーディオルームから出て行った。立ち去る前、忘れずに彼女たちに言い残した。「わたしを待たなくていいわ。もう何度も観ているから」。伊紋姉さんの二つの目からそれぞれまっすぐ一筋に涙の痕が頰をつたっている。遊園地で売っている色素を加えたロリポップのように、暗闇の中で映画の光彩が映え、伊紋姉さんのネオンの目の中に涙の痕が差していた。

映画は続いていたが、思琪たちの気分はもはや映画の中に留まってはいられなかった。けれど、よそ様の家で彼女のことについてあれこれ話し合うわけにもいかなかった。二人の目はスクリーンを見てはいるが、これまでになく生気のないぼんやりとした気持ちを感じていた。それは賢い人間が理解できないことに出くわしたとき、自覚的に倍増させた生気のないぼんやりであった。美しく、強く、勇敢な伊紋姉さん。突然、ドアが開かれ、外の黄色い明かりが真っ暗なオーディオルームに投げ込まれた。入って来た人が李先生だということを、二人は見て取った。李先生は一身に光を背負っていて、髪のふちと服の細かい綿毛が明かりに照らされてプラチナ色になった輪郭だけだった。それからわきの下に金色の粒子を舞い上がらせる扇風機の風、彼の表情は影の中に埋もれてよく見えない。偶像崇拝を禁じるイスラム教の壁に描かれた、顔があってはならない大天使のように。輪郭がふわふわとやってくる。伊紋姉さんもすぐに入って来て、彼女たちの前にしゃがみこむ。涙はすでに乾いていて、顔立ちがプロジェクターに照らされて色とりどりに、きらきらと輝いた。伊紋姉さんは言った。「先生はあなたたちに会いにきたのよ」

李国華は言った。「ちょうど手元に参考書があって、君たちのことが頭に浮かんでね。君たちは他の人とは違う。君たちなら、今高校の参考書をあげても遅すぎるくらいじゃないかな。君たちさえ嫌でなければ」。思琪と怡婷はすぐに、嫌だなんてことはありえない、と言った。彼女たちの女神のイメージがすぐそばで崩れたことでもたらされた驚きの中から、李先生が救い出してくれたように感じた。同時に彼女たちに身勝手な考えが生まれていた。伊紋姉さんが泣くのを初めて見てしまったことは、伊紋が彼女たちの前で排泄するのを見せられること以上の侮辱である、と。伊紋が涙を流すのは、顔のファスナーを開き、「金玉其外、敗絮其中〔金や玉のような美しい外見の中の汚いぼろ綿を見せる、という意味の成語〕」をしたようなものだ。李先生が世界の邪悪な面をすべてかき出し、隙間に沿って表と裏をひっくり返して、彼女たちをすくい上げたのだ。彼女たちにとって伊紋が泣くということは、彼女たちの同級生たちにとって夢中になっているアイドルが麻薬を吸っているというのと同じようなものだった。彼女たちはこのときまた子どもになった。

李国華が言う。「考えたんだが、君たち一人ずつ、作文をわたしに毎週提出するというのはどうだろう？　もちろん、わたしが高雄にいるときにということだが」。思琪たちはすぐに承諾した。「明日から始めよう。わたしが隔週で添削して、一緒にその内容を検証するのはどうかな？　もちろん君たちから授業料をもらったりはしないよ。わたしの一時間は何万元もするからね」。これがジョークだとわかって、伊紋は一緒に笑ったものの、笑顔の中に進路を見失った迷子のような表情を浮かべた。「テーマは……最近、生徒に書かせたのは『誠実』というテーマだったんだが、うん、誠実にしよう。いいね。君たちはわたしの夢とか、わたしの願いとかいった、そんなテーマなど書きたいなんて思わないだろう。わたしというテーマであればあるほど、生徒は自分らしくないものを書くようになるんだ」。彼女たちは思った。ユーモアのある先生だ、と。笑いは収まっても、伊紋の迷子の表情は目元に座礁したままだった。

伊紋はこの李国華という人物が好きではなかったし、自分と思琪と怡婷の時間を彼に邪魔されてしまったことも嫌だった。それに、最初は彼がほかの男の人と同じように、プチブルがレストランでメニューにない料理を尋ねるように、ある種の意地汚さで伊紋をじっと見ている気がしていた。しかし、どうもおかしいと彼女が感じたのは、李国華の目の中にさぐるような含みのあることだった。ずっと後になってから伊紋にようやくわかったのは、李国華は彼女の顔で思琪の将来の表情を予習したいと思っていたということだ。「君たちはちゃんと提出しなければいけないよ。わたしは自分の娘にもここまで太っ腹ではないぞ」。ほんとうにユーモアのある先生、と二人は思った。素敵な先生。その後、劉怡婷は『活きる』を最後まで見ることがどうしてもできなくなってしまった。

思琪たちは毎週、李国華にそれぞれ作文を提出した。何回もしないうちに李国華は、四人一緒ではとりとめのない世間話になってしまって真剣に検証するのが難しくなってしまうから、一日は思琪が、別の日に怡婷が彼の家に来る方がいいのではないか、彼女たちの学校が終わって、彼の学習塾が始まる前の空き時間に、と笑いながら言った。伊紋は横で何気なく聞いていたが、隣人を別の隣人に奪われることに嫌な気分になった。そうなると、彼女たちに会うことが毎週二日は少なくなる。傷だらけの彼女の心の糧、彼女の可愛い小さなレディたち。

思琪は「誠実」についてこう書いた。「わたしの数少ない美徳の一つが誠実だ。誠実を享受し、またそれによりわたしにもたらされるのは、生命に対する人には言えない親密さと自己満足である。誠実の真意とは、母に正直に罪を認めることさえできれば、花瓶を壊しても胸を張っていられるということだ」。怡婷はこう書いた。「誠実とは人には見せられないラブレターである。枕の下に隠しておきながら、それを引っぱりだして盗み見ることをそそのかすように、封筒の角を無意識に人の目に触れるようにしておく」。思った通り、房思琪は自尊心が高い。李国華の赤インクのペンはうれしさのあまり動くのを忘れ、作文用紙の上で止まってしまい、真っ赤なしみを残した。劉怡婷の書いたものもいい。二人がそれぞれに書いたものは、ほぼ言葉を置き換えただけのもののようだ。しかし、そんなことは重要ではない。

そんなある日、解説する先生の様子がとりわけ楽しそうだ、と思琪は思った。話題も作文からレストランへと移り、先生の手も話題とともに自然に彼女の手に移っていった。彼女はたちまち顔が赤くなり、赤くならないようにと感情を押し殺したことで、いっそう赤くなってしまった。青いペンが転がって机の下に落ちてしまったので、彼女は這うようにして拾った。頭を上げると、書斎の黄色い光に照らされた先生の笑顔がギラギラして見えた。先生が手をこすり合わせ、金色の輪郭が動くと、彼女はただ恐怖を感じた。ホタルのような明かりを覆いかぶせられるとどんなふうになるのか想像することができたからだ。これまでまったく先生を男性として見たことがなかった。先生が彼女を女性として見ているなんて知らなかった。先生が口を開く。「わたしがいま話した本を持ってきなさい」。先生の声が顔真卿《がんしんけい》の楷書のように筋と肉がはっきりと見えて、彼女の身体に押しつけられていることに思琪は初めて気づいた。

彼女がつま先立ちになって手を伸ばして本を取ろうとすると、李国華はすぐに立ち上がり、身体と両手と本の壁で彼女を取り囲んだ。彼の手が本棚の高いところから滑り落ちてきて、彼女が本の背表紙のところで止めていた手を叩き落とし、スライドして彼女の腰を囲い込む。突然締め付けられ、彼女はたちまち彼の身体の上に引き裂かれた。頭のてっぺんでは外の空のようにじっとりとした鼻息が感じられ、彼の下半身にも心臓があり脈打っているのが感じられた。彼はこともなげな口調で言う。「怡婷から聞いたよ。君たちはわたしのことが好きなんだってね」。近すぎて、怡婷のこの言葉の意味はまったく違うものになってしまった。

服を引き裂かれるほうが自分自身を引き裂かれるよりもずっと痛みを感じる少女。ああ、タケノコの太もも。氷の花のような尻。履き替えては洗うためだけの、媚びを売るためではない飾りっけのない小さなショーツ。ショーツのへその真下あたりには小さなリボン結び。これらのすべてが紙のように真っ白のまま、彼に落書きされるのを待っている。思琪の唇が何かを言おうとして、かすかに動いた。「ブーヤオ、ブーヤオ、ブーヤオ、ブーヤオ〔不要、イヤの意〕」。彼女と怡婷が困ったときに唇を動かすだけの合図だ。彼から見ると「ビァオ、ビァオ、ビァオ、ビァオ〔婊、ビッチ〕」と言っているみたいだった。彼は彼女の身体の向きを変えさせると、彼女の顔をすくい上げる。「ダメなら、口でならいいだろう」。彼は顔に、値切られて抵抗できなくなったあとで、最低価格を持ち出す店の小僧のような卑屈な表情を浮かべている。思琪は声に出して言う。「ダメです。わたしにはできません」。取り出して、彼女の仔羊のような顔が、目の前の血管がむき出しのモノにおびえて五官が大きく開かれたその瞬間に、押し込む。新婚の部屋のように温かく赤い口腔、ビーズのカーテンのようなとげとげしい小さな歯。吐き気がこみあげてきた彼女がのどをよじると、彼の声が吹き出した。おお、わが神よ。のちに劉怡婷は思琪の日記で読んだ。「わが神よ、だって。なんて不自然な言葉。英語からそのまま翻訳したみたい。彼がそのままわたしを裏返したみたいに」

一週間置いてから思琪はまた下の階に行った。机の上には最初から、先週提出した作文も赤や青のペンもまったく置かれていなかった。彼女の心は机の上と同じように荒涼としている。彼はいまシャワーを浴びている。彼女は自分をソファの上に降ろす。彼がシャワーを浴びている音が聞こえる。壊れたテレビのような音。彼が彼女の身体を折り曲げて、肩に担ぎ上げる。誕生日のときに一本一本ろうそくの火を吹き消していくように、彼女の制服のブラウスのボタンを一つ一つはずしてゆく。願いもなにも持たないくせに彼はただ願をかけ、彼女の全身を吹き消してしまった。制服のスカートがベッドの下に蹴り落とされる。彼女は服の表情を見ている。まるで蹴り落とされたのが彼女自身であるかのように。剃ったばかりのヒゲのあとに、彼女の皮膚がこすられ、赤く腫れる。彼は言う。「わたしは獅子だ、自分の縄張りの痕跡を残さなくてはならない」。絶対に書き留めよう、と彼女は思った。彼の言葉はどうしてこんなに俗っぽいのだろう。文字が恋しかったわけではない。他のことを考えたくなかったのだ。あまりに苦痛だった。

彼女は脳内で自動的に譬喩《ひゆ》の言葉を作り出す。暗い寝室に目が少しずつ慣れてくると、カーテンの隙間からかすかな光がもれている。彼の肩越しに、天井がまるでボートが上下するように波打つのを彼女は見つめている。その瞬間は、幼い頃に着ていたドレスが突き破られたみたいだった。走っている列車の、二つの車両の連結部分に立とうとするように、彼女は彼の目をのぞきこみたかったが、それは蠕動《ぜんどう》する腸を写生するようなもので、無理なことだった。枝状のシャンデリアが丸く、懸命に数えてもいったい枝が何本あるのかどうしても数えられなくて、こんがらがってしまっていつまでも終わらない。彼もこんがらがってしまっていつまでも終わらない。命もこんがらがってしまっていつまでも終わらない。彼が彼女の身体の上に這いつくばって犬の遠吠えをしたとき、心の中の何かが突き殺されたのを彼女は、確かに感じた。その何かがいったい何なのかを彼女が知り得る前に突き殺された。彼は手をついて、彼女の涙が静かに枕に流れ落ち、彼女のしっとりとした羊の顔が新たに洗われていく様子を眺めている。

李国華がベッドに横たわり、心の中で猫が舐めるようにふっと思ったのは、彼女は泣くときに声をあげず、強姦されても声も出さないメス犬であるということだった。小さな小さなメス犬。思琪は自分の服のあるところまで近づいていき、しゃがみこむと、スカートの中に顔を埋めた。二分ほど泣いていた。振り返ることもなく、歯を食いしばって言った。「服を着るところを見ないで」。手枕をしていた李国華の、射精したあとの倦怠の荒野の中に欲望が芽生えた。見なくても、彼女の真っ赤なリンゴの皮の唇、リンゴの果肉の乳、アーモンドの乳首、無花果《イチジク》の秘密の場所が見えた。漢方では健脾《けんぴ》、潤腸、食欲増進の無花果。彼のコレクションの年代を下方修正する無花果。切断した腕や脚よりも処女膜を再生するほうがずっと難しいと感じる一人の少女は、放逐した彼の欲望、釣りあげた彼の欲望をさらに遠くへと唆す無花果であった。彼女の無花果は禁忌《タブー》の奥底へと向かってゆく。彼女は無花果そのもの。彼女こそが禁忌。

ねっとりと湿った下着を見ても彼女はわからないのと同様に、彼女の後ろ姿は彼の言葉が聞き取れないと言っているようだった。服を身に着けた彼女は、自分を抱きしめ、床にくぎ付けになったように動かない。

李国華は天井に向かって言う。「これは先生の君への愛し方なんだ。わかるかい？　怒らないでほしい。君は学ぶことを知っている人間だから、美しさはそれ自身に属するものではないということを知っているはずだ。君はこんなにも美しい。しかし、どうしたってすべての人のものにはできないのだから、私のものになるしかない。わかるかい？　君はわたしのものだ。君は先生が好きで、先生は君が好きなのだから、わたしたちは間違ったことはしていない。これは、お互いに好き合っている二人だけがすることのできる究極のことなのだから、わたしに腹をたててはいけないよ。どれだけの勇気を振り絞ってわたしがこの一歩を踏み出したか君にはわからないだろう。初めて君を見たとき、君こそがわたしの運命の天使だと、わたしにはわかった。君の作文をわたしが読んでいることは君もわかっていると思うが、〝愛において、わたしにはよく天国が見える。この天国では流れるようなプラチナ色のたてがみのつがいの馬が口づけをしていて、わずかに土臭い蒸気が立ちのぼっている〟。わたしはこれまで生徒の作文を暗記したことなどなかったが、先ほどわたしはきみの身体の上で真に天国を味わった。赤ペンを手にしつつ、君がペンの軸を噛みながらこの文章を書いているのを見つめていた。君はなぜわたしの頭の中から離れてくれないのか？　行き過ぎだとわたしを責めてもいい。やりすぎだと責めてもいい。しかし、わたしの愛を君は責められるのか？自分の美しさを君は責められるのか？　ましてや、あと数日で『教師節』[*1]だ。君は、世界最高の教師節の贈り物だよ」

彼女が聞いていようがいまいがどうでもよく、李国華は自分がうまいことを言っていると思っている。日頃の授業の賜物だ。彼女は来週もやって来ると彼にはわかっていた。再来週もまた然り。

思琪はその日の夜、家からそう遠くない大通りで、はっと我に返った。激しく降りしきる雨が、彼女の制服をずぶぬれにして、薄っぺらい布が身体をぎゅっと抱きしめ、長い髪が彼女の頬にはりついた。道路の真ん中に立つ彼女を、ヘッドライトが行ったり来たりしながら何度も鞭打つ。けれど、自分がいつ外に出たのか、どこにいるのか、また何をしたのかわからなかった。李先生のところから出て家に帰ったつもりでいた。あるいは、李先生が彼女のあそこから出てきたと言うべきか。それは、房思琪が最初に失った記憶の断片だった。

その日、学校から帰った思琪たちは本の読み聞かせをしてもらいに伊紋と一維の家に行った。伊紋姉さんは最近いつもぐったりしていて、色も香りも味も何もかもが揃ったガルシア＝マルケスだというのに、姉さんの読み方では五蘊《ごうん》[*2]がことごとく散ってしまっている。一つの段落が終わると、伊紋は彼女たちに排泄と排遺[*3]のマルケス作品における象徴的な意義を語った。伊紋は言った。「だから、糞はマルケスの作品において、いつも生活の中で毎日向き合わなければならない不毛感を象徴し、排泄排遺は登場人物に生活の中の不毛さから命の不毛さを見せられるということでもあるの」。怡婷がふいに言い出した。「わたし、李先生の家にいくのをいつもとても楽しみにしてる」。まるで伊紋のいるここはただ通り過ぎるだけで、週五の伊紋が週一の李先生にあやかっているのだと言っているようだった。怡婷は言葉にしたとたん、口にすべきでないことを口にしてしまったことに気づいた。けれど伊紋姉さんは「そう」と言うだけだった。引き続きマルケス作品の尿と糞について語ってはいるものの、口調は先ほどまでとはまったく違っていて、伊紋姉さん自身がいまマ

＊1　教師に感謝する日とされている記念日。台湾では孔子の誕生日といわれる九月二十八日。
＊2　色・受・想・行・識の五つの肉体的、精神的に人間を構成する要素。
＊3　排泄…消化以後のものを身体から排出する。排遺…消化できないものを身体から排出する。

ルケス作品の中にいて、便秘でトイレにしゃがみこんでいるみたいだった。思琪まで便秘のように顔を真っ赤にしている。怡婷の無知は実に残酷だった。だからといって、彼女を責めることはできない。彼女に跨って彼女を殴る人はいない。彼女に跨って殴るよりもっと彼女を苦しませる人はいない。彼女たちはそのときにはもう伊紋姉さんが長袖を着ている理由を知っていた。思琪は怡婷が伊紋姉さんにことのほか親しみをこめて慰めるような表情をすることが嫌だったし、彼女だけが完全にもとのままでいることが嫌だった。

思琪たちがいなくなってから、許伊紋は自分をトイレに閉じ込めて蛇口をひねり、手のひらに顔を埋めて泣いた。子どもたちまでがわたしを憐れんでいる。伊紋は蛇口がザーザーと音を響かせている間ずっと、しばらく泣いていたが、指の隙間からもれてくる明かりが指輪をきらきらと輝かせているのに目を留めた。ニコニコと細める一維の目みたい。

目を細めて笑う一維が好き。鉛筆からスポーツカーまで、ピンク色のものを見ると彼女に買ってくれる一維が好き。オーディオルームで映画を観ているときにファミリーパックのアイスクリームを抱えて食べ始め、手で自分の肩のくぼみを叩いて「ここが君の席だよ」と言う一維が好き。同じデザインの上着を七色買う一維が好き。五つの言語で愛してるよと言ってくれる一維が好き。空気とワルツを踊る一維が好き。目を閉じて彼女の顔をなでて彼女を暗記したいと言う一維が好き。顔を上げてある漢字についてどう書くのかと尋ね、そのあとで彼女が空中で書いて見せる指を手に取って口にくわえる一維が好き。楽しんでいる一維が好き。一維が好き。なのに、彼女をひどく殴る一維！

毎日、思琪はシャワーを浴びるときに指を下半身に伸ばす。痛い。こんなに狭いところに、どうして彼が入ってくるのかわからない。ある日、彼女はまた手を伸ばそうとして、自分が何をしているのかを悟った。彼だけがわたしの子ども時代を突き破るのでなく、わたしだって自分の子ども時代を突き破ることができる。彼だけでなく、わたしだって。もしわたしが先に自分を捨てれば、彼にもう一度捨てさせることはできない。どうせわたしたちはもともと先生を愛していると言っていたのだから、愛している人に何をされてもかまわない、そうでしょう？

何が本当？　何が嘘？　本当と嘘が相対するものであるとは限らないし、世界に絶対的な嘘が存在するとは限らない。彼女は突き破られ、刺し殺された。けれど先生は彼女を愛していると言う。もし彼女も先生を愛しているのなら、それは愛なのだ。情交《セックス》。心ゆくまで情を交わす長い夜。彼女のもう一つの未来を思う。けれどこのときの彼女は、これまでの彼女の贋作だ。もともと本物のない贋作。憤怒の五言絶句は永遠に拡張されていき、千字を越えても終わらない哀艶な古詩になる。先生はドアを閉めるときに人差し指を唇の前に置いた。「シーッ、これはわたしたちだけの秘密だ」。その人差し指が彼女の身体の中でレバーのようでもあり、モーターのようでもあったのを彼女は今もまだ感じていた。彼女を遠隔操作し、支配し、彼女の痣に楽しげに嚙みつく。邪悪はこんなふうに平凡で、平凡はこんなふうに簡単だ。先生を愛することは難しくない。

人生はやり直せない、という言葉の意味は、もちろん現在を大切に生きるということではない。先生の痣はそこに浮かんでいる。頭髪は染めれば永遠に黒いままにできる。けれど、人生はやり直せないという言葉が意味するのは、彼女はまだ贋作でなかったときからもはや贋作であったということだ。彼女はぬいぐるみで怡婷とケンカごっこをした。湿った綿の上に横たわる緑豆を取り囲んで背が伸びるダンスを踊る。ピアノを凶悪なピアノ教師に見たてて、怡婷は憎々しげに低音の端を叩き、思琪は高音を叩く。成長期の漢方薬の中にお互いが映っているのを、スープの中に一角獣の角と鳳凰の尾羽の幻想を見る。人生はどうしたってやり直せないという言葉の意味は、これらのすべてがみな、これからは先生に痛い思いをさせることなくもっと早く出させてあげることを学ぶためのものだったということだ。人は一度しか生きられないのに、死ぬことは何度でもできる。この何日か、彼女の思いは狂ったように彼女を追い立て、小動物が狩りから逃れられなくなって木の枝に行く手を阻まれたように、もはや生きることを望まなくてもすむ口実ができて、殺される中でようやく気をゆるめられるのだった。完全に悟りを開く。喜びも悲しみも。思琪はバスルームで楽しげに笑い声をあげ、笑って笑って、笑いながら涙を流し、ついには泣き出した。

いつもの作文の日がやってくる前に、李国華は房家に行ってドアのチャイムを鳴らした。思琪は机に寄りかかるようにしておやつを食べていた。房夫人が李国華をリビングに招き入れると、思琪は顔を上げ、表情のない目でじっと彼を見つめる。廊下の小さな油絵は実に美しい、描いたのは思琪でしょう、と彼は言った。思琪に一冊の本を渡しに来たのだった。房夫人に言う。「最近、城市美術館ですばらしい展覧会をやっているので、ご夫妻も思琪を連れて行かれては？　わたしには縁がないんですよ。うちの晞晞は行きたいと思わないのでね」。房夫人は言う。「それならちょうどいいわ。先生がうちの思琪を連れていってくだされば助かります。わたしたち二人とも、ここ数日は忙しくて」。李国華は考え込むふりをしてから、いかにもおおらかな口調で引き受けた。房夫人は思琪に言い含める。「ありがとうございます、と言えないの。服も着替えにいかないで」。思琪は尋常でなく正しい発音と美しい声で言った。「ありがとうございます」

ついさっき食卓で、思琪はパンにバターを塗りたくるような口調で母に言ったばかりだった。「うちの家の教育は何もかもそろっているようだけど、性教育だけはない」。母は信じられないというふうに彼女に言い返した。「性教育ですって？　性教育は必要な人たちにするものよ。教育というのはそういうものでしょう？」　思琪はすぐにわかった。この物語では両親はずっと欠席しているのだ。授業をさぼっていたくせに、自分ではまだ学校が始まっていないと思い込んでいる。

先生の持ってきた本を手にして部屋に戻る。部屋のカギをかけ、ドアによりかかり、暴風のような勢いでページをめくると、本の終わりの方に新聞の切り抜きが挟まっているのを見つけた。彼女は視線も人生もその一枚の紙の上に凝縮された、その命をまっすぐに見つめた。切り抜きは顔写真で、おそらくは新聞の映画演劇欄のところから切り抜いたものだ。黒くて長い髪の美しい女子生徒。自分が声を出さずに笑っていることに気づいた。劉墉《リョウヨン》*1の本に挟まれた、映画演劇欄の女子生徒。この人はわたしが思っている以上に滑稽だ。

のちに怡婷は思琪の日記で読んだ。「劉墉と映画演劇欄でなかったら、もしかしたらわたしも少しは喜んだかもしれない。たとえば、のっぺりとした大きな口のような字で、アベラールがエロイーズに書いた言葉。あなたはわたしの安全を消滅させた。あなたはわたしの哲学的勇気を破壊した。嫌なのは彼が俗っぽいところを隠そうともしないところ、彼が男子中学生とかわらないこと、彼がわたしのことをほかの女子中学生とかわらないと思っていること。劉墉と新聞の切り抜きでは、わたしを手なずけることなどできない。けれど間に合わない。わたしはもはや穢れてしまった。穢れには穢れの喜びがある。清めたいと思うことは苦しすぎる」

思琪はクローゼットの中に埋もれながら、あれこれと思いをめぐらせた。未来のためにとっておかなくてはならないから、おしゃれしてきれいになりすぎないように。思いなおす。未来？　彼女はたくさんのドレスの中に跪《ひざまず》きながら、自分が優しい波の上の島になった気がした。出かけるとき、房夫人が、角を曲がったところにあるコンビニで先生が彼女を待っていることを告げた。帰りはあまり遅くならないように、と言い聞かせることもない。マンションを出てから、外はひどい雨だと気づいた。角まで歩いたら間違いなくびしょぬれになってしまう。まあいいか。歩けば歩くほど、着ているものは重くなり、足は靴の中で、ぼろぼろの紙の船をつっかけているみたいな感じがした。玉の簾をかき分けるようにして雨の線をかき分けていくと、角のところにタクシーが停まっているのが見えた。タクシーのてっぺんは、無数の雨のしずくが飛び散ったガラスの皿になっている。シートに乗りこむとき、まず足を外に伸ばして、靴の中から二杯分の水をこぼした。李国華はまったく雨に濡れた形跡もなく、落ち着いてそこに座っている。

先生は彼女の服装をとても気に入っているように見えて、微笑んだ皺も道路の水たまりのようになった。李国華は言う。「君たちに中国の人物画の歴史を話したことがあるのを覚えているだろう。君はいま『曹衣帯水』で、わたしは『呉帯当風』[*2]だ」。思琪も楽しげに言う。「わたしたちには王朝ひとつ分の時代のギャップがあるのね」。彼が突然、前の座席の背もたれにしがみつくようにして言う。「見てごらん、虹だ」。思琪が前の方を見ると、目に入ったのは若いタクシードライバーがバックミラー越しに二人をちらりと見た、切れ味の悪い刀のような目だけだった。二人の間の距離

＊1　台湾の作家、一九四九年－。
＊2　水に濡れ、薄い布が身体にぴったりと貼りついているような北斉曹国の曹仲達の画風と、重ね着した衣に長い裾帯が風に舞うような唐代の呉道子の画風をさす。

は、二人の目の中のそれぞれの風景と同じくらい遠かった。タクシーはホテルに直行した。

李国華は手枕をして、ベッドに横たわっている。思琪はとっくに服を身に着けて、床に座ってホテルの絨毯の長い毛を弄んでいる。素直になでると青色になる、逆立てるようになでると黄色になる、こんなにも美しい絨毯が、どれだけのみだらな記憶の重さに耐えてきたことか。彼女は切なさに泣いた。彼が口を開く。「知性のある女子生徒と話をしたいだけなんだ」。彼女は鼻で笑った。「自らを騙《だま》し、他人を騙す」。彼は続ける。「文章を書きたいと思う子はみんな、歪んだ恋をすべきかもしれない」。彼女はまた笑った。「口実ね」。彼は言う。「もちろん口実が必要だ。口実がなければ、君とわたしはこんなふうにやっていけない、そうだろう？」李国華は思っていた。彼女の恥じて嫌悪する心がいい、彼女の身体から洗い落とせない倫理がいい。もしこの物語を映画にするなら、ナレーション付きで。彼女の羞恥心がナレーションであきらかに語られる。恥を知らない彼の快楽の巣窟。ひっそりと奥深い彼女の教養の中にぶち込む。彼女の羞恥心を力いっぱいこねくりまわして、恥ずかしい形状にする。

一日おきに、思琪は作文を持って下の階に行く。やがて、李国華は思琪を展覧会に誘うために、頻繁に上の階に行くようになる。

怡婷は毎週の作文の日が好きだった。単独で李先生と一緒にいられて、彼が語る文学や人物の面白いエピソードを聞くのは、怡婷にとって満漢全席を目の前にして休むことなく箸を動かしている感覚だった。自分が単独で先生との時間を楽しむのを邪魔されたくないからこそ、思琪も同じ気持ちであるはずだと、思琪の作文の日には怡婷は絶対に先生の家のドアをノックすることはしなかった。唯一邪魔をしたのは、どうしても先生に喉を潤してもらうための飲み物を持って行ってほしい、と房ママに頼まれたときであった。李国華が潤したいのはどこなのかを、誰も知らない。

迎え入れるときの先生は普段よりもさらに優しく、歌って踊って大喜びしているかのごとき表情が顔にありありと浮かんでいる。思琪は机にもたれていたが、ぱっと顔を上げると、じっと怡婷を見つめた。怡婷はたちまち机の上に紙とペンがないことに気づいた。思琪は悲壮な表情をしており、風のない室内なのに髪がぼさぼさだ。李国華は思琪を見て、さらに怡婷の方を振り返って見ると、笑いながら言った。「思琪は何か怡婷に言いたいことがあるのかな?」思琪は震える唇を嚙みしめ、ようやく声を出さずに口だけを動かして怡婷に伝えた。「なんでもない」。怡婷も声を出さずに口だけを動かして返事をした。「それならいいけど、病気にでもなったかと思ったよ。バカ」。彼女たちが何を言っているのか李国華にはわからなかったが、自分がしたことで思琪の身体に屈辱感が発酵していることについては自信があった。

三人が机を囲んで腰を下ろすと、李国華は笑って言う。「君が来たとたん、さっきどこまで話したのか忘れてしまったよ」。優し気なまなざしで、思琪を振り返る。思琪が言う。「わたしも忘れちゃった」。三人は中身のないおしゃべりをする。思琪は思った。わたしが大人になって、メイクを始めて、外を歩くようになったら、チークの下になんとも言えない脂の浮いたこんな今みたいな中身のない話をするのだろう。大人になったら？　メイク？　思想が伸ばした手は無力に垂れ下がった。一昨年の「教師節」のあのときに、自分はもはや死んでしまったのではないかと考える時がある。思琪は李先生の向かいに座っている。彼らの間のフローリングにある種の以心伝心の快楽があり、それは彼女が足でしっかりと踏みしめていなければ、突きやぶって芽を出してきそうだった。

怡婷が言う。「孔子と四科十哲[*1]も同性愛者の集まりなんでしょう」。先生が答える。「わたしは授業でそんなことは言えないよ。ご両親から苦情がくるからね」。怡婷はあきらめずに続ける。「プラトンのアカデメイア[*2]もみんな同性愛者の集まりなんでしょう」。「思琪？」彼らが楽しげに話しているのを聞きながら、彼女は突然、街中どこもかしこもみんな幸福だらけなのに、彼女のものはひとつもないのだということに気づいた。「思琪？」「ああ！　ごめん。話を聞いていなかった」。思琪は顔がすっかり錆びついて、目だけが発熱している気がした。李国華もそれを見抜いて、口実をつくってやんわりと怡婷を追い出した。

房思琪の快楽は、先生が彼女の身体を搾りとるように出す高音の快楽である。快楽は、先生がベッドの上で彼女のみだらなところを見たいといえば彼女がみだらになる快楽である。仏様は「非非想之天〔煩悩の世界〕」と言うが、それなら彼女は「非非愛之天〔愛の世界〕」にいて、彼女の快楽は愛していないわけではない天国だ。彼女は愛していないわけではないし、もちろん憎んでいるわけでもないし、決して冷淡であるわけでもないが、ただこれらのすべてが嫌でたまらなかった。彼女に彼が何かを与えるのは、さらにそれを持っていくためである。彼が何かを持っていくのは、惜しみなく彼女に返すためだ。先生のことを思うと、房思琪は太陽も星と同じものだと気付いて、楽しくてたまらなくなり、つらくてやりきれなくなった。李国華はドアにカギをかけてから戻ってくると、彼女の口を吸った。「君を愛しているかって、いつも尋ねてくるね？」思琪は唇を離すと、鉄のスプーンを口に含む。それは、ひと晩かかってウトウトしながら紙いっぱいに鉛筆で書いた作文、二年もずっと誰も読んでくれないし誰も手を入れてくれないのにそれでも書き続けている作文のような味がした。

彼は彼女の服をはぎ、食らいつきながら、言う。「聞きなさい！　君を愛しているのかとわたしに聞きなさい！」終わった。李国華は身を横たえると、ゆったりと目を閉じる。思琪はいつまた服を着ていいのかわからず、独り言のように言う。「前に、伊紋姉さんがわたしたちに『百年の孤

＊1　孔子の弟子の中でも最も優れた十人の弟子をさす。
＊2　紀元前三八七年頃、プラトンがアテネ郊外に建てた学園。

独』を読んでくれたけど、おぼえているのは——ドアをノックし始めたら、彼はずっとノックし続ける——というフレーズだけ」。李国華が答える。「わたしはすでにドアをあけた」。思琪は言う。「知ってる。わたしが言っているのは自分のこと」。李国華の脳裏に伊紋の声と姿が浮かんだが、心の中はこれまでにないほど穏やかなままで、波立つことはなかった。許伊紋は美しいことは美しいが、と彼は心の中で思った。自分がこんな短い間に二度できるのは初めてのことだ。やはり年齢は若い方がいい。

あるとき怡婷の作文の授業が終わり、先生が仕事に出かけていくとすぐに、怡婷は上の階に行って房家のドアをノックした。思琪がドアをあけると、そばには誰もいないのに、二人は二人だけの、声を出さない口の形だけの会話をした。「わたし気づいたんだけど、先生の素敵なところは『目如愁胡[*1]よ』」。「え?」「目如愁胡だってば」。「わからないんだけど」。「哀愁の愁に、胡人の胡よ」。思琪は何も反応しなかった。「そう思わない?」「意味がわからないんだけど」。怡婷はノートをちぎって思琪に書いてみせた。目如愁胡。「『深目蛾眉、状如愁胡[*2]』だけど、まだそこまで教えてもらえてないの?」怡婷は思琪をじっと見つめたが、その目には勝者の余裕があった。「まだ」。「先生の素敵なところはあの哀愁の胡人の目よ、マジで。きっと来週教えてもらえるんじゃないかな」。「そうかもね。来週」

思琪たち中学生の人生にはいつでも、作文の日がそばにある。作文の日は味気なく、とめどなく回りくどい読書生活における旗印だ。怡婷にとって、作文の日は一週間が光り輝くスタートである。思琪にとっては、作文の日は長い長い昼間に、一度ならず襲いかかる濃厚な闇であった。

立秋をすぎたばかりのある日、怡婷はまた李国華のところにいた。思琪は伊紋姉さんのところに向かった。迎え入れた伊紋姉さんの目には涙があふれている。まるでずっと長い道のりを手探りで歩いてきて、急に太陽の光にまぶたを刺されたみたいに。伊紋は思いもよらなかったらしく、寂しさに慣れた人が突然話をしなければならなくなり、言葉を後ろに落としてきてしまったように、どこまでも幼稚で、どこまでも脆《もろ》かった。伊紋姉さんの顔に傷があるのを初めて見た。思琪は知らなかったが、それは一維の結婚指輪が傷つけたものだった。美しく、強く、勇敢な彼女たちの伊紋姉さん。

二人はリビングルームに腰を下ろした。大人と子ども。こんなにも美しく、こんなにも似ている、マトリョーシカの中から取り出した、もう一つのマトリョーシカのよう。伊紋は沈黙を破り、えくぼを浮かべて笑った。「今日はナイショでコーヒーを飲んじゃおうか」。思琪は言った。「姉さんの

＊1　目が胡人（トルコ人）のように深い愁いを帯びている、の意。
＊2　二十三頁参照

家にコーヒーがあるなんて知らなかった」。伊紋のえくぼにはどこか老け込んだ感じがあった。「うちのママがわたしには飲ませてくれないの。かわいい琪琪《チーチー》〔思琪の愛称〕、わたしの家に何があって何がないかまですっかりあなたに筒抜けだったら、怖くなっちゃう」。伊紋姉さんが字を重ねてこんなふうに彼女を呼ぶのを初めて聞いた。伊紋が呼び覚ましたいのは彼女なのか、それとも自分の若さなのか思琪にはわからなかった。

伊紋姉さんはピンク色のスポーツカーを運転して思琪を乗せ、キャンバストップを開く。車の上を挨拶するようにそよいでいく空気は、都会の空気とは思えないほどすがすがしくてさわやかだ。自分は永遠に独りでこの世界の優雅なところを発掘することはできないのだと、思琪は気づいた。中学一年の教師節のあの日から、彼女はまったく成長していなかった。李国華が身体の上に覆いかぶさり、彼女を成長させないのだ。しかも、彼女の生命に対する向上心、生きることに対する情熱、存在そのものに対する見開いた大きな目、あるいはそれを何と呼ぼうとも、下から彼女の身体に入ってくる人間が、すべてを握りつぶす。虚無主義《ニヒリズム》でもなければ、道教の無でもなく、仏教の無でもなく、数学的な無である。ゼロ。赤信号のとき、伊紋は思琪の顔に、風に吹かれて流れた涙の痕を見た。伊紋は密かに思った。ああ。ベッドに横たわって涙を流しているわたしと同じ。

伊紋姉さんが口を開く。声の中は砂ぼこりだらけだったが、砂といっても砂塵や砂石ではなく、伊紋姉さんのところでは、砂は金鉱の金の砂だ。「話したいことがあるの?」もう一度、彼女を琪琪と呼ぶのは我慢した。さっきのように思琪を呼んだのは、母性が邪魔をしたのかもしれない、と悟った。二回の青信号、二回の赤信号の沈黙の後、思琪は口を開いた。「姉さん、ごめんなさい。どうしても話せない」。積極的で、建設的な、ショベルカーの街が彼女たちを取り囲んでいる。伊紋は言った。「申し訳ないなんて思わないで。申し訳ないのはわたしの方よ。何でも話せるとあなたに感じてもらえるほどには親しくなれていないのだから」。思琪はさらに激しく泣き出した。涙は風に吹かれても流れないほどに重い。彼女はにわかに責めるような声になった。「姉さんだって、わたしたちに自分の悩み事を話してくれたことないじゃない！」一瞬、伊紋姉さんの顔が、綿がはみ出した布人形のように悲しげになった。「わかった。確かにどうしても話せないこともあるわよね」。思琪はさらに責め続ける。「姉さんの顔、どうして傷がついているの！」伊紋はゆっくりと、一字ずつ口にした。「転んでしまった。なんだかんだ言っても、やっぱりわたしは間が抜けていて」。思琪は驚いた。伊紋が彼女に真相を告白しようとしているのがわかったからだ。伊紋姉さんは比喩という服をめくって、比喩の下の醜い裸体をさらけ出す。彼女は知っている。聞けばすぐに彼女にはわかるということを伊紋は知っている。顔の傷がさらに奥深い涙の痕であるように。自分は非常にまずいことをしてしまった、と思琪は思った。

自分の指をいじりながら、小さな声で思琪は言った。伊紋姉さんの耳にうまく舞い込んだあとで風に吹かれてかき消されてしまうような声の大きさで。「姉さん、ごめんなさい」。伊紋は片手で、ハンドルを握り、目は前方を見つめたまま、片手で彼女の髪をなでた。探さなくても彼女の頭のある場所はわかっていた。伊紋が口を開いた。「お互いに謝るのはやめましょう。謝るべきはわたしたちじゃない」。車は商店街の前に止まった。地価からいって、どの店構えも大きく贅沢だ。スポーツカーのシートベルトが彼女たちをシートに縛り付けている。こんなにも安全。死ぬほど安全。思琪が口を開いた。「姉さん、一人を愛することを決めるのってこんなに簡単でいいのか、わたしにはわからない」。伊紋は彼女をじっと見て、彼女の目をのぞき込んだが、顔が映りそうなほどに静かな水をのぞき込むようだった。シートベルトを外すと、思琪を抱きしめて言った。「わたしも昔はわからなかったわ。わたしのかわいそうな琪琪」。彼女たちは大小のマトリョーシカ。彼女たちは知っている。開き続けていって、中を取り出していって、一番真ん中の、一番小さなマトリョーシカを取り出せば、それは小指ほどの大きさでしかなく、小さすぎるうえに、筆が太すぎて、顔立ちの絵がぞんざいで、しくしく泣いているようなぼやけた顔になっている。

　彼女たちが入っていったのはカフェではなく、ジュエリーショップだった。目をほそめて見回すと、部屋の中いっぱいのきらきらと輝く宝石たちは、四方の壁のショーケースに住みついた妖精がまばたきしているかのようだった。手や首のマネキンもどこか童話っぽい。老婦人がショーケースの奥に座っていて、マゼンタ〔赤紫色〕のニットドレスを着ていたが、そんななんとも言えない、覚えにくい色と材料は、こんなふうに言っているようだった。「わたしはなんでもいいけれど、なにものでもありません」。マゼンタ夫人は伊紋姉さんを見ると、さっと眼鏡をはずし、手にしていた宝石とルーペを置いて、伊紋に声をかける。「銭夫人いらっしゃいませ。上にいって毛毛《マオマオ》を呼んでくるわね」。そう言って上の階にいってしまったが、とてもすばやくて、思琪は階段がどこにあるのかさえ見えなかった。老婦人がテーブルの上の宝石をしまいもしなかったことに思琪は気づいた。伊紋姉さんが思琪にささやく。「ここはわたしたちの秘密基地ね。ここにはあなたと同じくらいの背丈の水出しコーヒーメーカーがあるのよ」

ブルーの人影があらわれた。フレーム眼鏡の丸顔の男の人だ。なぜだかわからないけれど、一目見て彼の白い肌は星の砂の白ではなく歯磨き粉で、ブルーのセーターは海のブルーではなくパソコンのディスプレイだと感じさせる。上唇の上と下唇の下に小さなヒゲをたくわえていて、そのきちんと整えられたヒゲは唇を半分隠そうとしていた。伊紋姉さんが顔を彼の方に向けたとき、そのヒゲに人が横たわるのを待っていた芝生のような表情が現れたのを思琪は見た。毛毛さんは一身に宝石の妖精のまなざしの雨を浴びながら、上から下まで全身で言っている。「わたしはなんでもできます。なんでもいいのです。なにものでもありません」。それは、とっくに大人になるのをやめてしまった思琪が、一人の人間を正しく見極めた最初で最後だった。

中学が終わる夏休みの前に、思琪たちは地元の女子高級中学と台北の第一女子高級中学を受験し、国語のエリートクラスも受験した。[*1] 二人ともそろって合格した。房ママも劉ママも「お宅の娘さんがいるから、娘が家から離れても安心できる」と口々に言いあった。李国華は一緒に会食した際、さりげなく声をかけた。「忙しいことは忙しいですが、台北にいるときに様子を見てあげることくらいはできますよ」。李先生の堂々とした物腰は房ママや劉ママを安心させる。思琪は会食の席でも顔色を変えることなく、ただ黙々と寿司の下に敷いてある食べられない雲紋紙をのみ込んだ。

高校に進学する前の夏休み中ずっと、李先生は善意から思琪を展覧会に連れて行った。あるとき、マンションから離れたカフェで約束をした。展覧会の前の日、李国華はまだ台北にいるのに、思琪はそのカフェに行った。長い間座っているうちに、これでは自分が待ちきれなくて焦っているみたいだ、とはっとした。一人の男が恋人を待ちきれず、思い切って酒をボトルでオーダーして、女性が到着する前に早々と飲み干してしまい、仕方なくもう一瓶追加して、女性がやって来ても、どうして顔を赤らめてどきどきしているのか説明できなくなってしまっているみたいに。焦っている。

思琪のいる小さな丸テーブルに突然、小さな小さな黒い影がプリントされ、その影が少しずつ彼女のコーヒーカップのほうに移動してきた。それは右側のはめ殺しの窓の外に張り付いて、太陽の光に照らされている一匹のハエだった。影はハート形で、ハエの左一枚、右一枚の羽だと思った。テーブルクロスの花柄のデザインは、規則的に並んだ苗のようだ。影はまるで遊んでいるかのように花の間をひっきりなしに行き来し、そのままコーヒーカップのソーサーのところまでやってきた。

さらに、ちょっと苦しそうに歪《ゆが》みながらコーヒーの中に飛び込んだので、彼女がスプーンを取り上げてホイップでその影をもてあそんでいるうちに、その影はようやくおとなしく止まって動かなくなった。李国華が彼女のことをなでながら、語り聞かせたのを思い出した。前漢の成帝が趙飛燕《チャオ・フェイイエン》*2の乳房は温柔郷であると言ったという話だ。そのとき彼女は心の中でやり返した。それは趙飛燕の妹の趙合徳《チャオ・フードゥ》*3のことでしょう？　自分がもっとやり返したいのは彼の指なのかもしれない。思琪はぼんやりと思った。先生が追い求めているのは故郷なのだ。ただ聞いているだけで何も言わず、無骨さを垣間見せれば、彼自身も認めたがらないけれどそのガサツさに安心する。故郷？　影はいつのまにかコーヒーカップから出てきている。すばやく彼女の方に向かってきて、テーブルの縁から飛び出した。彼女は反射的にふとももで挟んだが、彼女がはいていたのは黒のスカートで、もうその影を見つけることはできなかった。窓の方に目を向けると、あのハエはとっくにいなくなっていた。

　彼女はそろそろとバッグから日記を取り出し、自分とハエの短いロマンスを書きこもうとした。視線を上げると、向かいの離れた席にいる男の人が地面に這うようにしてものを拾っていて、太っ

*1　台湾の学校制度は九月始まりの二学期制のため、中学三年の夏休み前に高校受験がある。
*2　前漢の成帝の皇后。
*3　趙飛燕の双子の妹。成帝の寵姫。

ているためにチェックのシャツが背中までまくれあがって、周囲の肉がさらされているが、驚いたことに男の人のズボンの上からはみ出たパンツにはぐるりと中国紅《チャイニーズレッド》のレースがついているのだった。彼女はゆるゆると視線を移したが、笑ったりはしなかった。笑わなかったのは、彼女の心の中には愛に対するぼんやりとした期待があふれており、愛していない愛だとしても、愛にはいつもある種の世の中を許す性質のものがあるからだ。プライドはとっくに捨ててしまった。これ以上自分に優しくなれなかったら、彼女はほんとうに生きてはいけない。ペンを取り上げたとき、いつのまにか例のハエが再び右側にある窓に止まっているのに気づいた。まるで長い間ずっとそこにいたかのように。彼女は心の中で感謝しつつ、自分がまだ感謝することを覚えていることを喜んだ。のちに、日記の中で思琪がこう書いたのを怡婷は読む。「彼の残虐な愛も、わたしの無知な愛も、いかなる種類の愛であろうと、愛にはいつも愛以外の人間の性質にある種の寛大さがある。もう二度と目の前のマカロン――少女の柔らかな胸――は食べられないけど、連想、象徴、隠喩というものが、世界でもっとも危険なものだということを私は知っている」

翌日、小さなホテルで、思琪は服を着たあと、初めて床にぐったりすることなく立ったまま、腰をかがめて、シーツのしみを見下ろす。「誰の？」「君だよ」。「わたし？」「君だ」。「わたしなの？」不思議そうにシーツを見つめる。「先生でしょう？」「君だ」。思琪は李国華が気取っているのだとわかっていた。彼は胸毛さえ気取っている。彼は枕にしていた頭の下の手を引き出して、彼女と一緒にその濡れたあとを撫でた。しばらく撫でていたが、彼は彼女の手をつかみ、ふいに寂しげなしたり顔になって、言う。「君と一緒にいると、喜怒哀楽にも名前がなくなってしまう」。房思琪は楽しげに笑った。胡蘭成《フー・ランチェン》*1の言葉だ。「胡蘭成と張愛玲《チャン・アイリン》*2。先生はほかに誰と比べるの？ 魯迅と許広平《シュー・グアンピン》*3？ 沈従文《シュン・ツォンウュン》と張兆和《ジャン・チャオフー》*4？ アベラールとエロイーズ*5？ ハイデガーとハンナ・アーレント*6？」彼はただ笑って言う。「蔡元培《ツァイ・ユェンペイ》と周峻《チョウ・ジュン》*7を忘れたね」。思琪の声が熱くなる。「わたしはそうは思わない。正確に言えばそうであってほしくない。先生にこれを追い求めてほしくない。ほしいのはこれなの？」李国華は答えなかった。ずいぶん時間がたった。思琪はとっくに座り込んでいる。

*1　中国の政治家・作家・思想家。一九〇六－八一年。一九四四年に十四歳年下の張愛玲と結婚、四七年に離婚。

*2　中国の作家。一九二〇－九五年。

*3　魯迅（中国の作家。一八八一－一九三六年）は北京女子師範大学で講師をしていた時、十七歳年下の学生、許広平（中国の婦人運動家。一八九八－一九六八年）と出会い、結婚。

*4　沈従文（中国の作家。一九〇二－八八年）は教え子だった八歳年下の張兆和（中国の作家。一九一〇－二〇〇三年）と一九三三年に結婚。

*5　ピエール・アベラール（フランスの哲学者・神学者、一〇七九－一一四二年）は家庭教師をしていた二十二歳年下のエロイーズ（一一〇一－六四年）と恋に落ちる。

*6　マルティン・ハイデガー（ドイツの哲学者、一八八九－一九七六年）はマールブルク大学で教鞭を執っていた時、十七歳年下の教え子、ハンナ・アーレント（一九〇六－七五年、ドイツの哲学者、思想家）と愛人関係になる。

*7　蔡元培（一八六八－一九四〇年、政治家・教育家）の三人目の妻は、二十一歳年下の周峻。蔡元培五十四歳、周峻三十三歳で結婚した。

李国華はまた眠ってしまったのだと思っていたが、ふいに口を開く。「わたしは愛においては、不遇なんだ」。思琪は心の中で思った。そうなの？

二十年前、李国華は三十代になり、結婚して十年が経っていた。そのころ彼は高雄の学習塾でにわかに人気がでて、どのクラスも満員になった。

その年の浪人生クラスに、授業が終わってから質問をしに来るのが好きな女子生徒がいた。じっくりと見るまでもなく、彼女が美しいことはすぐにわかった。授業が終わるたびに、彼女は教壇に身を寄せ、小さな手で分厚い参考書を持ち、ふんわりとした声で、右手の人差し指で本を指さしながら言うのだ。「先生、この問題、この問題はどうしてAなんですか？」彼女の指のすらりとした白さは、いかにもまだ未成熟であった。李国華は初めて「この指を折りたい」という感覚を抱いた。彼はそんな考えにびっくりして、自分に言い聞かせるように心の中でつぶやいた。「温和、善良、恭謹、節制、謙譲。*温和、善良、恭謹、節制、謙譲」。念仏のように。その生徒は笑って言った。「みんなわたしのことをクッキーって呼びます。王《ワン》と言います。先生、わたしのことをクッキー・ワンと呼んでいいですよ」。彼はあやうく口にしそうになった。「わたしはそれより君のことをキャンディーと呼びたい。サクサクキャンディーと呼びたい。ハニーと呼びたい」と。温和、善良、恭謹、節制、謙譲。クッキーの質問はいつもバカバカしいものばかりで、バカだから質問も多かった。

女運も、名声と財産と同じようにあっという間にやってきて、彼はときどき錯覚に陥った。名誉と利益は教師として教えることの付加価値で、ピンク色のラブレターこそが目的なのだと。金は臭いが、ラブレターはいいにおいがする。

自己批判の必要もなく、彼はこの一歩を簡単に踏み越えた。妻がいようがいまいが、まったく関係なかった。生徒は彼を愛したし、いつだって資源の無駄遣いはよくないし、この地球上の本物の感情だって多すぎるというわけではないのだから。彼はその日、涼しげにひとこと尋ねただけである。「もう授業は終わりだから、先生があるところに連れて行ってあげよう」。テレビで百回は繰り返されている、アメリカ映画の中の悪人が公園にいる子どもを騙す言葉だ。俗っぽすぎる言葉は往々にして真理なのだ。クッキーは、はい、と笑って八重歯を見せた。

彼はその二日前に、そう遠くない小さなホテルをチェックしておいた。そのときの実地調査をする気持ちは、冷ややかでもなければ、のぼせていたわけでもなく、「万事万物みな其の所を得た」と感じただけであった。最初に思い浮かんだたとえは、唐代からの山水の紀行文は、いつもなんとか丘が東のほう十数歩、なんとか林が西北のほう十数歩、なんとか穴が南のほう数十歩、なんとか

＊ おだやかで、すなおで、うやうやしく、つつましく、ひかえめなこと。『論語』「学而」より。名門台北市立第一高級女子中学（高校）のクラス名にも使われている。

泉が穴の中にあるとか言っているというものだ。追求の過程を形容するようであり、それ以上に少女の秘所を描写しているようでもあった。実に美しい。ホテルは路地の入り口にあり、路地は通りの右側で、部屋の窓の外には木があり、木には葉があったが、陰茎はパンツの中であった。あんなにも美しいものを、手にしないなんてもったいない。

ホテルの入り口でもまだ、クッキーはにこにこ笑いながら聞いてきた。「先生、わたしたち何をするんですか?」部屋に入って、彼がカーテンを引くと、タバコの吸い殻のようなかすかな明かりの中で、クッキーの八重歯が震えだし、口調も変わった。「先生、何するの?」この期に及んで何をするというのか? 自分の着ている服をすべて脱ぎ棄てた。クッキーにとっては一瞬のことだったようだ。クッキーは泣き出した。「やめて、やめて。わたし彼氏がいるから」。「彼氏がいるのにどうして君は先生のことが好きだと言ったんだい?」「彼氏を好きなのとは違う好きなんです」。「彼氏がいるのにどうして先生に会いに来た?」彼女をベッドに押し倒す。「やめて、やめて」。「どうして先生と一緒にこんなところに来た? 君がこんなふうだから先生は誤解してしまうんだ!」「やめて」。制服を破ってしまっては大ごとになるから、下着だけを脱がせればいい。自分の思考が明晰であることに、彼は我ながら感心した。温和、善良、恭謹、節制、謙譲。「やめて! やめて!」彼女を平手打ちする。チョークを投げて黒板の粉受けに戻す手つき、女子生徒をうっとりさせるその手つきで。クッキーは何も言わなくなった。彼が真剣であることがわかり、授業の進度と同じように、今日、絶対に彼はこのことを終わらせずにはいられないのだということも彼女にはわかった。下着はさくらんぼ色で、水玉模様だ。彼はそれを見るなり、チッ、男がいるのか、と思い出した。それでも彼女が処女であることのみをひたすら願った。少女にもこれほどの大きな力があることを、彼は初めて知った。やむを得ず、彼女の目を思いきり殴りつけた。それから鼻も。口も。血が流れる。きっと唇の内側が可愛い八重歯に傷つけられたのだろう。それでも開かない。やむを得ず痣が残ってしまうリスクも冒して、さらに殴りつける。二回、三回。三は奇数であり、多数を代表する。温和、善良、恭謹、節制、謙譲。クッキーの両手が鼻を押さえたとき、彼女の腿がゆるんだ。彼が驚き喜びつつ気づいたのは、唇の血を見たとき、太腿の内側の血を見たときと同じくらいうれしかったことだ。

二百人の教室の学習塾のクラスでは、いつも男子生徒は教室の左半分にいて、女子生徒は右半分にいる。世界の半分が丸ごと彼のために脚を開いているのだということに、彼は気づいた。これまで、なんと無知な日々を過ごしてきたのだろう。以前は高校で教えていて、長い間かかって師鐸賞*を手にした。学生時代にも彼はケンカなどしたことはなかった。ケンカで同級生を怒らせ、先生を怒らせるなんて、割に合わない。長年、初恋から走り続けて結婚した彼は、妻の緩んだ膣がどれだ

＊　優秀な教師に授与される賞。

け狭いもので、幼い女子生徒たちの狭苦しい小さな穴がどれだけ広々としているものであるかをようやく知ったのだ。温和、善良、恭謹、節制、謙譲。

クッキーは二週間授業に出てこなかった。彼はあっさりとしたものだった。教壇の前には質問をするために待っている生徒がいて、さらに後ろにも並んでいる。そのうち半分は男子生徒だから、五割引いたとしても、まだまだ長い列だ。彼はいま自分の人生が短すぎることだけを恐れた。三週間目に、クッキーは学習塾のビルの前で彼を待っていた。「先生、あそこにわたしを連れて行ってくれますか?」李国華がクッキーを見て、すぐに思い出したのは、あの日は下着を破ってしまったので彼女が下着をつけずに帰ったことだった。その光景を思うと、下腹部に神聖な騒動が起こった。

クッキーの彼氏は幼なじみで、クッキーの家は意麺《イーミエン》〔卵麺〕を売っていて、彼氏の家は隣で板條《バンティャオ》*を売っていた。あの日、彼女は家に帰ると、すぐにその彼氏に身体を捧げた。以前のボーダーラインはブラジャーだったのに、一気にそれを飛び越えたことで、彼氏はただ不器用に驚喜した。クッキーの目に涙があるのを見て、ようやくことのいきさつを問いただした。クッキーの彼氏はタバコに火をつけると、三本のタバコを吸うだけの時間で、クッキーと別れることを決めた。クッキーはホテルのときよりもずっとひどく泣いて、どうしてなの、と問い詰めた。彼氏は四本目のタバコを地面に投げ捨てた。まだ四分の一しか吸っていないのに。タバコはクッキーの彼氏にとって唯一のぜいたくなのに。「なんで俺が汚れたクッキーなんかと一緒にいる?」クッキーは追いすがった。

「だから、さっきやっと俺にもやらせたんだろ。きったねえな。くそったれが」。クッキーは地面のタバコと一緒にしわしわになり、小さくなり、ゆっくりと消えていった。

クッキーを好きな人がいなくなってしまった。先生がクッキーを好きだと言うのなら、クッキーを好きな人がいることになる。先生はクッキーに何をしてもいい。クッキーと先生はつきあうようになった。こんなにも若く、美しい女の子が彼の首にしがみついているのは、ダイヤモンドのネックレスを首にかけているよりずっといい。そのころ彼は金を稼ぐことにも力を入れ、台北と高雄に秘密の小さなマンションを買った。一年たって、新たな学年でもまた、彼は列の中から一人の少女を選んだ。クッキーよりもずっと美しかった。クッキーは泣きながら別れないでほしいとすがり、道端で夜を明かした。

それから二十年余り、世界には自分を支持し、自分を敬愛する美しい少女がいくらでもいるということに李国華は気づいていた。現代社会における性的タブーというものがあまりに好都合であることにも気づいていた。少女をレイプしても、世界中がそれは少女自身に落ち度があると思い、本人までもが自分が悪いのだと思ってしまう。罪悪感もまた、少女を彼のそばに連れ戻してくれる。罪悪感とは長い歴史を持つ純正な血統の牧羊犬だ。ひとりひとりの女子生徒はおとなしく歩くこと

＊ きしめんのような米粉の太麵。

を学ぶ前に、追い込まれて走り出す仔羊。では彼は？　彼は最も人気のある、もっとも歓迎される断崖である。目の大きいのが欲しければいつでも目のぱっちりとした女の子がいる。胸の小さいのが欲しければ男の子のような胸をした女の子がいる。痩せたのが欲しければ小腸に病気がある女の子がいる。しゃべるのがゆっくりなのが欲しければ、吃音の女の子がいる。豊饒は豊饒であったが、李国華にはもはや初めてクッキーを引き裂いたときの、あのときめきはなかった。あるいは、つかみどころのない初恋のような感覚と人は言うかもしれない。そのあとの感動と言えば、結婚して十数年たって晞晞が生まれ、初めて彼のことをパパと呼んだときのことである。そのあとはまたさらに十年たって、金のフレームの中にはめ込まれた、生まれたばかりの仔羊の顔をした房思琪である。

房ママと劉ママ、房思琪と劉怡婷は北上して寮を見に行った。見た後で、寮の外で暮らすほうがいいのではないか、とぐずぐずためらっていた。やがて、李先生が穏やかにさらりと口にした「わたしが台北にいるときには、彼女たちの面倒を見ますよ」の一言で、母親たちは二人を劉家が台北に所有している部屋に住まわせることに決めた。学校からは徒歩でわずか十五分のところだ。

房思琪たちは夏休みの間にあちこちの親戚に挨拶に行き、生活用品を買いそろえた。思琪が家で荷物を整理しながら、無邪気な口調で母に言った。「先生とつきあってる子がいるって、学校で聞いた」。「誰なの？」「知らない」。「まだ子どもなのにそんなふしだらな」。思琪は黙り込んだ。その瞬間、彼女は決めた。一生しゃべらない、と。彼女は無邪気な表情のままテーブルの上のお菓子をぐちゃぐちゃにして、母が背中を向けたすきにそのお菓子のクズをアームチェアの隙間につっこんだ。のちに先生が彼女の写真を欲しがったので、引き出しの中に入れてあった家族写真を取り出した。父が右側にいて、母が左側にいて、彼女一人背が低く、白地に青い花が刺繍された細いストラップのドレスを着て、年相応にカメラの前でバツの悪そうな笑顔で、真ん中に挟まれている。父と母を切り落として、いい加減な細長い写真の切れ端を先生に渡した。彼女の狭い肩の左右にはそれぞれやわらかい手のひらが、切り落とせないまま残っている。

思琪たち二人は、高速鉄道に乗ることも初めてではないし、本能的にあらゆることに対して慣れていないという様子を見せたくはなかった。なぜそこまで抜け目がないのかわからないが、李国華は常にこまごまとした時間をつかってしばしば思琪を連れ出した。いずれにせよ、それほど長い時間になることはなかった。李国華の目には、広い台湾で一番多いのはカフェではなく、コンビニエンスストアでもなく、ラブホテルであった。思琪はあるとき楽しげに言った。「先生、こんなふうに先生が休む間もなく攻め続けるから、わたしの身体は枕にもなじめない」。もちろん枕が変わるからよく眠れないのではなく、よく眠れないのは、毎晩、陰茎が彼女の目の前で、自分の下半身に差し込まれるからだと彼女は思っていた。夢の中でいつも、夢の外の現実世界に、誰かが自分の身体にものを詰めている。そして高校に進学してからは、彼女は眠ることさえ怖くなり、毎日夜中にコーヒーを飲みまくった。十三歳から十八歳、五年間、二千の夜、まったく同じ夢。

あるとき、再び思琪たちが台北に向かっていると、電車の中で通路を隔てた席に母娘連れがいた。娘はまだ三、四歳くらいのようだ。彼女たちも子どもの年齢はよくわからない。幼い少女はずっとアニメのイラストがついた水筒のふたを開けたり閉めたりしていたが、開けるたびに、母親に向かって「ママ愛してる！」、閉めるたびに、もっと大きな声で「ママなんか愛してない！」とずっと騒いでいる。小さな手で母親の顔を叩くので、時折振り返って目を向ける人もいる。思琪はちらちらと目を向けているうちに、涙がこぼれ落ちた。大きな声で「愛してる」と口にできることに、彼女はひどく嫉妬していた。愛は自分を愛するよう飼いならし、愛は人を貪欲にする。わたしは彼を愛している！　怡婷が指で思琪の頬に触れ、指についた露のような涙に向かって言う。「これが郷愁というもの？」すっかりさめてしまった料理のような声で、思琪は言った。「怡婷、わたしはもうとっくにわたし自身じゃなくなってしまった。これは自分自身に対する郷愁」

彼女がただ彼に腹をたてているだけならいい。彼女が自分に腹をたてているだけなら、もっといい。憂鬱は鏡で、憤怒は窓。けれど彼女は生きていかなくてはならず、自分を嫌いになることはできず、それはまた、先生を嫌いになれないということだった。もし完全なレイプであればまだ、こんなにわかりにくくはなかったはずだ。

ずっと後になって、劉怡婷は分厚い原書に道路わきの赤い線のような蛍光のしるしをつけたとき、あるいは心から大事に思っている男の子が唇を彼女の唇に初めてくっつけたとき、あるいはおばあちゃんが亡くなったときに和尚様のあとについて大きな声で般若心経を唱えたとき、いつも思琪を思い出した。療養所にいる、大小便すら自分で処理できない思琪、彼女の思琪。どんなことをしていても、彼女は思琪を思った。思琪がこんな経験をすることはないのだと思った。この悪趣味な連ドラもこのノーベル文学賞を受賞した作家の新刊も、この超ミニサイズのタブレットも、巨大な携帯電話も、このゴムのような味がするタピオカミルクティーも新聞の味がするパンケーキも。一分一秒ごとに彼女は思琪を思う。その男の子の唇が口から胸に移ったとき、デパートが三〇%オフから半額に値下げしたとき、太陽が輝く日、雨の日、彼女はいつも思琪を思っている。魂のふたごが永遠に失うことになってしまったこんなすべてを、自分が享受していることを思う。ずっと思琪を思い続け、ずっと後になってさまざまな事情が変わってから、ようやく思琪があのとき言っていたことの意味を理解した。このすべては、この世界は、思琪が見たこともない故郷なのだということを。

台北への引っ越しの数日前、伊紋姉さんは思琪に、どうしても荷造りの合間に一日だけ時間を作ってほしいと頼み込んだ。このときの伊紋は車のキャンバストップを開くことはしなかった。高校に進学したその年の夏は、遅々として秋に席を譲ろうとせず、朝からまるで昼のような暑さだった。思琪はそのことに自分を重ねた。自分は朝なのに昼のように暑いどころか、朝から夜のように痛いほど熱かった。あの年の教師節〔九月二十八日〕は、房思琪の人生におけるあらゆる闇夜の中から、もっとも暗い夜をすくい出した。ここまで考えて、自分がいついかなるときも先生のことを思っていることに気づいた。恋しく思っているわけでもなく、考え込んでいるわけでもないのに、頭の中に横たわっている。

中学のころずっと、彼女は多くの中学生、それから高校生、数人の大学生を拒絶してきた。毎回「ごめんなさい。わたしほんとうにあなたを好きにはなれないから」という言葉を口にしながら、感覚の麻痺した顔の皮膚の下では、火が燃え上がっていた。ほとんど彼女のことを知りもしない男子生徒たちは、いびつな筆跡、幼稚な語彙で、便箋の上の小さな動物に、君はバラの花だ、夜通し煮こんだスープだと言わせる。彼らの求愛のフォークダンスの中に立つ思琪は、男子生徒たちの求愛とはほとんどが情にすがるようなものだと思った。口に出すことはできなかった。「本当は、わたしなんてあなたたちにはふさわしくない。わたしは饐《す》えたにおいを放つオレンジジュースと濃厚スープ、わたしは虫の卵がびっしりついたバラとユリ、わたしは明かりの美しい街の中であきらかに存在しているのに誰にも見えない、誰にも必要とされない北極星」。男子生徒たちの無邪気で向こう見ずな「好き」は、世界で最も貴重な感情だ。彼女の先生に対する感情をのぞいて。

伊紋はいつものようにシートベルトをはずしながら、思琪のあたまを撫でる。ジュエリーショップの入り口の前に車を停める。ドアを開けると、毛毛さんがカウンターの向こうに座っている。卵黄色のシャツを着ているのに、あいかわらず思琪が初めて彼に会ったときに来ていたブルーのセーターを着ているような気がした。毛毛さんはすぐに立ち上がって言う。「銭夫人、いらっしゃい」。伊紋姉さんも同時に口にする。「こんにちは、毛さん」。毛毛さんはまたすぐに言う。「毛毛と呼んでください」。伊紋姉さんも同時に言う。「わたしのことも許さんって呼んで」。思琪はひどく怯えた。わずか四つの会話を耳にしただけで、二人が数えきれないほどそれを口にしてきたことはすぐにわかった。わずかな言葉だけで、こんなにも多くの感情を込めることができるのだと、思琪は初めて知った。伊紋姉さんが無意識に奔放にふるまっていることに、思琪は気づいた。伊紋姉さんのような人が、毛毛さんの言葉の意味がわからないはずがなかった。

伊紋は全身グレーの、タートルネックに九分丈のボトムスタイルで、他の人が身につけているのであればそれはホコリやスモッグでしかないが、伊紋姉さんにおいてそれは雲や霧であった。伊紋は申し訳なさそうに口を開く。「こちらはわたしの一番の仲良しのお友達。台北の高校に進学するから、なにか記念にプレゼントを買ってあげたいの」。振り返って思琪に言う。「怡婷はどうしても時間がとれないって言うから、あなたたち二人まったく同じもので、怡婷もかまわないわよね?」思琪は慌てて言った。「伊紋姉さん、こんな高価なものは受け取れない」。伊紋は笑った。「男子生徒から高価なものを受け取らないのはかまわないけれど、姉さんからは受け取らないとダメよ。三年間あなたたちに会えないわたしを慰めるためと思って」。毛毛さんが笑う。笑うと、丸顔はさらに真ん丸になる。「銭夫人は自分のことを年寄りみたいに」。思琪は思った。このとき、伊紋姉さんはあえてこう答えればよかった。「毛さんがずっとわたしを夫人と呼ぶから、年寄りみたいに」。一維兄さんは彼女に対してあんなにひどいんだから。でも伊紋は指でガラスを撫でているだけだった。

思琪はうつむいてアクセサリーを選ぶ。きらめきにぼうっとなってしまって、彼らの話がよく聞こえない。実際、彼らはなにも話していなかった。伊紋姉さんは小さなペンダントトップを指さす。プラチナのバラ、花の真ん中には浅瀬の色の宝石がひとつぶ。伊紋は言った。「これは？　パライバはサファイアではないから、そんなに高いものではないし、あなたも気にしなくていいでしょう」。思琪はそれがいいと答えた。

毛毛さんはそれにチェーンをあわせると、きれいに磨いてからベルベットのケースに入れた。ずっしりとした金属とどっしりとした箱が、彼の手の上では軽々と、しかし疎かにはできない意味を帯びる。この人は全身から潔い感じを発散しているような気がした。

買い物を終えた伊紋たちは家に向かったが、赤信号のときに伊紋が振り返ると、思琪の目が涙の膜で覆われているのが目に入った。伊紋姉さんが尋ねる。「話したいことがあるのね？　どうしても言えないなら、それでもかまわないけれど、これだけはわかって。どうしても言えないこともわたしには言っていいのよ。わたしのことはいないものと思えばいいわ」。思琪は年齢にそぐわない低い声でつぶやいた。「李先生は変わってると思う」。伊紋が思琪を見ると、目の涙は乾いていたが、目つきがひどく引き締まって見える。

青信号に変わり、伊紋は走馬灯のように李国華に思いを巡らせた。顔を背けていても、彼のギラギラしたまなざしが彼女のくるぶしをじっと見つめているのが感じられた。一維が彼女のためにバースデーパーティーを開いたとき、李国華は彼女がずっと欲しかった原書の初版をプレゼントし、ピンク色のシャンパンに口をつけることもなく、一維の前で不思議なくらい温厚篤実《おんこうとくじつ》にふるまった。初版はもちろん貴重なものではあったが、今思い出してみてもどこに置いたのかもわからなくなっているのは、無意識の嫌悪だ。彼が少女たちの作文の指導を始めたばかりのころ、伊紋の家のテーブルで彼はいつも彼女の話を遮って、「銭夫人、あなたのもってきた作文は零点です」と言ってから、際限なく彼女の顔を覗き込んだ。あの日、誕生会のピンクの風船を晞晞に持って帰りたいと彼が言ったとき、なぜかわからないけれど伊紋はその瞬間、彼は嘘を言っていると感じた。彼はエレベーターを降りたらすぐに風船を割って、公共のゴミ箱につっこむような気がした。まるで唐詩を暗記しようとするかのように、彼が繰り返し彼女を見つめるのを思いだした。

伊紋は思琪に尋ねた。「どんなふうに変わってる？　いつも心ここにあらずというふうに感じるくらいだけど」。ぐっとこらえて、ほかに意図するところがあるのだとは言わなかった。「そう、心ここにあらず。先生がしたいということが、本当に彼がすることだとは思えない」。思琪もぐっとこらえて、逆もまた然り、とは言わなかった。伊紋は問い詰めた。「李先生がなにかをするときの態度は、たとえてみれば、うん、それは早朝にまだ明かりをつけていない木造の家で、手をつければきちんとした感触に触れられるのだけれど、裸足でそろそろと歩いていると、常に慎重に注意しなくてはという気がしていて、いつもどこかの床板が一枚外れているのを踏んでしまいそうな気がして、何だかわからないけどはっとするような感じ」

思琪は心の中で思った。房思琪は、もう少しで、足を踏み出して、巻き戻すように崖っぷちから戻ることができる。一歩だけでいい。一言だけでいい。思琪があやうく口にしそうになったとき、ふいに前に伸ばしている脚が歯にかみつかれたような気がした。昨日の夜、李国華の家で、先生は彼女の足を肩に載せ、彼女のかかとに噛みついた。毛毛さんと伊紋姉さんはみるからにあんなに清らかなのに。伊紋姉さんが雲なら、毛毛さんは雨。伊紋姉さんが霧なら、毛毛さんは露。思琪は汚染の中にある悲壮を自覚していた。ここまで考えて、彼女は笑った。顔立ちが大風に吹かれて配置が変わってしまったような、凶悪な笑い。

思琪の顔つきが笑いにゆがんだのを伊紋は見とがめた。「前にあなたたちに言ったことがあるけれど、わたしがどうしてソネット〔十四行詩〕が好きかっていうと、弱強五歩格、十音節、どの十四行詩も正方形に見える——ひとつの十四行詩は失恋した時のハンカチ——ときどき思うの、わたしはあなたたちを傷つけたんじゃないかって。だってわたしはこんな大人になってからやっとわかったのよ。どれだけたくさんの本を知ったところで、現実の生活の中ではそれでも足りない——李先生のどこがダメなの?」けれど、思琪はもはや目が口に、口が目に変わってしまっていた。

中学生のころ、思琪の目の前にあるのは先生の胸だったが、高校一年生になる今では、背が伸びて、目の前にあるのは先生の肩のくぼみになっていた。彼女は声をだして笑った。「ダメだなんて。先生はわたしにすごくよくしてくれる」。どうして先生が自分のことを愛しているか、とこれまで彼女に尋ねてきたことがないのか、彼女にはわかっていた。彼女が彼に「わたしのこと愛してる?」と尋ねるとき、彼女が「あなたを愛してる」と言っていることがわかるからだ。すべては彼の言葉で構築される、サメの歯のような前仆後継《ぜんふこうけい》*の承諾のビルディング!

それが思琪が発狂する前、伊紋に会った最後だった。プラチナのアクセサリーが最後の伊紋姉さんのプレゼントになってしまうとは。彼女たちの宝石の歳月。

高速鉄道に乗ると、ジュエリーボックスを怡婷に手渡しながら思琪は口にする。「李先生は変わってる」。ずっしりと重いジュエリーケースが彼女の言葉を軽く見せてくれることを願った。怡婷はふざけながら口をゆがめて言う。「子どもに宝石を贈る方が変だよ。まるで死に際みたい」

彼女たちと伊紋姉さんの、宝石のような歳月。

* 前の者が倒れても屍を越えてゆく、あとからあとから生えてくる。

思琪たちが台北に引っ越してから、李国華は台北にいるときにはほぼ毎回、マンションの下まで思琪を迎えに来た。先生と一緒に道を歩くときはいつも、二人が手をつなぐことはなくても、思琪はじっと様子をうかがっている観衆――道行く人、カウンターのスタッフ、交差点の広告の真っ白な歯のモデル――の視線を感じていた。風が吹いて、帆布でできた逆三角形のペナント広告が風圧を減らすためにめくり上げられ、描かれたモデルが一瞬にしてたくさんの歯をなくすと、彼女はすごくうれしくなった。何を笑っているのかと先生に聞かれ、なんでもないと返事をする。

台北に来た彼女は、台北一〇一[*1]は別に見たくはなく、一番見たいのは龍山寺だった。遠くから見た龍山寺は飛檐《ひえん》を反り返らせてそこで待っていた。人がとにかく多かった。みんな手にそれぞれ線香を持ち、人が前に進むと、煙は後ろに流れ、顔にかかる。人が香を持っているのではなく、香のあとについていっているみたいだった。縁結びをつかさどる神様もいれば、子宝をもたらす神様もいて、成績をつかさどる神様もいれば、あらゆることをつかさどる神様もいる。思琪は耳を李国華のシャツの肩のラインにすりよせた。これらのすべてが、自分とは永遠に縁のないものなのだということがぼんやりと彼女にはわかった。二人のことは神様の外のこと。ベッドカバーで覆い隠してしまえば、神様にだって見られないこと。

中学、高校時代の彼女はあまり人とつきあわなかったから、「お高くとまっていて、唯一友達といえるのは怡婷だけ」とみんなが噂した。その怡婷も変わった。けれど怡婷に言わせれば、変わったのは彼女のほうだった。その理由が他の子どもがふざけて遊んでいるときに、彼女の身体でふざけて遊んでいる大人がいるせいだとは、怡婷は知らなかった。同級生が冗談でクラスのきれいな女子生徒とつりあう台北第一高校[*2]の男子生徒をカップルに見立てたりすると、思琪はいつも傷つけられたような表情をあらわにしたので、「どれだけうぬぼれているんだか」とささやかれた。違う。恋愛はまず曖昧なものだということを、彼女は知らない。校門の前で飲み物を手渡され、その袋の中に小さなメモが挟まれている。曖昧なアプローチのあとに告白し、デートしてもらうために、男子生徒はまるで日本映画に出演しているかのように、九十度まで腰を曲げる。告白のあとには手をつなぎ、芝生の上で人差し指が人差し指をさぐり、赤いコースに囲まれた緑色のグラウンドが宇宙になる。手をつないだあとはキス、裏通りでつま先立ちして、白いソックスの中のふくらはぎが緊張して顔が赤くなり、舌は口よりもずっとよくしゃべる。思琪は同世代の男子生徒の身体に出くわすたびに同じような感覚を抱き、かつての日記の文字の入れ墨が、地図のような形の紅斑になって浮かび上がるのだと考えた。その男子生徒が先生の話を盗み、先生のまねをし、練習し、先生から受け継いだのだと考えた。

＊1　二〇〇四年、当時世界一高いビルとして建てられた一〇一階建ての超高層ビル。
＊2　台北市立建国高級中学のこと。台湾では最難関の男子校。

先生の背後に、退化しようとしない尻尾のような欲望が見えた。――それは、愛ではなかったけれど、それ以外に彼女は他の愛を知らなかった。彼女の目に映る、飲み物の水滴で湿ったメモ、あるいは九十度に折った腰は、理解できるものではなかった。彼女が知っている愛は、終わってから血をきれいにぬぐってくれるものだけだった。彼女が知っている愛は、服をすべて剝ぎ取るけれど、ボタンは一つも落とさないというものだけだった。愛とは、自分の口につっこんできた相手に向かってごめんなさいというものだけだった。

李国華が手に頭をのせて寝そべっているときに言ったことがある。「君が制服を着ているときの様子を見ていて、あとで思い出していたよ」。思琪は吐き気を覚えつつも喜びを感じて言う。「想入非非〔妄想の世界〕ね」。彼はまた授業を始めた。「仏学における『非非想之天〔煩悩の世界〕』を知っているかい?」尋常でなくきっぱりとした口調で言い切った。「知ってる」彼は笑った。「もう授業はするなってことかい?」「そう」。思琪は楽しくなった。

龍山寺はいたるところに文字があり、柱のすべての表面には対句、あるいは警句が刻まれている。隷書も楷書もひとつひとつが灯籠のようで、草書も行書もどんどん落ちてくる雨のよう。思い切って柱によりかかって眠っている人もいる。あんなふうに眠ったら、悪夢は見ないかもしれない、と彼女は思った。階段に座り込んで神様の像をじっと見つめている人がいて、神様の像の厨子をのぞき込むと、そこはまるで花嫁さんの部屋のように真っ赤で、その人が見ているのは神様の目の波ではなく死水であった。壁は胸の高さのあたりにレリーフがあり、太陽の光に照らされてオレンジジュースの色になり、太ったサルとシカが浮き彫りになり、その羽振りのよい彫りが、市場の量り売りの肉のように、ゆらゆらと、動き出しそうだった。李国華は指さしながら、口を開く。「君も知っているね。侯と禄」[*1]。また授業が始まった。授業をすべきときに授業をしないくせに、授業でないときに授業をしたがる男。彼女は無性に楽しくなって笑った。一本一本、竹の形に彫られた石の格子窓を指ではじく。彼がさらに言う。「これは竹節窓といって、一つの窓に五本の竹だ。奇数、いい数字だ」。忠孝節義〔忠義と孝行、節操と道義〕の文字が彼女にどっと降り注ぐ。

寺の管理人がいる扉の前を通り過ぎるとき、扉が半分開いていて、口にタバコをくわえた管理人が、腌龍眼《イエンロンガン》[*2]の入った大きな桶を、太った子どもを抱いているみたいに、足の間に挟んでいるのが見えた。ここの人たちはみな線香の煙のあとをついて歩いていくのに、彼の煙だけはタバコの煙だった。壁に描かれた純潔や公正のエピソードを先生が語ってくれたとおり、こんなすべてが、ほんとうに滑稽すぎて美しかった。

普段お参りはするのかと彼女が尋ねると、彼は「する」と答える。彼女は俗っぽい口調で尋ねる。

＊1　二侯《ホウ》＝猴《ホウ》（サル）、禄《ルウ》＝鹿《ルウ》。
＊2　龍眼《ロンガン》（リュウガン。東南アジア・台湾・中国南部産の果実）のシロップ漬け。

「今日はなんでしないの？」「そういう気持ちにならないからだ」と彼は言った。思琪は思った。神様はすごい。来てほしいときに神様は来てくれないかもしれないけれど、来てほしくないときにも、神様は現れない。

　彼女が口を開いた。「先生、奥さんを愛してる？」彼は手で空気に線をひいてから言う。「その話はしたくない。これは既定の事実なんだから」。彼女は血の出ている傷口をぎゅっと押さえつけるような表情を見せ、もう一度尋ねる。「先生、あなたは、奥さんを愛してるの？」彼はストレッチをしながら、おおらかに言う。「若い頃から、とても若かった十八か十九歳の頃から、彼女はわたしによくしてくれた。そのせいで誰もがわたしの鼻先を指さして責任をとれ、と言った。だから、わたしは責任を取って、彼女を娶《めと》った」。ちょっと中断してから、また口を開く。「だが、人間は軽率な動物だ。愛するものは愛するし、愛せないものは愛せない。今日誰かに銃をつきつけられても、それでもわたしは君が好きだ」。彼女は言う。「だからほかの女性はいなかったの。先生の愛のささやきは、三十年間こんなふうにそのままだったのね。想像もできないけど」。思琪の静かな口調に、小石を投げこめないことが李国華はもどかしかった。「わたしは眠れる森の美女なんだ。君の口づけが目覚めさせたんだよ」。彼は心の中で考えていた。台北で、同時に二人とつきあっていくわけにはいかないのはわかっている。はやく郭暁奇《グオ・シャオチィ》を片付けてしまわなくては。

　そこを出ると、思琪はあらためて寺を振り返って眺めた。飛檐《ひやぐら》の色とりどりの塑像は「剪粘《ジェンニェン》」*

と呼ばれるものだと彼が解説する。顔をあげて赤と黄色の剪粘、太陽の光に映える鱗を見上げる。「剪粘」という名前がいい。あらゆる民間の物語と同じ、余計なものがない。

ホテルに戻る。小さなロビーにはいくつか丸テーブルが並んでいる。そのうちの一つは埋まっていて、一組の男女が向かい合って座っている。テーブルの下で、男のジーパンの膝が大きく開かれ、スニーカーを履いている足がもうひとつの足の上にはねあがっている。女の片方の足が男の足の間に伸ばされ、そっとそこに挟まれている。女のくるぶしにハイヒールの靴擦れの傷がちらりと見えた。ぱっと見た瞬間、思琪はこのシーンが無性に愛しくなった。ほかの人のことなど気にするな、と先生が言うのは、彼女がほかの人から気にかけられるのを恐れてのことだとわかっていたから、ちらりと見ただけで上階に上がった。やはりロビーの愛は美しい。

彼は言う。「わたしは君の身体で生活のプレッシャーを発散したい。これがわたしの愛し方だ」。どれだけ口を開いても、この人はこうだ。彼の話から聞き取れるのはいつも言い切りのピリオドであり、ひたすら肯定するだけなのだということに彼女は気づいた。先生の口の中の言葉のピリオドの一つ一つが、彼女自身の井戸を彼女にのぞき込ませるから、飛び込みたくてたまらなくさせる。彼女は自分を抱きしめて床にくっついて、彼が眠るのを見ている。彼がいびきをかき始めると、鼻

＊　陶器の破片を使って鳥や花、神獣などを形作る細工装飾。

孔からピンク色の風船が吹き出して、部屋の中いっぱいに七色の水草が生えてくる。思琪は思った。わたしの愛する男のいびきはとても美しい。これは秘密。彼には教えない。

郭暁奇は今年大学二年生になった。子どもの頃から成績は中の上、スポーツも中の上、身長も中の上、世界は彼女にとって思い切りジャンプすれば摘み取ることのできるリンゴだった。高校三年生になるとき、進学校では「聯考」への危機感に満ちていた。それは2Bの鉛筆の芯がまざったような味の冷たい弁当のように、おいしくなくてもかまわないが、学校で夜十時まで自習できるくらいの体力を与えてくれるものであればよかった。高三のときの郭暁奇はどの科目も補習を受けていた。弁当の中の鶏のもも肉と同じ、ないよりはましだった。暁奇の美しさはひと目でわかる美しさではない。暁奇は選択問題ではなく、読解論述問題の顔をしている。彼女を好きになる者の数も中の上で、それも放っておいた弁当の冷たくなったおかずと同じくらい野暮だった。

李国華が初めて暁奇を気にとめたのは、彼女が質問に来たからではなかった。不思議なことに、ひどく後ろの方にいたのに、なぜか一目で彼の目をひいた女子生徒だった。彼は閲読《えつどく》のプロである。その女子生徒と彼の目があった。彼女のまなざしは堂々としていたが、広大な教室の中で先生がじっと見つめているのが自分だということが信じられないようであった。彼はすぐに口をマイクに移動して、楽しげに笑い声をあげた。授業が終わると、学習塾の担任にその女子生徒の名前を尋ねた。蔡良《ツァイ・リャン》というそのクラス担任は、学習塾の男性教師が女子生徒をチェックすることにすっかり慣れきっていた。時折、寂しくてたまらないときには、蔡良自身が李国華のマンションに駆けこんで寝ることもあった。

教壇に立ってはじめて気づく自分の権力の大きさを、蔡良以上に理解している者はいない。人生において戦い続けてきた中年の男性教師は、自分の人生の前半のからっぽの夜を一度に埋めようとするかのように、淫蕩になればどこまでも淫蕩を極めた。暁奇がひとりで、カウンターの前で受講料の領収書の受け取りを待っているとき、蔡良はすかさず、彼女を隅の方に呼んで話をした。「李国華先生があなたに特別に補習をしてくれるそうよ。先生はあなたの答案を見て、クラスで一番才能があるとおっしゃっていたのよ」。蔡良は声を抑えてさらに言った。「でも、他の人に言ってはだめ。他の生徒が聞いたら不公平だと思うじゃない？」それは、すべてが中の上だった郭暁奇の人生において、多くの者の中から自分だけが選ばれた唯一の瞬間だった。放課後、蔡良は暁奇の学校まで迎えに行くと、そのまま李国華の台北の隠れ家のマンションに連れていった。

初めこそ暁奇は自殺すると泣いて騒いだが、やがて何回か続いているうちに次第に落ち着いてきた。早く事が終わったときには、李国華はほんとうに彼女に補習をすることもある。彼女の顔はいつも尋常でないくらい真剣な表情になった。まるで本当に補習のために来ているかのように。彼女の色白の顔は、このときからいつも病人のようにぐったりしていて、バスタオルの白さからろうそくの白さになった。誰もが彼女を見ると、「高校三年生はほんとうに大変だ」と言い合うほどに。最終的に暁奇も、こう口にした。「先生、もし先生がほんとうにわたしを愛しているのなら、それでいいから」。李国華はかがみこんで彼女の鎖骨をかじる。「五十をすぎた自分が君とここでこうして寝そべっているなんて、夢にも思わなかったよ。君はいったいどこからやってきたんだ？ 刀のような月と針先のような星から落ちてきたのかい？ これまでどこにいたんだい？ どうしてもっとはやく来てくれなかったんだ？ 生まれ変わったら、わたしは絶対に君と結婚する。君と結婚するのが間に合わなくなったら困るから、こんどはもっと早く来てくれるね？ わかるかい？ 君はわたしのものだ。君はわたしの人生における最愛の人なんだ。君のことを、娘より愛していると思うこともある。それでも、娘に申し訳ないとは思わない。みんな君が悪い。君が美しすぎるからだ」。こんな話をしているうちに、暁奇も最後には微笑んでいた。

蔡良は背の低い、男の子のようなショートヘアの女である。彼女は優秀な男子生徒とふざけるのが好きで大学聯考のたびに、状元《じょうげん》*の男子生徒のことを話すときはまるで自分の弟であるかのように馴れ馴れしかった。

ベッドの上で、彼女が親戚のような口調で男子生徒のことを話題にしたところで、李国華も嫉妬するわけでもなく、中年女が尻のセルライトを隠している黒いレースの中に、いかにして成績優秀者の名前を一つ一つ織り込んでいくのかを観察しているだけだった。李国華はわかっていた。中年とはいえ、蔡良はまだ若い。李国華が唯一不満なのは、彼女のショートヘアである。彼は台北第一高校のエリートクラスの男子生徒にきちんと教えることに責任を持ち、彼らを彼女のそばにばらまくだけでよかった。男子生徒が身にまとう天使の輪のような第一志望の光の輪が、彼女にとっての天国だった。大人になってからもずっと、こんなふうに「足るを知る」女は珍しい。英語教師、物理教師、数学教師、そして彼が裏で、彼女のことなど「話題にする気にもならない」と言っていることを、彼女も知っているのではないかと彼は疑っている。しかし、彼らが退屈しているときには、男子生徒にあやかった中途半端な若さで、彼女も彼らにつきあって遊ぶ。まして、彼女によって直接、李国華のマンションに運びこまれる女子生徒はみんな、女性ならきっと女性を守ってくれると潜在意識で思い込み、嬉々としてシートベルトで助手席にしばりつけられる。女子生徒は学校と彼のマンションをつなぐ路上で、事前に半分服を脱いでいるようなものだった。蔡良以上に責任を果たしてくれるクラス担任はいない。

李国華は知らなかったが、蔡良は男子生徒とデートするたびに、心の中ではその男子生徒が学習塾のいたるところでリリースされるランキングリストに名前がないことを憎み、男子生徒がヘアミストで髪を持ち上げているのを憎み、彼らの制服のシャツがズボンの中につっこまれていないこと

＊　トップの成績の者。もともとは清の時代まで行われていた科挙（中国の官吏採用試験制度）の首席合格者をさす。

を憎んでいた。もはや三流高校の制服じゃないの。ズボンの中にシャツをいれていないなんて！名門高校から第一志望に合格し、名門大学に進学しても、まだそんな想いに幻滅することもなく、彼女にとって、エリート学生の身体の夏休み以上に、そこはかとなく身体のにおいがするものはこの世界には他になかった。女子生徒たちはまだ何かを失い始めたわけでもないのに、すでに探し始めている。彼女たちは自分が状元になれなければ、状元の彼氏を探す。榜眼《ぼうがん》、探花《たんか》＊もまた、彼女たちは求めている。女子生徒たちは蔡良のために一人も残しておいてはくれない。誰も理解してくれない。彼女は「足るを知る」を選択したわけではなく、満足できないことに対してあきらめる運命を知っているというだけである。彼女はひたすら自分に言い聞かせた。少女の乳にしゃぶりつく老いた男たちは、世界の頂点で永い青春を謳歌する。彼女が教師たちのマンションに運んで行く少女たちは実は王子さまで、彼女たちのキスで教師たちの若さが目覚めるのだ。教師たちには常に授業をするためのモチベーションが必要であった。だから、彼女はあの何人かの女子生徒たちを犠牲にしているわけではなく、他の多くの学生に幸せをもたらしているのだ。これが、蔡良が考えを巡らせたのちの道徳的選択であり、蔡良の正義であった。

その日も、暁奇は李国華のマンションに帰った。先生から渡されている合カギでドアを開ける。テーブルの上には五種類の飲み物が置いてあった。暁奇は知っている。先生が間の抜けた表情で言うことを。「君がどれを好きかわからなかったから、仕方なく全部買ってしまった」。その思いに、彼女は感謝していた。細かく追及しなければ、こんな病的な美徳だけが残る。

先生も帰宅した。学校で何かあったかと彼女に尋ねる。彼女は、新たにクラブに入ったこと、クラブに有名人がきて講演すること、新しい望遠鏡を買ったこと、その日に先輩が星を見に山に連れて行ってくれたことを楽しげに話す。二人で？　そうよ。李国華は長々とため息をついてから飲み物を手にしたが、炭酸飲料の栓を開ける音までもがため息のようだった。彼は言う。「この日がやってくることはわかっていたが、こんなに早いとは思っていなかったよ」。「先生、何を言ってるの？」「男子学生が女子学生にその気がなかったら、真夜中にそんな遠くまでバイクで連れていったりするはずがない。女子学生の方も男子学生にちょっとでもその気がなかったら、夜中に郊外まで乗せていってもらったりするはずがない」。「あれは、クラブなんだから」。「君がその陳《チエン》なんとかという先輩のことを話題にするのは、もう何度目だろう」。「だって、わたしをクラブに入れてくれたのは彼だから」。暁奇の声はしぼみ始め、くしゃくしゃに丸められた紙屑みたいになった。李国華は雨に打たれている仔犬のような目をして言う。「大丈夫だ。遅かれ早かれ君は誰かと行ってしまうのだから。話してくれてありがとう。少なくともわたしだってまったく理解できないわけではない」。暁奇の声が高くなってくる。「先生、そういうことじゃないの。彼は単なる普通の先輩とい

＊　いずれも科挙の二位、三位の成績上位者をさす。

うだけよ」。李国華の仔犬の目は、涙をいっぱいにためているようだ。「そもそも君と一緒にいられることが、夢のようだった。君が少し早めに去ってしまったとしても、わたしも早めに目が覚めるというだけだ」。暁奇は泣き叫ぶ。「わたしたち、何もないってば！　わたしが好きなのは先生だけなのに！」李先生は突然、ひどく悲しげな口調になって言う。「君はいま、言ったね。〝わたしたちち〟と」。彼は続ける。「カギを返してくれれば、それでいい」。そう言いながら彼女をドアの外に押し出す。それから、彼女のバッグも放り出す。暁奇は言う。「お願い」。ドアの外で犬のように座り込んでいる彼女を眺めながら、「このシーンはずいぶん長いな」と李国華は考えている。実に美しい。李国華は高々とまっすぐに、暁奇に向かって言う。「君と出会う前のわたしは独りだった。君がいなくなって、わたしは独りに戻るが、ずっと君を愛しているよ。君のことは忘れない」。彼女がドアに手をのばす前に急いでドアを閉め、カギをかける。カギを二つかけ、チェーンもかける。自分の手足がまるでストーカーに出くわした少女みたいに、うろたえているのを感じる。ここまで考えて、彼はようやく笑った。自分はとてもユーモラスだ、と思った。

暁奇は外から暴風雨のようにドアを叩き続ける。厚いドアを隔てて、彼女の声がワーワーと聞こえてくる。「先生、愛してるの。わたしが愛しているのは先生だけ。先生。愛してるの……」。李国華は心の中で思った。二時間も泣けば、自分で学校に戻るはずだ。あの最初のとき、彼女をひっぱたくまでもなく誠意を見せたときのように。テレビをつけてニュースを見る。馬英九が再任を目指していて、周美青《チョウ・メイチン》〔馬英九夫人〕が票を増やしている。音量を大きくすると、ドアの外の騒がしさがかき消される。ちょっと我慢すれば終わる。郭暁奇はこの点では悪くない。退き際というものをわかっている。周美青のスカートと一緒で、長くも短くもない。

　郭暁奇を片付けた午後、李国華は思琪たちのマンションの下まで思琪を迎えに行った。タクシーの中で、思琪にマンションのカギを渡す。彼女の小さな手のひらにのせ、さらにその指をかぶせる。「君のためにつくった」。「そうなの？」思琪は力いっぱいそのカギを握り続け、マンションについたときには、手に赤ん坊の歯のあとのようなカギの痕跡がついていた。それから、彼はいつもこんなふうに言うようになった。「家に帰るか？」彼のマンションが彼女の家？　けれど彼女の心の中は少しも波立つことはなく、ぼんやりと赤ん坊が手のひらをかじっているのを感じるだけだった。

　李国華は学習塾の教師たちと一緒に、シンガポールに旅行に出かけた。思琪は授業の後に行くところがなくなり、カフェで日記を書きながら音楽を聴いて時間をつぶすことにした。窓側の席に座る。太陽の光が木の葉のふるいにかけられ、ピンク色の日記帳の上に、まん丸く、きらきらと輝いている。光と影の中に手を伸ばしてみると、ヒョウ柄のような模様がつく。コーヒーを飲んだ瞬間、伊紋姉さんと毛毛さんを思い出す。実際のところ、おそらく二人の間には何もないだろう。けれど、思琪が伊紋姉さんに抱くイメージの接続詞は、もうどうしても一維兄さんにはつながらない。一維兄さんは、つながっていた指を自分でほどき、平手と拳に変えてしまったのだから。

思琪が窓のそばに座っていると、三十分のうちに六人が声をかけてきた。名刺を渡してくる人もいれば、飲み物を運んでくる人もいたし、方言を投げかけてくる人もいた。早くは紀元前に、最古の漢詩では女性を花にたとえたが、彼女のことを花のようだとか言う人がいると、頭をつかわない天皇陛下万歳とか反共産主義のスローガンとか、作文のテンプレートを、滔々《とうとう》と流れる広大な川の中に投げ込まれた気がするだけだった。先生が彼女を花にたとえるときだけは、彼の言っているのは、他の人が見たことのないような花なのだと信じた。

男の人は煩わしい。何よりも煩わしいのは、彼らに顔向けができないという彼女自身の気持ちだった。日記を落ち着いて書くこともできない。通りを適当に歩くしかない。

どんな関係がまともな関係なのか？　お互いを気にするこの社会において、いわゆる一番正しいこととは、他人と似通っているということに過ぎない。毎日本を読んでいて、彼女と先生を形容できるようなフレーズが目につけば書き留めるけれど、読めば読むほどどこんな関係は誰もがみな書いてきたことであり、誰もがみな認めているものなのだと思えてくる。あるとき、男子生徒が彼女に手紙を書いてきた。「火曜日の塾で毎回、自転車で君とすれ違ううちに、火曜日のおかげで前後の日々まで、一週間のすべてがきらめき始めた」。どこから引用したフレーズか、もちろん彼女は知っていたが*、たとえ引用であろうと贅沢だった。彼女は本気で彼を憎んだ。彼の目の前に歩み出て、「わたしはあなたが思っているような聖女じゃない。あなたが通う塾の先生の情婦でしかないのに」と言ってやりたかった。そして、彼の唇に噛みついてやるのだ。伊紋姉さんの言っていたことが、思琪にも少しずつわかってきた。「平凡が一番ロマンティック」。そして、姉さんがこの言葉を口にする移ろいがわかった。口にできない愛はどうすれば人と比べられるのか。どうすれば平凡で、まともでいられるのか？　中国の古い詩、西洋の小説のフレーズを大量に引用するしかなかった。――台湾には千年におよぶ虚構の叙事文学の伝統はないが、どんな伝統があるのか？　あるのは植民地にされ、一夜にして言語と姓名が入れ替えられてしまうという伝統である。彼女たちの小さな島〔台湾〕が、自分たち自身のものであったことなどなかったように。

定期的に、誘拐・強姦事件の生還者の自伝が翻訳され出版される。彼女は書店に行くのが何よりも好きだった。そろそろと本のカバーの女の子の顔をなでる。最初から読み始めると、長い間足が地面にくぎ付けになる。手錠、銃、人が溺れる洗面器、ボーイスカウトのロープが出てきて、推理小説を読んでいるようだった。不思議なのは、女の子たちが逃走したあとにはいつも大義があり、絶体絶命の後には道が開け、道が開ければ花が咲き、それが登竜門となって上に行く。何年か監禁され虐待された人も、出てきて生きていれば、それからの身分はもはやコンビニの常連客、ピンク色好き、娘、母ではなく、永遠に「生還者《サバイバー》」となる。そんな本を読むたびに、思琪は思った。わ

＊　銭鐘書『囲城』（邦題『結婚狂詩曲』）。

たしの状況は違うけれども、世界中にこんなにたくさん誘拐・強姦される人がいるのを見ると、安心する。すぐに、また思う。あるいはこんなすべての人たちの中で、わたしは誰よりも邪悪な一人かもしれない。

彼女は先生に尋ねたことがある。「わたしはあなたの何？　情婦？」「もちろん違う。君はわたしの可愛い宝物だ。わたしの理解者であり、わたしの可愛い女の子であり、わたしの恋人であり、わたしが生涯で誰よりも愛する人だ」。ひとことで、彼女を壊す。彼女を丸ごと壊す。だけど先生、世間ではこういう状況を「偸腥《トウシン》〔腥《なまぐさ》いものを盗み食いする〕」と言うのよ。魚が腥い、というときの、あの腥さ。彼女は口に出さないよう我慢した。さらに尋ねる。「だけど、わたしは先生の奥様を知っているし、唏唏もいる。先生、わたしが言っていることがわかる？　わたしは二人の顔を見たことがあるから、すごく苦しいし、具体的に痛みを感じてる。冬休みも夏休みも家に帰れない」。彼はそそくさと言うだけだ。「愛とはもともと犠牲を強いるものだ」。彼女にはすぐにわかった。彼はまた至高無上の愛のスピーチをしている。どこから引用した名言かもわかったが、彼女は何も言わなかった。世界は静音モードになり、ベッドに横たわっている彼の、ぱくぱくしているその口の形を彼女は見つめる。マンションの外では、寒さに鳥が鳴き、街路樹の葉も泣いている。ひんやりとした予感が彼女にはあった。楽しい気持ちになり、手にまだ混沌の最初の部分がかすかに残っているように感じた。どうしても破れない母の羊水を打ち破る、あのやわらかで芳しい感触。人は結局死ぬのだという意味を、彼女は初めて理解した。

先生はよく言っている。「君が好きな人も君のことが好きだというのは、神の与え賜うた奇跡のようなものだ」。神様が来たのは、彼が奥さんと子どもと一緒に住んでいる家だ。思琪たちが両親と一緒に暮らしていた下の階だ。先生は彼女の手のひらに言葉を書くことを好む。「『天地難容〔天地が許さない〕』の扁額を揮毫してもいい」。さらに笑いながら左払い、右払い、人の字を書く。「天地はまだいい、なんといっても許さないのは人だ」。先生のむくんだ指が彼女の手のひらの中にある温かくやわらかな感触は、さっきの光のヒョウ柄のよう。罪悪感について口にすれば、罪そのものが薄れるからというだけではなく、先生はそもそも罪悪感を楽しんでいる。通りすがりに声をかけてくる人は、彼女のまつげが空に向かっているのを見ているだけで、誰も彼女の倒錯した、錯乱した、道を外れた愛、ある種の言葉でいえば、最も下等な耽溺に目をとめたりはしない。美しい女子生徒である彼女の身は、先生の秘密の前にある。

彼もよく言っている。「わたしたちの結末が、悲劇だなんて言わないでくれ。いずれにせよ喜劇ではないはずだし、君が楽しかったと思い出してくれれば、それでいい。いつかいい男にめぐりあえたら、君はその人と行きなさい」。それを聞くたびにいつも、思琪は心の平静を失った。本気で情け深い、とうぬぼれている。わたしの身体にこんなことをしておいて、この世にまだ恋愛があることを信じろと言うの？　世界に引き裂かれた女の子がいることを知らないふりをして、キャンパスで誰かと手をつないでグラウンドを歩き回れと言うの？　夢を見てしまうから眠るのが怖くてたまらないわたしに、わたしの脳に、毎晩あなたの夢を見るな、と命令できる？　自分で自分を受け入れられないわたしのような女の子を、ちゃんとした男の子に受け入れろと言うの？　あなたへの愛のほかに、また別の愛も学べと言うの？　けれど、思琪はそれを口にしたことはなく、ただ瞬きをしてから目を閉じ、彼の唇が襲いかかってくるのを待つだけだ。

突然、ブレーキの鋭い叫び声が聞こえ、誰かがすごい勢いで彼女を後ろに引っ張り、彼女はその人の上に倒れこんだ。窓を開けた運転手は、相手が病気のようにぐったりしている美少女であるのを見て、燃え上がった怒りがとろ火に変わる。「ああ、学生さん、歩くときは前を見ないと」。「ごめんなさい」。車は走り去った。彼女を引っ張った男の人は、どこかで見たことがあるようなシルバーミンク色のスーツを着ていた。さっき声をかけてきた六人のうちの一人だ。「ごめんなさい」。「君がうわの空だったから、あとをつけてきたんだ」。「そう」命を救ってもらった感激もなく、ただ世界に対して申し訳ないとぼんやり感じただけだった。

ミンク色の男の人が口を開く。「君のカバン、持つよ」。「大丈夫」。彼がカバンを奪い取る。本気で奪い返すわけにもいかない。道行く人がひったくりだと思ってしまったらいけない。「大丈夫なの？」「ええ」。「授業が終わったところなのかな？」だったら何なの、と心の中で思う。口は動かない。その人は風刺漫画のような、生まれつきのびっくりしたような大きな目、バクのような長い鼻をしている。「君は日本の女性タレントによく似ているよね。名前、名前は？」劉墉の本の中に挟まれた写真のことを思い出した彼女は、思わず笑った。当然、彼は自分の話に彼女が笑ったのだと思い込み、たちまち声が元気になった。「気品があるって、誰かに言われたことある？」彼女は本気で笑った。「あなたたち台北の人は、みんなこうなの？」「どんな？」うちにあなたみたいな人の名刺を集めて入れてある紙箱があるの、と口にするのを我慢する。彼もやはり名刺を一枚取り出した。低くはないポジションで、勤務先も名の知れた会社だ。「エリアマネージャーさん、お忙しいでしょう？」彼は携帯電話を取り出すと、今日のアポイントメントをすべてキャンセルしてから、言った。「僕はもっと君のことを知りたい」。彼女は道端にある松の木が、ふわふわした指を卑猥に動かしているのを見つめている。「僕はもっと君のことを知りたい。食事に行かないか？」神様が苦痛という名の刀で、ほんのわずかに残っている理性の果実を断ち切り、平然とそれを食べつくし、血のような果汁を口元に滴らせているのが見える。彼女は受け入れる。「食事の後は映画を見ない？」それも受け入れる。

映画館の中は人が少なく、とても寒い。彼女の左手は右手にからみつき、右手は左手にからみついた。ミンク色の男の人はジャケットを彼女の肩にかけてくれる。ミンク色のスーツはまるでミンクのコートのよう。彼がスーツの中に来ているシャツが黒いのを見て、彼女はどこまでも痛々しく笑った。「ああ、わたしの、彼氏も、いつも黒を着ているの」。「僕が君の次の彼氏かもしれないよ。

君の彼氏は何をしている人？」あなたには関係ない、と口にするのを我慢する。「君はまだ幼く見えるけど、彼氏は年上じゃないかな？」「三十七」。「ああ、三十代なら、三十代としては、僕だって十分社会的な地位はある」。彼女は笑い泣きして、言う。「わたしが言っているのは、わたしより三十七歳年上ってこと」。彼の目がさらに大きくなる。「その人には奥さんがいるの？」彼女の笑いは逃げていき、泣いているだけになってしまう。「彼は君によくしてくれるんだろう？　それなのにどうして君を泣かせるの？」

あるときホテルを出て、先生に連れられて台湾式の居酒屋に行ったことを思琪は思い出した。彼女は一人で野菜料理を一皿食べ、彼は一人で肉料理を一皿食べた。そのときの彼女はひどく頑なに、ひどく優しく彼が食べる姿を見ていた。太るのが嫌で、脂身の多い肉は食べないから、彼が食べているのを見るのが好きなのだと彼女は口にした。彼女のスタイルはいまの感じがちょうどいい、と彼が言う。そのとき彼に教えるのを忘れた。女の子は「君はいつだってすごく痩せているよ」という言葉を聞きたがるのだということを。また思った。教えたところで、彼は誰に言うの？　思琪は映画館の中で心が弾み、笑う。「肉食の者」は古文では上位の者だ。上位、ほんとうに完璧なかけことば。頭の中がガンガンしている間にミンク色のスーツ氏が仕事の話をしている。彼は人間扱いされていなくて、上司に犬のように使われるという。思琪はすぐに思う。人間扱いされない、ってどういうことかわかってる？　ほんとうに犬のように使われるという意味がわかってる？　わたしが言っているのは、犬のように従わされるということ。

どうやってミンク色のスーツ氏を振り切ったのかわからない。思琪は怡婷と暮らしている家に帰った。向かいのマンションにいる管理人はいつも彼女をじっと見つめる。うぬぼれていると思われるから、彼にやめろとは言えない。その管理スタッフは三十前だ。家に帰るときも、通りに足を踏み入れるときも、彼は眼球を彼女の身体に投げつけ、そのふたつの眼球を彼女はずっとくっつけたままでいる。

彼女は先生を愛している。この気持ちは暗闇の世界の中でようやく見つけ出した火なのに、外の人に見られてはならないから、手のひらをあわせて囲い込み、頰をふくらませて息を吹きかけ、消さないようにしようとする。街角にしゃがみ込んでいるのは疲れる。地面にひきずっている制服のスカートは、目をさましたばかりで機嫌の悪い尻尾のよう。けれど、世界を真っ暗にしたのは先生だ。彼女の身体の中の傷口は、巨大なクレバスのように、彼女とそのほかのすべての人を隔ててしまった。さっきの道路で、自分は無意識に自殺しようとしていたのだと今になって気づいた。

引き出しの中をひっくり返して探してみると、伊紋姉さんがくれたバラのペンダントは静かにジュエリーボックスの中で花を咲かせている。身に着けてみてから、少し低めの位置にした。彼女は鎖骨のそばに小さなホクロがある。また痩せた。伊紋姉さんと一緒に買いにいったドレスを着る。青地にやはりバラの花が咲いている。思琪は肩を震わせて泣いた。初めて身に着けるのがこんなときだなんて、思いもよらなかった。遺書を書くなんて、お芝居みたい。もし書くとしても、一言だけ。「この愛が、とにかくつらい」

カーテンを開くと、空はすっかり暗くなっていて、幼い頃によく覚えた唐詩のように、いたるところにまとまった灯花が滑らかに見える。思琪がバルコニーに出て、下の方を見ると、道路に面したコンビニの外にあるサイレンサーをはずしたバイクの、七階まで立ち上ってくる音が優しげに感じられる。タバコをくわえて歩いている人を見下ろす。その顔の前でタバコの火がゆらめいているのが、人がホタルを追いかけているように見える。バルコニーを越えて、手で欄干をつかみ、フェンス式の欄干のその横柵を踏みしめると、足の裏でも鉄の欄干の血腥《ちなまぐさ》いにおいが味わえる。彼女は思った。手を緩めるだけで、あるいは足を滑らせれば。後者は前者ほど間抜けではない。強い風がスカートを膨らませ、スカートの花に息を吹き込む。生きている人はみんな、生きている人が好きなの？　彼女はとても悲しくなった。死んでしまおうと思っているからだ。このとき、下を見ると向かいのマンションのあの管理人がまた彼女を見ていた。足は地面にくぎ付けで、首は折れ曲がりそうなほどに後ろにのけぞっていたが、それでも通報したり叫び声を上げたりする気配はない。まるで見上げているのは雨か雲なのだとでもいうように。思琪の心の中に浮かんだのは、「屈辱」という思いだった。すぐにバルコニーを這い上がる。自分の手足とは思えないほどてきぱきとした動きで。まだ十六歳だが、これは彼女の人生において一番屈辱的な一幕であることは明白だった。

バルコニーでやり切れない思いで泣いた。ごく短いショートメッセージを先生に送る。「この愛がわたしを苦しめる」。やがて李国華は帰国したが、このメッセージに対する意思表示はなかった。先生がもたらすのは愛のような死だ。愛は媒体〔vehicle 喩えるもの〕であり、死が主意〔tenor 喩えられるもの〕である。もともと、この社会は最後の審判に一人で行くために着る服なのだ。のちに怡婷は、思琪が日記にこう書いているのを目にしている。「一晩に起こりうることは実にたくさんある」。しかし、思琪は間違っていた。これはまだ彼女の人生におけるいちばん屈辱的な一幕というわけではなかった。

李国華は同僚とシンガポールに行った。毎日遅くなってからようやく起き、まず観光地に行って少し写真を撮ってから、のんびりと歓楽街の紅燈区〔赤線地区〕をぶらつく。写真は、妻や子どもに見せるためのものだ。

シンガポールの歓楽街はその名の通り、真っ赤なランタンを高く掲げている。李国華は思った。ここでは誰も蘇童《スートン》を読んだことはないだろうから、典故となる物語を思い出したところで、考えるだけ無駄だ。物理教師が言う。「一時間後にここで集合では?」英語教師の眼鏡が邪悪さをたたえ

＊　中国の作家・蘇童の『妻妾成群』を張芸謀《チャン・イーモウ》が映画化したタイトルが『大紅燈籠高高掛（真っ赤なランタンを高く掲げて）』（邦題『紅夢』）であることをさす。

て震えた。彼は笑いながら言う。「わたしには一時間では足りないよ」。みんな笑った。数学教師は英語教師の肩を叩く。「男はやはり若さだ。なんというか、わたしは買うことはほとんどなくてね」。李先生も言う。「わたしもだ」。誰も認めようとはしないが、騙したのでも、相手が知らなければいいのだろうか。英語教師が笑う。「相手のテクニックがすごくても、嫌なのかい？」李国華は思った。英語教師はもともとあまりに思いやりがなく、辛抱強さもない。足の開き方も知らない少女が、最後にはなんと自分のほうから絞り出してくれるというあの達成感は、彼にはわからない。これは生徒によって導かれた知識だ。これこそ教師の魂というもの。春風化雨*。李先生は心中の笑いが湧き上がってきて、つい顔に出てしまった。何を笑っているのかとみんな知りたがったが、彼は首を振るだけで何も答えず、物理教師を振り返って言う。「君があの女優の卵に、罪悪感を抱かないといいが」。物理教師が答える。「これは別の話だよ」。李先生は笑う。「君の妻は魂で、売春婦は肉で、聞き分けの良い女優の卵は〝霊肉合一〟とは、なんという幸せ者だ」。物理教師は黙ってはずした眼鏡をぬぐっている。自分はしゃべり過ぎたらしい、と李先生は思った。これでは人様の女を狙っているみたいではないか。すぐにおおらかな口調で言いなおす。「わたしはあの生徒とは別れたんだ」。みんなひどく驚いた顔をしたが、彼を慰めるでもなく、誰が引き継いだのかといぶかしんでいる。李先生は言った。「今のがいいんだ。すごくいい。良すぎて、一度に二人も受け入れられないほど良くてね」。「いくつだい？」李先生は何も言わずに笑っている。それで、十六歳以下なのだということがみんなにわかった。まだ合法ではない。彼らは思わず羨望のまなざしをあらわにした。李先生は何食わぬ顔である。数学教師が大きな声を出す。「誰もが年を取る」李先生は言った。「我々は年を取るが、彼女たちは年を取らない」。のちにこの一言は、教師たちの心にずっと深く刻まれ続けた。

彼らは心ゆくまで笑った。ホテルのミネラルウォーターを手に乾杯した。乾杯。丸い石ころのように縮んで老いた男たちに。川の水のように、永遠に新鮮に流れ続ける学年に敬意を表して。川床のような同志の友情に敬意を表して。いつかバイアグラが必要になるとわかっていても、まったく悪びれることなく川の水を迎え撃つひとつひとつの石ころに敬意を表して。カウントダウンする核爆弾のようなバイアグラのミレニアムに敬意を表して。中国語を使う人々と合法的な売春街の両方を有するこの国に敬意を表して。世襲的独裁でありながら歓楽街を断《た》つことができない政権に敬意を表して。

結局、彼らは一時間後に元の場所に集まることにして別れた。

これは李国華にとって三回目の、学習塾の同僚との狩猟旅行である。以前の二回に、それほど深い印象は残っていない。今回訪ねた店は風格があり、真っ赤なランタンを掲げているのが、まるで

＊　おだやかな春の風と、植物の成長を促すほどよい雨から転じて、優れた教育を意味する言葉。

旧正月の年越しのように華やかであった。入るとすぐに、チャイナドレスを身に着けた中年女性が立ち上がり、挨拶する。その中年女性が歩いていくところには常に、ブラックスーツを着た大柄のたくましい男があとに続いていく。彼のブランド品のカバンを見て、中年女性は満足げな顔になる。彼をホールに招き入れると、芝居じみた振り方で右手を開き、女の子を一人一人扇を広げるように見せた。目くるめくあでやかさ。一つ一つ見る暇もない。目を奪うほど美しいものがずらりと並ぶ。目がくらんで、もはや立っていられなくなる。

李国華は思った。やはり前の二回の、路上の客引きに誘われて入った店とは違う。大きな店にはやはりそれなりの良さがある。女の子たちはかかとをつけて足をTの字にして立っている。大きな足の者は大きなTの字、小さな足のものは小さなTの字。誰もがみな真っ赤な唇の間に、上の歯を六本だけ挟んで笑っている。大きな歯は六本、小さな歯も六本。彼は声を抑えて中年女性に話しかける。若いのがいいんだ。中年女性は流暢な中国語に唐辛子の気配を漂わせて言う。若いの、若い子もいますよ。女の子を二人呼ぶ。李国華は心の中で彼女たちの化粧を落としてみる。十八歳前後。彼はさらに声を抑えて言う。もっと若いのは？　中年女性は笑って手を振り、女の子たちに退出を促す。女の子たちの細い腰は扇を閉じるようにカーテンの中に入っていった。中年女性は唐辛子なまりで言う。「少しお待ちくださいね」。彼の肩になれなれしく手をおくと、軽く彼をつねる。彼の股間に、手っ取り早く満足したいという欲望がかすかに起こり、もはや満足する前に倦怠感に襲われる。しかし、唐辛子夫人はこれまで一度として客を失望させたことはない。

唐辛子夫人は少女を一人連れてきた。いま塗ったばかりのように、口紅が浮いている。十五歳を越えてはいないはずだ。中国人の子。彼女にしよう。階段を上がると、なぜか一段ごとに女の子たちがずらりと並んで立っている。彼とその中国人の少女が上の階に上がるとき、彼女たちの訓練された赤い唇と白い歯のひとつひとつが目のように、じっと彼らを見つめている。彼はこの少女を守りたいという気持ちにかられた。

部屋は広くも狭くもなく、壁紙もいかにも熱帯らしい、目にまぶしい緑色だ。少女は彼の服を脱がせると、石鹼をこすりつけて身体を洗ってくれる。少女は幼く、身体も小さい。彼女の白く塗った顔が、黒ずんだ首の上に差し込まれているかのようであった。動作はてきぱきしていて、他の女の子たちと同じようにどこから来たのかと彼に尋ねる。プロらしいありきたりの問いの、ケーキのようなやわらかな口調の中に、もの寂しさがある。彼女は彼の身体に跨り、バラードのようなリズムを刻む。一度聴いたら、一緒に歌える。

李国華はふいに思琪のことを思いだす。台湾のマンションで思琪を相手に狩りをしたことがあった。下半身はもはやむき出しになっているのに、それでも彼女は部屋の中を逃げ回った。狩りの本当の楽しみは過程にある。心の底では何があろうと手に入れられることはわかっているのだから。彼女が逃げると、尻の間にある一つの目が、ちらちらと瞬く。彼が狩るのはそのほのかな光だ。もう少しで捕まえられると思うと、するりと逃げてしまう。まるでゲームをしているかのように彼女は逃げる。逃げて五分とたたないうちに腿のあたりにひっかかっていたショーツに足をとられ、顔から床に倒れてしまう。制服のスカートが膨れ上がり、それからふわりと腰のラインに降りてくる。青い絨毯の上のぺったんこの尻は、映画の中の、尻だけが浮かんでいる水死体のようだった。彼はベッドを通り過ぎて、彼女の身体のところへ行く。ベッドの上ではやりにくかった。不思議なことに柔らかすぎるのがよくないときもあるのだ。

これではダメだ。彼は少女を裏返す。少女の尻を叩きながら、あのとき思琪の太腿の間のほのかな光に手が届いたかと思った瞬間、するりと逃げられてしまったことを思いだす。あれが何なのか、彼は知っている。あのとき、彼が子どもの頃、故郷で初めて見たホタルのように、やっとのことで一匹捕まえることができて、ゆっくりと手を開くと、ホタルはまたちらちらと尻を震わせながら目の前から飛び去っていった。思えば、あれがきっと人生で最初に生命の真相について彼が気づいた瞬間だった。彼は満足した。少女には倍のチップをはずんだ。黒ずんだ尻では、叩いた手の跡がよく見えなかったけれども。

しかし、本当は自分の故郷にはホタルがいないことも、これまでの人生でホタルを見たことなどないことも、彼は忘れている。いずれにせよ、彼は忙しい人間で、いろいろなことを忘れてしまうのはよくあることだった。

帰国すると、新学期だ。李国華は思琪たちのマンションの下で彼女たちの学校が終わるのを待っている。彼にとって初めてのことだった。なぜこんなに時間が過ぎるのが遅いのだろう。自分の最大の美徳は忍耐だと彼は思っていた。

今日のホテルはいつもと違う、と思琪は気づいた。部屋は金ぴかで、金のヘッドボードに金の柱があり、金の柱に真っ赤なカーテンがかけられ、カーテンは金色の房飾りを吐き出し、ベッドの前には金の縁取りの大きな鏡がついている。しかし、その金は家にあるような金とは違っていた。浴室との間のしきりは透明だ。彼はシャワーを浴びに行った。彼女は浴室に背を向け、床にへばりつくように座り込む。

彼が後ろから彼女の顔を振り向かせたので、彼女は仰ぎ見るようなかっこうになる。思琪は言う。「先生、わたしと同じような女の子はたくさんいるの？」「初めてだ。君だけだよ。わたしは君と同じ種類の人間だ」。「どんな種類？」「わたしは愛に潔癖なんだ」。「そうなの？」「たくさんラブレターを受け取ったことがあるというのは本当だが、わたしは愛において不遇なんだ。わかるかい？　呉先生と荘先生のことは君も知っているだろう？　前に話した彼らと大勢の女子生徒とのことはみんな本当だ。だが、わたしは彼らとは違う。わたしは文学を学んだ人間だ。心から理解しあえなくてはダメなんだ。寂しくはあったが、長い間ずっとわたしは寂しさとうまく共存してきたのに、君がうつむいて字を書いている様子が、それを叩き壊してしまった」。思琪はちょっと考えてから言う。「それなら先生、わたしは先生にごめんなさいと言うべきなの？　でも先生、先生もわたしにごめんなさい、でしょう」。李国華は彼女の身体を押しつぶす。思琪は再び尋ねる。「先生、ほんとうにわたしのこと愛してる？」「もちろん、一万人の中でも、わたしは君を見つけだせる」

彼女を弓なりに抱き上げてベッドに運ぶ。思琪は毛虫のように身体を縮こまらせ、とうとう泣き出した。「今日はどうしてもできない」。「どうして？」「ここにいると自分が売春婦のように思えるから」。「リラックスして」。「イヤ」。「君はわたしを見ていればいい」。「どうしてもダメ」。彼は彼女の手足を一つ一つ開いてゆく。病院で看護師が中風の病人にリハビリを施すように。「イヤ」。「もうすぐ授業に行かなくてはならないんだ。お互いの時間を無駄にするのはやめないか？」思琪は自分がなま温かい濁った水の中に少しずつ入っていくような気がした。入ると自分の手足が見えなくなり、少しずつ自分のものでないような感覚になってくる。先生の胸には肉芽があり、上下に揺れるたびに、数えられている数珠のように、とても敬虔な感じがした。突然、思琪の視点が切り替わり、身体の感覚がなくなる。自分は真っ赤なカーテンの外に立っていて、先生は赤いカーテンの下にいて、さらに彼女自身が先生の身体の下に押しつぶされているのを眺めていることに気づく。自分の肉体が泣いているのを眺めていると、自分の魂までもが涙を流してしまう。

それは、房思琪が中学一年の教師節のときに初めて記憶を失って以来、二百回目、あるいは三百回目となる魂の肉体からの離脱であった。

気が付くと、彼女はいつものように、いてもたってもいられないというように焦って服を着ているところだった。けれど、今回、先生は手を枕にしてうたた寝してはいなかった。ベッドから飛び降りて彼女を抱きしめ、耳元の髪の生え際のラインを、親指を使って繰り返しなでる。頭皮に彼の荒く重い呼吸が感じられた。深く息を吐きながら、彼女の髪のにおいをかいでいる。手を緩める前に、彼は一言だけ口にする。「君が僕を甘やかす。そうだろう?」ロマンティック過ぎて、彼女は怖かった。あまりにも愛に似ていて。

彼が初めて彼女に新品の携帯電話をくれたときのことを思いだす。これで約束がしやすくなると言って。初めてその携帯電話から先生の声が聞こえたとき、彼女はコンビニエンスストアの入り口近くにあるベンチに座っていた。彼が電話の向こう側で尋ねる。「どこにいる? ピンポン、ピンポンという音がずっと聞こえてる」。彼女はごく自然に答えた。「コンビニの中だけど」ふと思い至ったのは、電話の向こう側でその音を聴いた彼が、彼女が焦って入り口を出たり入ったりしているに違いないと考えたのではということだ。あるいはそんなことまで考えていないかもしれない。けれど、彼女は突然、滑稽な恥ずかしさを感じた。今さっきよりももっと恥ずかしくなった。どうして今、こんなことを思いだしたのか?

床に座り込んで、思琪はあれこれと思いを巡らせた。先生のいびきは家畜みたい。顔真卿の楷書風のはねやはらいのように筋肉がはっきりわかれている。いつでも先生から求めてくる。先生に千回求められても、彼女はやはり毎回怯えている。先生は疲れている。一人の人間が社会で長年続く儀礼に対峙するのは、疲れるのだ。彼女は身体を起こすと、足元の方からベッドにもぐりこみ、ベッドの下の方で先生を見つめながら、これが本で読んだいわゆる煤黒いという色なのだ、と思った。彼は驚きと喜びで目を覚ます。ドリブルをするように、彼女の頭を動かす。呑み込んだり吐き出したりを散々繰り返す。やはりどうしようもなかった。どうしようもなかった。彼の裸体がこれまでにないほど脆弱で衰えて見えた。彼が言う。「わたしは年を取った」。思琪はひどく動揺した。だからといって彼を憐れむことはできない。あまりにひとりよがりだ。もともと予期しなかったことであっても、口に出して言うことは許されない。ようやく今、彼女も自発的にやったことになるのだから、彼は一人で欲望の十字架を担ぐ必要はなくなった。彼女は半分満足して、半分惨めになって、のろのろと猫が歩くようにベッドから降りると、のろのろと服を着て、のろのろと言った。

「先生は疲れているだけ」

毛毛さんのジュエリーショップを伊紋に紹介したのは張夫人だ。伊紋は引っ越してきたばかりの頃、思琪たちに本を読んであげることのほかには特に楽しみもなく、いつも一人で本を読んでいては大奥様の銭夫人に見つかり、怒られたものだった。

毛毛さんの本名は毛敬苑《マオ・ジンユエン》というが、いつしか、訪れる上流婦人《セレブ》や奥様たちは彼を毛毛と呼ぶようになった。若者と打ち解けることで、上流婦人たちは自分も若くなったような気になっていた。毛毛さんもそんな心理を理解している。もともと彼はこだわらない人間だった。次第に、彼の本名を知る人はいなくなった。彼自身も忘れてしまったかのように。

伊紋が初めて毛毛のジュエリーショップに行ったときに、ちょうど店番をしていたのが彼だった。普段はいつも毛毛さんの母が店番をしていて、彼は二階でジュエリーのデザインをしているか、宝石を選んでいるかのどちらかだった。ジュエリーショップの店構えは、貫禄があるとも素朴であるともいえない、要するにジュエリーショップでしかなく、それ以外の何ものにも見えなかった。

初めて毛毛と会ったのがいつだったのか、伊紋はとっくに忘れていたが、知らず知らずのうちに彼に会いにくることが習慣になっていた。けれど毛毛さんの方ははっきりと覚えている。伊紋はその日、白地に細かい花柄のノースリーブのワンピースを着て、リボンのついたつばの広い麦わら帽子をかぶり、Tストラップの白いサンダルを履いていた。伊紋がベルを鳴らし、ドアを押し開くと、強い季節風が彼女を押すように入って来て、ドレスがふわりとふくらみ、またすぐに落胆して伊紋の身体の上に縮んだ。部屋に入って帽子を取ってから、髪を撫でつける彼女の様子は少女のようだった。伊紋が来るといえばいつも、毛毛はそこに座ったままで、決してそこから出ていったりはしなかった。伊紋という人はまるで色を塗りたてのドアのない部屋のように真っ白で、壁の白さがぽたぽたと垂れ、少しずつ圧縮されて迫ってきて、毛毛さんの一生を閉じ込めてしまう。

毛毛が伊紋に「こんにちは」と声をかける。伊紋はかすかにお辞儀をしながら、ちょっと見に来ただけなのだと口にする。「お名前をうかがえますか?」「許小姐《ミス・シュー》と呼んでくれればいいわ」。そのとき伊紋は結婚したばかりで、多くの場面で銭夫人《ミセス・チェン》という肩書の威力を思い知らされ、一人のときは本名の「許小姐《ミス・シュー》」になった。毛毛は本能的に伊紋が身につけているアクセサリーに目を向けた。右手の薬指にシンプルなツイストリングがあるだけだ。あるいはボーイフレンドがいるだけかもしれない。毛毛はすぐに自分の考えに驚いた。「何かお探しですか?」「まあ、ええ、わたしもわからないの」。そう言って伊紋は笑う。笑顔にひどく天真爛漫なところがあり、それは人間の統計学において生まれつき全面勝利を得た人間だけが持っている笑顔だった。一度も傷つけられたことのない笑顔。「コーヒーかお茶はいかがですか?」「まあ、コーヒー。コーヒーはうれしいわ」。伊紋は目を細めて笑う。まつげが映画の中のマリー・アントワネットの扇のようだ。毛毛の胸の中がひやりとしたが、それは屋外の雹《ひょう》の冷たさであり、アルコールの中の氷の冷たさではなかった。こんなに美しい笑顔は、ガラスのスノードームの中で永遠に保護しておかなければ、傷ついてしまう。

伊紋はスカートをなでつけ、腰を下ろす。そこにある木の枝の形のイヤリングが見たいと言う。小指ほどの長さのプラチナの枝に湾曲した細かい溝と環状の木の節が彫り込まれ、小さなダイヤが雪のように見える。伊紋は木の枝から広がる銀白色の宇宙に包まれた。彼女が生命を好きで、生命も彼女を好きなのと同じように、四季はみんな好きだ。——けれど、あえていえば、やはり冬の方が夏よりも好きだ。葉のついていない木のやせ細って枯れた指が青い空に映えるのを見上げると、彼女はいつも自分の左手で空を押さえ、右手で鉛筆を持って書いているような気持ちになる。両手でコーヒーカップを持ち、暖を取るかのように、伊紋はくつろいだ姿勢になる。仔羊が乳を飲むように、コーヒーをすする。雪の木の枝の前であまりに薄着でいるのを申し訳ないとでもいうように笑う。彼のジュエリーショップで、こんなふうに世界に入り込んでしまう人は初めてだった。

伊紋は鏡を見てはいるが、自分を見るのを忘れている。別の角度からその木の枝を眺めているだけだ。独り言をつぶやく。「まるでスタンダールね」。毛毛さんは自然に続けた。「ザルツブルクの塩の結晶の小枝」。伊紋は耳と、小さな歯と、長い首と、わきの下で笑い出す。「わたしの独り言がわかった人は、あなたが初めてよ。このイヤリングはスタンダールの『恋愛論』をモチーフにしている、そうなの？」伊紋が毛毛を喝破したが、この瞬間、毛毛も彼女のことを見抜けた気がした。毛毛は動揺した。まるで塩坑の中に放り込まれて結晶に覆われたのが自分であるかのように。彼の身体についた結晶は彼女だ。彼女は毛毛の典故。彼女こそが典故。伊紋は恥ずかしいとは思わなかった。新婚の喜びはまだ彼女の中にあり、世の中のあらゆることはみな「情に発し、礼儀に止むる」*だと思った。伊紋はこのときから毛毛の店が好きになり、二人で文学について語り合っていると、あっという間に二、三時間が過ぎていた。ときどき文学の物語が変化したようなアクセサリーをいくつか連れ帰るとき、伊紋はユートピアを出てゆくような心地がした。魔の山を出てゆく。お菓子の家を出てゆく。毛毛にとってこれはお菓子の家から出ていくのではなく、お菓子そのものから出ていくことだった。

このころ毛毛さんは彼女のことを「許小姐《ミス・シュー》」としか知らなかった。二階で鏡に向かって、こっそり「伊紋」と呼ぶ練習をした。わたしのことは伊紋と呼んでくれればいいわ。

伊紋はよくレモンケーキを三つ持って、毛毛を訪ねた。ひとつは毛毛のお母さん、ひとつは毛さん、もう一つは自分に取りわけながら、意地を張るように毛毛さんに言った。「いいでしょう。こんなにおいしいコーヒーのお伴にケーキがないなんて耐えられないの。イチゴの季節だからって、わたしはイチゴのケーキは買わないことにしているの。毛さん、どうしてかわかる？」「いや」。君の笑顔はイチゴのハートみたいだよ。「だってイチゴには季節があるから、手に入るかどうかで悩んでしまうけど、レモンケーキならいつだってずっとあるもの。いつだってずっと、永遠のものがわたしは好き」。伊紋はしゃべり続ける。「学生時代にわたしの隣に座っていた同級生が、親友になったの。わたしは心の底から怖くなった。もし彼女がわたしの隣に座っていなかったら、わたしたちはそれでも友達になったかしら？　って。それからまた自分のこんな考え方が恥ずかしくなって」

「許さんは、通りすがりではなかった？」「そう、わたしは通りすがりじゃない」。ケーキを切るときのきらきらときらめくツイストリングを見つめる。毛毛は口にしなかった。君が初めてベルを押して入って来たとき、「ピンポン」という音の僕の身にのしかかったあの重さを知ったら、君はそれでもベルを押してくれただろうか？　伊紋は続けた。「だから、わたしより先にこの世界に存在していた人や物事が、わたしは好き。Eメールよりもカードが好きだし、ナンパよりお見合いの方が好き」。毛毛が続ける。「荘子よりも孟子が好き、ハローキティが好き」。君を笑わせることに成功した。君の笑顔は、徹夜でデザインを描いたあとに目にする日の出だ。その瞬間、太陽は僕のものだと思ってしまう。僕は君よりも年上だから、君よりも先に存在していた。だから君は僕を好きになってくれるだろうか？　毛毛はうつむいてコーヒー豆をすくう。うつむくと、伊紋の長い髪が一本、ガラスの台の上に落ちているのが目についた。それを見た瞬間、せつなく苦しい思いが沸き上がる。拾いたくてたまらない。君の一部をカウンターの向こう岸からこっちの岸に持ってきたい。君の長い髪をベッドの上に置いて、君が僕の部屋を訪ねて来てくれたことがあるかのように装いたい。僕を訪ねて来てくれたことがあるかのように。

伊紋はジュエリーと毛毛の前ではリラックスできる。ひとつは幼い頃から慣れていたからであり、もうひとつは彼が彼女に慣れているようだったからだ。彼女に対して緊張しすぎない、あるいは上

＊「発乎情、止乎礼義」『詩経』卜子夏「毛詩大序」より。

品すぎない男の人に出会うことは難しかった。彼女は毛毛に感激していた。毛毛は彼自身が、彼女が初めて訪ねたときから今でもそのままのコーヒーカップ――彼女が来ない間にはほかの人にも使わせるけど、またきれいに洗っておいてくれる――と同じようだと思った。彼女は知らない。毛毛は初めての時以来、そのコーヒーカップを他の人に触れさせもしなかったことを。彼女と同じように多くのことをわかっている人は多くはなく、卑屈さも傲慢さもなく口に出せる人はさらに少ない。毛毛は一人の作家が一冊の小説を書くのに費やす十年をひとつのブローチの中に刻み込むが、店を訪れる裕福な夫人たちはそれを理解したことがなかったし、彼も無駄だとか孤高だとかいった思いを抱いたこともなく、ただニコニコと笑顔で奥様たちのために鏡を支えた。

毛毛は時々デザイン画を描くために二階に閉じこもる。半分ほど描くといつしか原稿の角に女性用の九号のツイストリングを描き始めている。

リングの中に、またいつしか薬指を書いている。君が「毛さん」と呼ぶ声を思い出し、その言葉を断ち切って、残った毛の文字をまた二度繰り返す。毛毛。自分のこのあだ名が、こんなふうにまぶしく美しいことを初めて知った。薬指の横にまたいつしか中指と小指を描いている。楕円形の爪が黄道のようだ。君はどこの星系から落ちてきたのだろうか。車を運転して店から家に帰る途中、都市から放り出された星がまだ光っているのを見て、未完成のデザイン画を思いだし、そのために徹夜することを思いだした。徹夜して日が昇るのを見て、それでも店に行かなければならなくて、店のデジタルカレンダーを見ながら、心の中でカレンダーを引きちぎって、あと一日でまた君に会えると思いだす僕を、君ならきっと許してくれるだろう。しまいには星を見ると君を思いだし、太陽を見ても君を思いだす。手はまたいつしか人差し指と親指、指先の節や手の甲の産毛を描き始めている。もうこれ以上は描けない。ただ、毎週元気な君の様子を見ることができればそれでいい。

その日、伊紋はまたケーキを三つ持ってやって来た。毛ママは伊紋を見ると、たちまち言う。「少しお待ちくださいね。毛毛に降りてくるように言いますから」。ミルフィーユのパイ生地にバニラカスタードが積み重なっている。伊紋はケーキを取り出すと、罪を告白して許しを求めるかのように毛毛に言う。「一年中いつでもバニラケーキが食べられるのは、ヨーロッパ大陸がかつて中南米を植民地にしていたからなのに。それでもわたしはとにかくバニラテイストのスイーツが好きなの。考えてみたら、わたしってずるいわね」。毛毛さんのかすかな笑いは、ひとすくいで呑み込めるという感じであった。なぜかわからないけれど、伊紋が持ってくるスイーツにどれだけクリームがついていても、毛毛さんのヒゲにくっつくことはなかった。二人の会話はいつしか植民地の話からジョゼフ・コンラッドの話になった。

毛毛がテーブルの上を片付ける。伊紋はまっすぐに言う。「わたし自身は女だけど、コンラッドからミソジニー〔女性嫌悪〕は感じないの」。突然、ベルを鳴らしてそこに入ってきたのは張夫人であった。張夫人のパーマのかかった赤毛は、遠くからでも見えるはずなのに。その声は寒流よりもずっと激しいものだった。「まあ、銭夫人《ミセス・チェン》もこちらにいらしたの。どうしてわたしを誘ってくださらなかったの。いっそのことわたしたちのマンションの仲間みんなで、ここでパーティーを開きましょうよ。毛毛、どう思う？」

銭夫人。毛毛の心はすっかりレモンになってしまった。苦くて酸っぱくて、皮を剝かれれば果汁も搾れる。君を見たことがあるような気がしていたのは、ポピュラーな恋愛小説で、初めてなのに古くからの友人のように親しくなれる、前世で君を見たことがある、といった類のものだと思っていた。だけど、僕はほんとうに君を見たことがあったなんて。あの日の、直視することさえできなかった花嫁が、君だったなんて。僕が香港まで行って選んできたあのピンクダイヤが、君の首につけられていたなんて。伊紋の笑顔が残像のようになる。毛毛さんの笑顔が唇とヒゲの上に座礁する。張夫人の声は選挙カーのように、とにかく大きな声なのに、ひとことも聞き取れない。張夫人が立ち去ったあと、伊紋は申し訳なさそうに笑って言う。「ごめんなさい。銭夫人《ミセス・チェン》と名乗るのは恥ずかしくて」。毛毛はゆっくりと、そっと言った。「かまわないよ」。あんなふうに僕に笑いかけてくれる君を、許せないなんてありえないよ。いずれにしても僕はもともとまったくこだわらない人間なのだから。

やがて夏になり、毛毛さんだけが唯一、伊紋の長袖が季節とともに脱ぎ捨てられないことに気づいた人だった。思琪たちを除いて。伊紋の腕を見たいからではないか、と毛毛は自分を責めた。伊紋は袖だけでなく、寒がっているような表情でもあった。コーヒーを飲むかと彼が声をかけると、ハッとしたように、彼女の声が飛び上がった。「えっ？」彼女がうつむくときはアクセサリーを見ているわけではなく、ただ真っ赤になったまぶたを見られたくないだけなのだと毛毛は気づいている。彼女が顔を上げるのは彼を見るためではなく、目から涙が零れ落ちないようにするためだけなのだということにも気づいている。どうしたの。僕が、君の単なるジュエリーデザイナーでなければよかった。いっそ君の櫛の歯になりたい。君のハンドソープのノズルになりたい。どうしたの。どうしたの。どうしたの。

その日、張夫人と呉ママ、陳夫人が揃って、新しいジュエリーを見にやって来た。ジュエリーを見ると言いつつも、やはり噂話をするという目的の要素が強いのだった。毛毛と毛ママの口が堅いことは誰もが知っている。毛ママが彼女たちに挨拶をする。毛毛さんはプリントしたばかりの、まだ紙がホカホカと温かくて、焼き立てのパンのようなデザイン画を手にしている。階段を降りている途中、張夫人の声が聞こえてくる。「だからね、見えないところばかりを殴っているのよ」。「そんなにひどく殴る[*1]の？」「もちろんひどいものよ！　銭さんところの若旦那様は以前、海軍陸戦隊にいたんですもの！　わたしの従弟も前に海軍陸戦隊にいたの。とんでもないわ！」毛ママは足音が止まったのを耳にして、奥様方に「失礼します」と頭を下げてから、ゆっくりと二階に上がっていった。二階に上がると、毛毛はデザイン画をぐしゃぐしゃにまるめて壁にむかって投げ捨てているところだった。毛ママは、麺線《ミェンシェン》＊2を食べるかそれとも白米にするかという口調で独り言のようにつぶやくと、また降りて行った。「バカなことは考えないのよ。あちら様は万が一にも離婚したって、あんたと一緒になったりするはずはないんだから」。毛ママはとっくの昔にわかっていたのだ。あるいは、毛毛自身よりも先にわかっていたのかもしれない。

カクテルリングを手にとってしげしげと眺めながら、伊紋が言っていたのを思い出す。「これ、見たことがあるみたい」。彼はすぐに彼女が最初の日、ここに初めて来たときに見せたアクセサリーをすべて並べた。彼女がその日着ていた服まで諳んじて、すらすらと並べたてた。まるで「白日、山に依りて尽き」＊3を諳んじるようにすっきりと当たり前の声で。そのときの伊紋の驚きと喜びの笑顔を思い出す。その笑顔の中には、今が見えないからとでもいうような、どこか遠くを見つめる表情があった。

毛毛さんは夜になって車を運転して家に帰ると、パソコンを立ち上げてニュースを見る。汚職する人もいれば、盗みを働く人もいるし、結婚する人もいる。ニュースサイトの白地が普段よりもずっと白く、黒字もまた普段よりもずっと黒いような気がした。ズボンを下ろし、伊紋を思った。伊紋が笑うときにびっしりとまとまるまつげ。彼女を知ったばかりの夏、彼女の肩にタンクトップからのぞいたワインレッドのレースのストラップ、ガラスケースをのぞき込むときにガラスに胸が押し出される襟元。フランス語を読み上げるときに歯の間を飛び回る彼女の小さな赤い舌を思った。伊紋を思いながら自慰をする。真っ暗な部屋の中で、毛毛の身体を、ふくらはぎのあたりによたよたとたまっている彼のズボンを、パソコンのディスプレイの光が照らす。どうにもできなかった。毛毛は下半身むき出しのまま、小学校を卒業してから初めて泣いた。

李国華の台北のマンションで、思琪はフローリングの上に座ってソファの手すりの巻き上がったコットンフランネルの羊の角をなでながら、言う。「先生、わたしを病院に連れていってくれる？」「どうした？」「わたし――病気みたい」。「気分が悪いのか？　妊娠するはずはないだろう？」「違う」。「それなら、何が？」「よく物事を忘れてしまう」。「物忘れは病気ではないよ」。「わたしが言っているのは、ほんとうに忘れてしまうってこと」。「君の言っていることが、先生にはわからないんだが」。小さな声でつぶやく「あなたにはもちろんわからない」。李国華が言う。「先生に対して君はずいぶん失礼だ」。思琪は床にある自分の服を指さして言う。「生徒に対してあなたは失礼

＊1　台湾では二〇一八年まで徴兵制があった。
＊2　細い素麺のような麺を、出汁の利いたとろみのあるスープで煮込んだもの。
＊3　「白日依山尽」王之渙『登鸛鵲楼』より。

だ」。李国華は沈黙する。氷河のような長い沈黙。「君を愛している。わたしにも罪悪感はある。わたしの罪悪感をこれ以上増やさないでくれないか？」『病気なのよ』。「いったい何の病気なんだ？」「自分が学校に行ったのか行っていないのか、たびたびわからなくなる」。「言っている意味がわからない」。思琪は息を吸い込むと、辛抱強さを奮い起こして話し始めた。「たびたびおかしなときに、おかしな場所ではっと意識が戻るのだけど、その場所に行ったことがあるのかどうか、いつも自分では記憶にない。一日が終わってベッドで寝ているときに、はっと意識が戻ると、一日中何をしていたのかまったく記憶がない。『わたしにきつくあたりすぎる』って怡婷にしょっちゅう言われるけど、彼女を罵った言葉なんてわたしにはまったく記憶にない。怡婷は、その日授業の途中でわたしが教室から出ていったって言うけど、わたしは自分が学校に行ったのかどうかもわからなくて、忘れてしまっている」

彼女が話さなかったのは、どうしても眠れないということ。机に突っ伏して十分間眠るだけでも、彼が彼女に入ってくる夢を見ること。眠るたびに自分は窒息死してしまうと感じること。毎日ひたすらコーヒーを飲みまくるしかなくて、コーヒー豆を挽く音に起こされた怡婷は、ぷんぷん怒りながら部屋から出てくるたびに、月の光の下で思琪がきらきら光る鼻水を垂らしながらコーヒーを淹れているのを目にするのだ。「こんなことする必要ないでしょ。あんた骸骨みたいよ。わたしの宿題を持っていって写すくせに、先生と一緒にいるくせに、今度はわたしの睡眠まで持っていくの？」その日、コーヒーミルを振り上げて怡婷に向かって投げつけたことも記憶にはない。覚えているのは怡婷と一緒に帰らなかった日があるということだけ。ドアを開けたこともはっきりせず、彼のマンションのカギを手にしていて、いくら挿し込んでも挿し込めず、ようやくドアが開いてから、リビングルームの床一面の残滓《ざんし》が目に入った。

思琪は高校に入ってからしばらく、李国華だけでなく、ほかの男に無理やり穢される夢も見た。あるとき夢に見たのは数学課の補助教員で、その鉛筆の芯のように痩せた色黒の補助教員は、喉ぼとけに黒い皮膚が突きだしていて、彼女の上で唾をのみ込むとき、その喉ぼとけを震わせ、うごめかせながら言うのだ。「みんな君が悪い。君は美しすぎる」。喉ぼとけが映画の中で人間の皮膚の中にもぐりこむ玉虫のように、愛のささやきが喉ぼとけの中にもぐり込み、喉ぼとけが補助教員の喉の中にもぐり込み、補助教員は思琪の中にもぐり込む。長い間、彼女はそれが夢なのかどうか確信が持てなかった。数学課の試験の答え合わせのたびに、思琪はその補助教員がＡＢＣＤと読み上げるのをじっと見つめた。Ａは命令、Ｂは下品な言葉、Ｃはシーッと彼女を静かにさせ、Ｄは満足の微笑み。ある日、補助教員が教壇の上で腰をかがめたとき、彼のシャツの中をぎりぎりまでのぞき込んだ思琪は、彼がペンダントを身に着けていないことに気づいた。夢の中の補助教員は小さな観音様をぶら下げていた。だから、あれは夢なのだ。それから小葵《シャオクイ》の夢を見たこともあった。それもまた長い間ずっと、夢なのかどうかわからなかった。伊紋姉さんとの電話で、小葵がアメリカに留学していて、三年も台湾には帰ってきていないというのを聞いたその日までは。やはり夢だった。それから劉パパの夢も見た。自分の父親の夢も見た。

李国華は本で読んだ心的外傷後ストレス障害（ＰＴＳＤ）を思いだした。以前は退役軍人病と呼ばれていた。ＰＴＳＤの症状のひとつに、被害者が自分を責め、罪悪感でいっぱいになるというものがある。なんと都合のいいものだろう。わたしが罪悪感を抱かないのではなく、彼女が罪悪感の限度額を使い切ってしまったのだ。少女の陰唇そのものがまるで傷口のようだ。なんと美しい。このような罪の転嫁は、最高の境地の修辞法である。

李国華は思琪に尋ねる。「精神科医に見てもらいたいのか？　それとも精神科医に何か話をしたいのか？　精神科医は君から何を聞き出すのだろう？」思琪は言う。「わたしは何もしゃべらない。ただちゃんと眠って、物事を覚えていたいだけ」。「こうなってからどのくらいになる？」「三、四年くらいかな」「三、四年もずっと何も言わずにいて、今になって医者に診せたいなんて。君の言う通り、君はおかしいぞ」。思琪はぐずぐずと言う。「こうなるのがわたしだけなのかどうか、わからなかったから」。李国華は笑った。「まともな人間がどうしてそんなふうになる？」思琪は爪を見つめながら、ゆっくりと言う。「まともな人はこんなふうにはならない」。李国華は沈黙したが、沈黙は氷山の一角でしかなく、その下をその十倍もの氷のように冷たい言葉が支えている。「ケンカをふっかけたいのか？　今日はどうしてそんなに聞き分けが悪いんだ？」思琪はもう一方の白い靴下をはくと、言った。「わたしはただぐっすりと眠りたいだけ」。そして彼女が口をつぐむと、このことはもう二度と持ち出されることはなかった。

マンションを出ると、建物の入り口の、歩道にせり出した屋根の下に、ホームレスがいる。地面に置かれたアルミの弁当箱の中は、ご飯の上にまぶしたゴマのように硬貨が散らばっている。脚が切断されているため、彼は手で移動する。思琪はスカートを押さえながらしゃがみこむと、ホームレスと視線の高さをあわせ、財布の中から小銭をじゃらじゃらと取り出して、捧げるようにして彼の手のひらに載せた。ホームレスは金をしまい込むと、身体を曲げてはまた伸ばし、右脚の切断された部分でレンガの地面の音が響くところに何度もぶつけた。そして繰り返しこう言った。「すばらしいお嬢さん、あなたには福が東海への水の流れのごとく続き、寿は南山の松のごとく老いることはないでしょう」。思琪は微笑む。ビル風が彼女の髪の毛を吹きあげ、リップクリームにくっつける。彼女はどこまでも素直に受け入れ、お礼を言った。

タクシーに乗ってから、李国華が彼女に言う。「いいね。君のお父さんお母さんのしつけがいい。君は知らないと思うが、晞晞はもう何人も黒人の子どもを養子として支援しているんだ——だけど、君はもう二度とあの乞食に施しを与えるのはやめてくれ。とにもかくにもわたしはちょっとした有名人なんだ。わたしたち二人が入り口でぐずぐずしているのは、よくない」。思琪は何も言わず、唇にはりついた髪の毛をつまみとっているだけだった。毛先をかじると、唾でしめった髪が口の中でガサガサと音をたて、彼女は白昼夢を見始める。ああ、このガサガサという音、街路樹の葉が泣く季節に、黄色い葉が敷き詰められた大河がある。この川の流れに身を任せたら、きっとこんな音がする。先生はまだ晞晞が途上国の子どもの支援をしていることについて話し続けている。「おじいさん」になった人。思琪は突然笑い出す。何を笑っているのかと先生が尋ねる。「なんでもない」。「君はちゃんとわたしの話を聞いているのか？」「聞いてる」。思琪は毛先を口に含みながら思う。あなたはほんとうにわたしに話を聞いてほしいの？

マンションにはストックルームがあって、別荘には倉庫がある。李国華は言われれば野菜を買いにも行き、スーパーマーケットのどの野菜も一通り買ったことがあるというタイプの人間である。金儲け、大量の骨董収集が、自分のもう一つの生活の一番のメタファーだと彼は感じることがあった。女子生徒に向かっていつもこんなふうに言う。「君に面白いものを見せてあげよう」。内心とにかく興奮する。この言葉に二つの意味があるのは明らかなのだが、誰もそれには気づいたことがない。彼が指名してマンションに連れてこられた女子生徒に、壁の「膠彩仕女図」を見せる。仕女〔召使い〕は本を読んでいる。月蝕の月のように湾曲した目元をしている。女子生徒がその絵をしっかり見ようとしたとき、彼は背後から彼女の手足に枷をはめ、もう一つの手をのばして、いつも同じ言葉を口にする。「みてごらん、あれは君だ。君が現れるまでわたしがどれほど君を思っていたか知っているかい？」寝室に連れていかれると、彼女たちは泣く。しかしリビングの仕女はそれでも常にニコニコと笑ったまま、顔を赤らめ、何とも言えない表情をしている。

李国華が思琪を内湖の別荘につれていったのは、一度だけである。別荘の倉庫は骨董でいっぱいになっている。ドアを開けると、屋外の光が差し込み、床に金色の平行四辺形が広がる。子どもの背丈ほどの木彫りの如意輪観音が並び、一体が別の一体にもたれているものもあれば、新たにやってきた一体にぶつかって口と鼻が欠けてしまったものもある。数えきれないほどの観音が何枚もの貝屏風と蘇繡百子図*を隔てて、年を重ねたホコリを隔てて、もっとも奥深いところから思琪に微笑みかける。思琪はかすかな恥辱を感じ、冷ややかに言う。「わからない」。彼は狡猾さからある種の素直さで、彼女に尋ねる。「かつて作文の授業をしたね。君にわからないはずはない。君はとても聡明だからね」。思琪は真剣に考えてから、言った。「生真面目な一人の人間を背徳者に変えられる力を自分が持っていると思っている人間には、ある種の邪悪な自信があると思う。かつてはどこかおかしいとわたしもかすかに感じたけれど、自分に言い聞かせた。そんな感覚もまともではないのだ、と。それからはもう二度とそんなふうには感じなくなった」。堂々とした自信に満ちた声は、また麻痺していく。「だけど、一番邪悪なのは、無邪気な自分に任せて下の階に行ったこと」。彼女

＊ 蘇州の有名な民族工芸である刺繡で描かれた、百人の子どもの絵。

を別荘につれていったといっても、実際には別荘の二階のゲストルームのベッドにつれていっただけであった。彼はまたうたた寝している。思琪はしゃべり続ける。まるで途中で遮られたことがないかのように、かつてなく饒舌であった。「昔、自分が特別な子どもだってわかってた。でもわたしは容姿が特別でなんかいたくなくて、怡婷と同じでいたかった。少なくとも誰かが怡婷を賢いとほめるとき、それは純粋なものだということをわたしたちは知っている。こんなわたしを、誰も本気でわたしのことなんか見てはくれない。かつて怡婷が先生を好きだと言っていたのは、先生は〝見える〟人だとわたしたちは思っていたから。わからない。いずれにしても、わたしたちは『長恨歌』*をすべて覚えている人を信じていた」

月曜日に彼女を連れていくのは「喜」の字で始まるホテル、火曜日は「満」の字で始まるホテル、水曜日は「金」の字で始まるホテル。「喜満金」もいいし、「金満喜」もいい。島のあちこちで好き勝手なことをするのは、家のなかで夢遊しているようなもので、何も危険なことはない。本のことについて話すことで、彼女の心も身体も突き破ることができる。すばらしき哉《かな》文学！

そのとき思琪が尋ねたのは、彼にとって彼女は何なのか？ というものだった。彼は四文字で答えた。「千夫所指〔後ろ指をさされる〕」――「後ろ指をさされてもいいの？」と尋ねたときの先生の返事を覚えている。「もともとは気にする方だが、わたしにはどうしても欲しいものなどほとんどないから、最後にはどうでもよくなる」。そして初めて通りで手をつないだことは、彼自身、実に勇敢な行為だったと思っているようだ。たとえそれが夜中の裏通りで、もともと人などいるはずがないところであっても。見上げるとまた満月で、突然、「天地為証〔天と地に誓って。天地が証明してくれる〕」といった類のフレーズが彼女の頭に思い浮かんだ。マンションに戻り、彼が彼女の身体に覆いかぶさると、手の甲が月光にじりじりとさらされていることだけを彼女は感じていた。先生の手の形がそこに残る。「千夫所指」という言葉はありふれているから、「千目所視〔みんなに見られている〕」と置き換えてもいいし、「千刀万剮〔八つ裂きにする〕」だっていい。いずれにせよ、先生はいつだって頭の中の成語辞典を書き写している。思琪は楽しくなった。

　李国華が高雄に戻っている間、思琪は毎晩ショートメッセージを送り、おやすみなさいを言った。寝返りを打って明かりを消し、枕に頭を埋める。部屋は真っ暗で、携帯電話のディスプレイの光が彼女の顔を探り、眉骨、鼻翼、えくぼの陰影を浮き彫りにする。言葉をあれこれ選んでいるうちに、無意識に頭がずれて髪が押しつぶされ、さらさらと音をたてる。頭全体がどんどん深みにはまってゆく。ショートメッセージを送るときの口調も、かつて中学のときに作文を書いていたときのよう。おやすみ、と言ったところで眠る気にはなれない。夢を見るのが怖かった。布団の中の自分の手を

＊　唐の白楽天による長篇叙事詩。玄宗皇帝と楊貴妃の悲劇を詠った。

見ると、無意識に彼がくれた、眠りを導いてくれるという夜明珠[*1]を握りしめている。夜明珠は曇り空の枝の先の満月を摘み取ったように、翡翠が光を放っている。だけど満月が近すぎて、でこぼこしたところまではっきりと見えすぎてしまう。

　李国華は最近、高雄に帰るときにはいつも奥さんと晞晞にプレゼントを買って帰る。一番多いのが骨董品店で探してきた清朝の龍袍《ロンパオ》である。さっと開き、床に広げると、「通経断緯[*2]」の緙絲《こくし》織〔つづれ織り〕の明るい黄色の大きな人の形になり、虎の皮の絨毯のようなきらびやかさだ。晞晞はそれを見ると即座に言う。「パパ、自分が蒐集したいだけのくせに、わたしとマミーを口実にしてる」。奥さんは一目見てある種のもの悲しさを感じる。枕を並べて寝ているこの人のことを永遠に理解することはできない、と思ったからだ。死人の衣服じゃないの！　首を切られてさらし者になった者もいるというのに！　彼女はいつも苦笑しながら言う。「わたしは見てもわからないから。あなたが持って行って研究すればいいわ」。それはもう一つのもの悲しさ——傷を負う予感——であることを奥さんは知らない。李国華は陣地で打ち負かされ、もはや逆らうこともないという様子を毎回あらわにして、おとなしく龍袍を片付ける。次にプレゼントするときには、奥さんも本当に気に入ってくれるかもしれない、と彼はほとんど信じ切っている。皇后の明るい黄色が気に入らないのだろう。では、妃の黄金色はどうだろう？　妃の黄金色が好きではなかったら、嬪《ひん》〔皇帝の側室〕の香色なら？　一枚また一枚と、自分の仕事用のマンションの物置に持って帰り、妻が永遠に彼のプレゼントに満足しないことに、最後にはほとんど怒り出しそうになったが、再び思い直して、気高く妻を許すのであった。

プレゼントを受け取るたびに、先生の奥さんは内心、寂しさが顔に出てしまうのを恐れていた。先生の奥さんについていえば、寂しさは少なくとも健全なもので、それは彼女がまだこの人に恋していることの表れであった。彼は十代の頃からプレゼントをすることが得意ではなかった。やっとのことで二人が初めて海外旅行にでかけたとき、現地のマーケットで彼女から見ればガラクタでしかない小さな骨董品を彼は選んで買って帰った。これはハネムーンでもあった。学習塾でにわかに人気が出たばかりの年で、唐三彩〔唐時代の陶器〕を抱えて帰ってきたこともある。「三彩は、主に黄色と緑色と白色だが、もちろん三という数字は三つの色だけではない。三はたくさんの数を意味している」。彼女が彼のあとに続いて一度「黄色、緑色、白」とつぶやくと、彼はようやく手を緩めて言った。「これは君へのプレゼントだよ」

長年、李先生の奥さんが唯一不思議でならないのは、彼が頑ななまでに晞晞を甘やかしすぎることだ。晞晞が十歳を過ぎたばかりのころには何万元もするジーパンを買い、中学に入るとブランド

＊1　暗闇で発光する貴石。
＊2　機台に張った経糸に対し、緯糸を文様に従って部分的に織り嵌めてゆく。織幅いっぱいの通し糸とならない織り方。

バッグを持たせた。彼女も怒るに怒れなかった。怒ってしまえば、そのときから彼女は二人の間の「黒瞼《こっけん》」*というべき人になってしまう。「あなたと同じ学習塾の先生に晞晞の勉強を見てもらえないかしら」と尋ねたが、彼は「ダメだ」と言うだけだった。彼女がかすかに感じたのは、彼が言いたいのはその考えがダメなのではなく、そこの先生たちがダメなのだということだった。ベッドに入っているときに聞いてみた。「学習塾の先生たちって、もしかしてあまりよくないの？」「何がよくないって？　わたしと同じ、みんな普通の人ばかりだよ」。手を伸ばして、彼女の髪をなでる。年がら年中パーマをかけ、染めている髪は籾殻《もみがら》のようだ。彼女に微笑みかける。「わたしも歳をとった」。「あなたが歳だっていうなら、わたしだってもういい歳だわ」。「君の目は美しい」。「老けた女が美しいものですか」。李国華はまた微笑んだ。少なくとも目は晞晞に似ている、と思った。彼女の髪は籾殻であり米ぬかであるが、少女の髪は柔らかく香ばしい炊き立てのご飯と同じで、彼の食事であり、彼の主食である。李先生の奥さんが知っているのは、彼がうまくプレゼントを買えないことは終始一貫しているということだった。思琪が台北で彼にくっついていればいるほど、彼は高雄にプレゼントを持って帰る。罪悪感を相殺するのではなく、本当に彼はただただ楽しくてたまらないだけだった。

思琪たちが台北に行って進学することになってから、伊紋の生活はさらに無味乾燥になった。彼女は一維の出張に同行するようになった。一番楽しいのは、一維が日本に行くときだ。一維は仕事に行き、彼女は銀座のマンションを出て、一日のほとんどをあてもなくぶらぶらして過ごす。日本はすばらしい。みんな顔にTo doリストが書いてあり、まるで家族の結婚式かお葬式に向かうみたいに誰もが急いで歩いている。九十秒間の信号を日本人は十秒で歩き切ってしまうけれど、伊紋は丸々九十秒かけてゆっくりと歩く。人の波に投げ込まれることで薄められてゆく自分の悩み事に思いを巡らせていると、横断歩道を黒、白、黒、白と丸々九十秒かけて歩いてゆけると思った。彼女はどれほどの時間を無駄にしているのか。まだ無駄に費やされるのを待っている人生がどれだけあることか！

一維は日本に来るたびに、かつてアメリカに留学していたときの親友と会う。彼らはいつも英語で話をする。伊紋も一維にならって彼のことをジミーと呼んだ。ジミーをマンションに招くときはいつも、伊紋は事前に近くの寿司屋に日本語まじりの英語で三人前の寿司の出前を頼んでおく。出前の寿司は、金色の松竹梅が描かれた朱色の漆器とともに届けられる。一維の胸毛のようにくねくねとしている松の木。一維の指のような節のあるまっすぐな竹。一維の笑顔のような、曲がった枝の上で今にも落ちそうで落ちない梅の花。

＊　京劇の隈取の一つ。ここでは、融通が利かず腹をたててばかりいて、嫌われてしまう人物をさす。

ジミーは痩せた小柄な男の人で、日本にずいぶん長く住んでいるのにいかにも外国人という雰囲気が抜けていない。なぜなのか言葉にはできないけれど、シャツの上のボタンを二つ開けているからかもしれないし、お辞儀をするときの腰がぎこちないからかもしれない。あるいは彼がストレートに、彼女のことを伊紋と呼ぶからかもしれない。今日、一維は伊紋に語った。「実は卒業したらジミーをうちの会社に引っ張り込みたいと考えていたんだが、彼は頭が良すぎてね。僕の部下に甘んじていられるとも思えなくて」。日本では、伊紋は何も考えずにいい奥さんをしているだけでよかった。日本では、一維も彼女がいい奥さんでいてくれればそれで満足していた。ただ、このとき一維が持って帰って来た大吟醸の、その長い木の箱を見た伊紋は、まるで親しい人の棺桶を見るような顔色になった。夜、仕事帰りに訪れたジミーは、テーブルいっぱいの料理を見て、たちまち英語で大声を上げる。「お前、どうしてもっと頻繁に日本に来てくれないんだよ！」自分が最後の一輪の梅の花だと知らない枝のように、一維が笑う。お前なあ、と声をあげ、肩を叩き、拳をあわせる。伊紋から見てそれはとても麗しい、異国で見られる異国だった。食事が済んでから、一維に酒を持ってくるように言われたときだけは、彼女ははっと正気に戻ったようになった。

ジミーへの台湾土産を持ってくると言って、一維はロフトに上がっていった。伊紋は、失礼、と声をかけてから席を立つと、ダイニングからキッチンへ向かう。奇妙に痩せた赤ん坊の棺桶のような木箱。ジミーはダイニングテーブルの前に座っている。一維には上から、ジミーが伊紋の背中をじっと見つめているのが見えた。伊紋がしゃがみこんで箱を開けているときに浮かび上がる、背中から尻に続くほっそりとした白い肉、かすかに見える背骨の末端の凹凸、その下に続いているのをかすかにうかがい知ることができる尻の割れ目の様子。彼の縄張り。ここは彼の縄張り、あそこも彼の縄張りだ。ふいに、ロフトの手すりが杖のように一維には感じられた。何事もなかったように降りていく。酒も注いだ、つまみも揃った。大学の仲間の話から日本のヤクザの話まで、寿司から第二次世界大戦の沖縄の住民の集団自決まで語り合った。一維は話しているうちにだんだん声が大きくなり、乾杯のたびに、グラスが割れてしまうのではないかと伊紋は心配になった。

話は深夜まで及び、伊紋は疲れてしまった。ごめんなさい、と声をかけてスリッパをつっかけ、目をすっきりさせる目薬を探しに寝室に入って行った。一維はジミーに手招きをしてから、その後に続いて入って行く。一維は伊紋を抱きしめると、背中に手を伸ばして中に入れる。伊紋は小さな声で言う。「ダメ、ダメよ、一維、いまはダメ」。一維は手を別の場所に伸ばす。「ダメよ、一維、そこはダメ、ほんとうにダメ」。一維は手のひらだけでなく、指も動かす。唇だけでなく、舌も出動する。「いけないわ。一維、いけない。今は」。一維は自分の服を脱ぎ始める。「せめて寝室のドアを閉めさせて。一維、お願い」。ジミーにすべて聞こえていることを、一維はわかっている。

ジミーはダイニングルームに座って、伊紋に耳をすませている。だらりと頭を椅子の背にもたせかけて。中年の台湾人が一人、夜遅い時間に日本の首都の一等地の、十数坪のダイニングルームの天井に白みだした美しい東の空の下、友人の妻の声に耳を澄ませている。ふらふらと彼らのマンションを出る。道端の居酒屋には漢字が書かれているが、ちょっと見には台湾の看板にそっくりである。ショーウィンドウの中のマネキンは、頭であるはずの部分がそれぞれフックの形の疑問符になっている。

季節が変わり、一維はまた日本に行くことになった。一維がジミーと電話で話しているのを伊紋はそばで聞いている。目の前のニュースが何を言っているのか、ふいにまったく理解できなくなる。ときどき、思琪が台北から高雄の伊紋に電話をかけてくる。まるで白湯のように、サラサラと三十分も話し続けるけれど、思琪の電話から何も聞き取れることはなかった。「思琪ったら、うちに電話をかけてきたことはないのに」とその日、房ママが笑いながら腹立たしげに言ったので、伊紋は顔をこわばらせた。次に思琪が電話をかけてきても、これまで以上に「学校はどうか」「同級生はどうか」「身体や気分はどうか」と聞く勇気はなくなってしまった。これでは、なんだかばあやみたい、と。思琪が回りくどいことを言う人間でないことはわかっているが、思琪が何を言いたいのか、伊紋にはわからなかった。毎回サラサラとしゃべる電話は、台北の雨はどれだけ強く降るとか、宿題がどれだけ多いかといった話に過ぎない。けれど、彼女は雨や宿題をなんとか形容したいと思うのに、どう言えばいいのかわからないかのようである。彼女の口にする台北の学生生活は、テレビで見たものと変わらない。思琪はなんらかのひどい傷を隠している、と伊紋はかすかに感じていた。彼女自身が一目見てもすべてを確認できないような、ひどくただれた大きな傷を。けれど、聞き出すことはできなかった。聞き出そうとすると、たちまち雨の話になる。ただその日、思琪が口にした「今日の雨は、神様が盥《たらい》の水をすくって身体を洗っているみたいにすごい雨」というのを聞いた伊紋は、思琪がこの幻想の中の傷をもはや運命だとあきらめていることを感じた。怡婷のほうはあまり電話をかけてこなかった。かといって、怡婷から何か言ってきていないかと劉ママに尋ねるのも気がひけた。

伊紋は夏が好きではない。誰も彼女に問いただしてくることはなかったとはいえ、街中の人がみんな、いつでも彼女のハイネックに疑問を抱いているような気がしている。鉤爪《かぎつめ》状のクエスチョンマークが、フックを彼女のハイネックにひっかけて、引き下ろしたくてたまらないと思っているのを感じるのだ。今回、東京にやってきて、伊紋は寿司屋にいつものように寿司を注文した。蒔絵の朱色の漆器を見ると、やはり一維に似ているような気がした。けれど、これまでさんざん同じ店に頼んできたその漆器は、中二階にうずたかく積み上げられたままだったから、斜陽のもとで痛ましさを感じさせるのだった。繊細なものであればあるほど、重なっていけばつまらないものに見えてくる。伊紋はかすかに思った。自分が四十歳になったら、一維は六十歳になる。そのときには彼も、常にしつこく身体を求めてくるようなことはなくなるだろう。けれど、それでも殴るのは続くかもしれない。単に殴られるだけならまだましだ。午後に覆いかぶさってきて、夜には殴られるのよりはまし。そんなふうに思うと泣けてきて、涙が床に落ち、フローリングのホコリが弾かれる。ホコリまでもが、ひどく嫌がっているかのように。

今日の一維とジミーは、酒は飲んでいない。一晩中ずっと馬英九の再任について語り合っているだけだ。自分ではわからなかったが、一維が伊紋を呼ぶ声が聞こえると、びっくりしたような表情を浮かべていたらしい。ジミーは伊紋におもてなしのお礼を言ってから、少し付き合ってくれないかと一維を誘った。女子学生を寮の入り口まで送って行くみたいだな、と一維は笑う。

一歩外に出たジミーは、風に吹かれて目を細める。熱風がポロシャツの上でくだけ、彼のほっそりとした腰に吹きつける。一維は親しげにジミーの首を抱き、無意識ながら物理的に、あるいはあらゆる方面において人より一段上にいることを示す。ジミーは目を細めながら一維を見て、いつものように英語で話し始めた。「お前、彼女を殴ってるよな?」一維の笑顔は、とっさにはひっこめられない。「何を言ってるんだ?」「彼女を殴ってる。そうだろ?」一維はジミーの首から手を放し、あっさりと言う。「台湾から飛んできてお前の説教を聞かされるのか」。ジミーは一維を押しのける。その真新しい襟に一瞬、伊紋が汚れた衣類を抱えて洗濯機と戦っている幻想を見てしまい、彼を壁に押し付けるまではできなかった。「なあ、こんなのってちっともクールじゃない。お前、何をしているのかわかっているのか?」一維はジミーを押し返したりはせず、ただ足を踏みしめて立ち、動揺することもなく言った。「お前には関係ない」。「くそったれ、お前って奴は本当にバカ野郎だな。お前は彼女のことを、金で黙って去っていくこれまでの女の子たちと同じように思っているのか？　彼女は本気でお前のことを愛しているのに！」一維は一瞬動きを止め、何か考えているようだったが、再び口を開くと、かすかに笑いながら言う。「お前が彼女のことを見ているのは知ってる」。「くだらない」。「俺が言ってるくだらないことってのは、お前が俺の女房をじっと見つめてるのを見たってことだ」。一維は続ける。「学生時代、お前がいつも俺と同じ女を好きになったみたいにな」。このときのジミーの顔は、家々のエアコンからぽたぽたと滴り落ちてくる排水のように見えた。ぽたぽた、ぽたぽたと。ジミーはため息をつく。「お前は、俺が思っていたよりもずっと腐った野郎だった」。そう言うと背中を向けて立ち去った。このとき、通りに人があふれていることに、一維はようやく気づいた。太陽が東洋人の濃い髪の色を照らしている。どの頭も人当たりがよく、気さくに感じられた。あっと言う間にジミーの姿は見えなくなった。

伊紋が初めてジミーに会ったのは、結婚披露宴のあとの二次会のパーティーだった。披露宴は老人たちのためのもので、パーティーは僕たちのためのものだ。伊紋は一維が「僕たち」と言うのを気に入っていた。「僕」というときの唇がキスをせがんでとがらせているみたいで、「たち」と言うときには微笑んでいるみたいだったから。一維は可愛い。

結婚披露宴には官僚もいたし、マスコミもいたが、そんなことはどうでもよかった。伊紋は一維と一緒にウエディングドレスのオーダーに行った。うきうきしながら、心の中で考えていたウエディングドレスの絵を描いた。シンプルなストラップレスに、ふわふわのチュールスカートで、背中には真珠のボタンが一列並んでいるというもの。「君が絵を描けるなんて知らなかったよ」。「あなたが知らないことは、まだたくさんあるわ」。彼女の腰に手が滑り込む。「それなら、いつ僕に教えてくれるのかな？」「悪い人ね」。握っている鉛筆も震えるほど伊紋は笑ってしまい、紙に描かれたチュールスカートの皺はどんどん増えていった。一維が家に帰ると、そのデザイン画を見た銭家の大奥様がそれではダメだという。「いっそのこと、胸をさらけ出してみんなに見せたらいいじゃないの」。ウエディングドレスはレースのハイネックに長袖の、マーメイドラインのものに変更された。伊紋は自我との闘いの後に思った。いいわ。結婚式なんて一日だけのことなんだから、その後は自分が着たいものを好きなように着ればいい。家の中で、裸でいたってかまわないんだから。そんなふうに考えると、思わず声を出して笑ってしまった。まつげがそろって彼女の目を担ぎ上げ、革命を起こしたみたいに、大きな目がまつげの中に水没するまで笑った。

婚礼のあと、ホテルの高層階にあるオープンエアのレストランのプールサイドでパーティーが開かれた。招いたのはみな一維の友人ばかりで、誰もが英語を話した。伊紋はそこで蠟人形のようにみんなに写真を撮らせる。彼女にとっては好きな服を着る一日に過ぎなかったのに。シャンパン、赤ワイン、白ワインの栓が次々と抜かれ、プールの中に飛び込んでしまうほど飲み過ぎた人もいる。

その人は水の中から頭を振りながら出てくると、わめいた。「くそっ、俺は濡れたってかまわないけど、携帯電話はまずかった」。みんな大笑いした。

一維はアメリカで勉強しているときに、大学のフラタニティ*に参加した。入会資格は二つだけ。金があること、頭がいいこと。いったいどっちの資格で入ったの、とは伊紋は聞かなかった。一維は酒を飲むと、ひどく騒ぐ。マイクに向かって大声でわめきだす。「ジミー、どこにいる？　ステージに上がってこいよ」。「誰？」伊紋は顔を寄せて尋ねる。「君に紹介するよ。僕の兄弟分を」

ステージの上に立っている伊紋には、人々が少しずつまとまって声をかけあっては離れ、乾杯するよりも速く集まったり離れたりしているのが見える。歩いてくる人がいて、歩いてゆく人がいる。複雑なセーターを編んでいるように、一人が一人を通り抜け、また一人が別の人の間を編んでゆく。スーツのジャケットを脱いだ来客たちと、蝶ネクタイを締めて軽食を運んでいるウェイターの見分けがつかない。ジミー？　誰？　背の低い男の人がこっちに向かって歩いてくる。誰かの太った大きな姿に、たちまち遮られてしまう。太った男の人が立ち去る。誰もがみな古代エジプトの壁画のように横顔なのに、その背の低い男の人だけがまっすぐに彼らに向かって歩いてくる。再び誰かがその背の低い男の人の前を遮る。伊紋は自分の頭がどんどん衰えていくような気がした。その背の

＊　fraternity、男子学生だけの社交クラブ。

低い男の人が、ようやく近くまでやって来た。全身があらわになり、ステージまでやってきたその人は、一維と抱き合った。背の高い一維の腕の中では子どものように小さく見えた。「ほら、これがジミーだ。学校で一番頭が良くてね。頭が良すぎて、うちの会社で働いてくれって声をかけられなかったくらいのね」。「ジミー、こんにちは。伊紋って呼んでくださいね」

騒ぎは深夜になっても続いている。伊紋は疲れて室内に入ると、レストランのロングテーブルにもたれて眠ってしまった。トイレを探しにきたジミーは、このシーンに見とれてしまった。室内はひどく暗い。部屋いっぱいに金銀が打ち捨てられているかのように、六十人用のロングテーブルが二台並べてある。とても長くて、こちらから眺めると、テーブルのもう一方の端は点のように小さくなる。絵画教室における透視の技法のように。小さな花嫁がその端にうつ伏せになっている。ピンクのドレスからむき出しの背中、肩、首、腕は、白いテーブルクロスに溶け込んでしまいそうなほどに白い。外の明かりが格子窓を透かして差し込み、光と影がテーブルの上にいくつもの菱形を引っ張り出していて、ひどくなまめかしい鱗がテーブルに生えているかのよう。花嫁は神話に出てくる巨獣の上で眠っている。いまにも連れ去られてしまいそうだ。

一維が入って来た。「Hey」「Hey」。二人一緒にこのシーンを眺める。伊紋の背中はすやすやと起伏している。「大切にしろよな。俺の言いたいことわかるだろ?」ジミーは小さな声で言うと、ポケットに手を入れてトイレに向かった。

一維はスーツのジャケットを伊紋の肩にかける。屋外に戻ると、マイクを手に、英語で言った。「ＯＫ。みんな、もう寝る時間だ」。仲間内で一番クレイジーなテッドが、ワインボトルを高く掲げ、大声を出す。「おい、何を言ってやがる。お前が急いで家に帰って何をやりたいのか、世界中の誰もが知ってるんだぞ」。一維が笑う。「おお、テッド、Fuck you」。テッドが手にしていた酒をまき散らす。「おお、お前がFuckしたいのは俺じゃないだろ」。そう言いながら卑猥なジェスチャーをする。みんなさらに激しく笑った。室内にいる伊紋は静かに眠っている。窓の外の明かりが移動すると、伊紋にも鱗が生えてきて、いまにも飛び立てそうだった。

放課後になると李国華が迎えにきて、房思琪はマンションに連れていかれる。テーブルの上にはいつも飲み物がずらりと並べられていて、先生はいつになく飾り気のない穏やかな表情で言う。「君がどれを好きだかわからなかったから、仕方なく全部買ってしまった」。「わたしは何でもいいのに。こんなに買うなんてもったいない」。「いいんだ。君が好きなものを選んで、残ったものをわたしが飲むから」。自分がこんなしなやかな会話の境地に飛び込んでしまっていることを、思琪は奇妙に感じた。まるで夫婦みたい。

思琪はコーヒーを手に取って飲んでみる。おかしな味がした。ハンドドリップで淹れるコーヒーと比べると、コンビニで売っている缶コーヒーは子どもだましみたいで、わたしの状況とあっている。思琪はそんなふうに考えて、うっかり声を出して笑ってしまう。「何がそんなにおかしいのかな？」「なんでもない」。「なんでもないのに、何を笑った？」「先生、わたしのこと愛してる？」「もちろんだ。わたしが世界で一番愛しているのは君だ。こんな年になってようやく、本当に心が通じ合える相手が見つかるなんて、思ってもみなかった。娘よりもずっと君のことを愛している。そう思っても娘に申し訳ないとも思わないのは、みんな君がいけない。君が美しすぎるからだ」

彼はカバンの中から一束の紙幣を取り出した。銀行の帯封がついている。思琪は一目見て十万元〔台湾ドル＝約四十六万円〕だとわかった。彼は何気なく札束を飲み物の横に置く。まるで君が選ぶ飲み物の隊列の中に札束も組み込まれているのだとでも言うように。「君にあげよう」。思琪の声が激しく沸き上がる。「わたしは売春婦じゃない」「君はもちろん売春婦なんかじゃない。ただわたしは一週間のうち半分は一緒にいてあげられない。後ろめたい思いでいっぱいでね。君のそばにいて、君の世話をして、君の生活をちゃんとしてあげたいとどれほど思っていることか。わずかな金だ。君がいいものを食べて、好きなものを買うときにわたしのことを思いだしてくれればそれでいい。わかるね？これは金じゃない。これはわたしの愛を具現化したものにすぎないんだ」。思琪の目は真っ赤になっている。この人はどうしてこんなに愚かなの。彼女は言う。「なんと言おうとわたしは受けとれない。ママからもらっているお小遣いで十分足りてるから」

李国華は問いかける。「今日は授業がないんだ。一緒に出かけないか？」「どうして？」「靴がないって言ってただろう?」「怡婷のを履いていればいいから」。「見るだけで買わなくてもいい」。思琪は黙って、彼と一緒にタクシーに乗った。流れてゆく大通りを眺めながら、思琪は思った。台北にはなんにもない。デパートがたくさんあるだけ。二人はフラットシューズが人気のコーナーに足を踏み入れた。思琪はずっとこのブランドの靴を履いている。どうして知っているの、と彼には聞きにくかった。李国華の隣に座って靴を試着する。顔のパーツの並び方までどこかおかしくなったように礼儀正しい店員に、思琪はたちまち何かを読み取り、自分も美しくハロゲンランプの光をあびて、そこに陳列されているような気がした。李国華もやはり同じように読み取って、ささやく。「ブランドショップの店員は、わたしのように美しい娘をつれたジジイが大好きなんだ」。思琪は不思議そうに彼を見ると、言った。「行きましょう」。「いや、いや。靴を買おう。支払いを」。心の中にあるものは何もかもぶち壊されてしまう、と思琪は思った。粉々になったかけらが心に突き刺さって、痛む。翌日、怡婷と暮らしている家に帰ってから、あの札束がそのままカバンの中に突っこまれているのを思琪は発見する。すぐに、「この人は愛していれば勝手にものを他人の中に突っ込み、さらに大喜びすることをその相手に求めるのだ」と思った。あまりの苦痛に、もはやおかしくなって笑いだしてしまう。

デパートからマンションに戻っても、思琪はまだ意地になっていた。先生が声をかける。「怒らないでくれないか。きれいなものなのにどうして気に入らないんだ。言っただろう。あれは金ではない。靴でもない。わたしの愛なんだ。贈り物というのは、そういう美しいものではないのか？贈り物というのは、抽象的な愛を手にのせて好きな人に贈るものではないのか？」彼は片膝をついて片膝を立て、捧げるようなポーズをする。皇帝に従って雨ごいをする宦官みたい、と思琪は心の中で思った。それよりも物乞いかな。なにを乞う？　彼女を乞う？

彼のマンションは淡水河の喧騒から離れた岸にあった。夏の太陽は沈むのが遅くて、夕方になると、金色からオレンジ色に変わる。思琪はガラス窓に押し付けられている。目の前の風景が自分のあえぎで、霧がかかったと思えばまた晴れ、晴れたと思えばまた霧に覆われる。なぜかはわからないけれど、太陽がはち切れそうな卵黄のように見え、もうすぐ突き破られて、すべてが流れ出し、都市をまるごと焼き尽くしてしまうような気がした。

彼女が服を身に着けているとき、彼はまたのんびりとベッドにくつろぎながら問いかける。「夕陽を見るのが好き？」「美しいから」。美しさの中にある種の暴力があるから。我慢して口には出さない。彼はのんびりと言う。「美しい、という言葉、わたしは好きではないな。あまりにも俗っぽい」。思琪は最後のひとつのボタンをとめてから、ゆるゆると振り返る。もう百年は広場に立ち続けている彫像のような自信で、露わになっている彼の身体に目を向ける。「そう？　それなら先生はどうしていつもわたしのことを美しいと言うの？」彼はこの言葉には答えず、ただ語気を強めて言う。「一か月授業などしないで君と睦み合っていられたらどれだけいいだろう」。「そうしたらあなたは飽きてしまうでしょう」。彼は彼女をベッドのそばに手招きして呼ぶと、彼女の小さな手を引き、手のひらに「溺」という字を書く。

彼女は大胆にも尋ねた。「しているとき、あなたはわたしの何が一番好き?」彼は四文字で答える。「嬌喘微微《なまめかしいあえぎかすかなり》」思琪は驚く。『紅楼夢』の中で林黛玉《リンタイユィ》の初登場を形容する言葉だ。彼女はほとんど泣き出しそうになる。「『紅楼夢』は先生にとってこういうものなの?」彼は少しもためらうことなく言う。「『紅楼夢』『楚辞』『史記』『荘子』、すべてわたしにとってはこの四文字だ」その刹那、彼女にはこの関係の貪婪《どんらん》、喧燥、生と消滅、穢れと清め、夢幻と呪詛が、すべて明らかになった。

いつのまにか空はすっかり暗くなり、淡水河のこちら側の岸から、賑やかな向こう岸を望む。関渡大橋は視線につれて太ったり痩せたり、赤いストッキングを履いたふんわりと艶やかな女の子が脚全体をここから伸ばし、足をむこうの市街地の際《きわ》にそっとくっつけているみたいに見えた。夜になると、赤いストッキングにはさらに金の糸が織り込まれる。外は大雨で、神様が盥で水を浴びて体を洗っているみたいだった。向こう岸にぶちまけられた闇夜のキャンバスに灯火が連なり、灯火は女の子の赤い脚に垂直に、淡水河に沿って花開いてゆく。ほんとうにきれい。思琪は思った。伊紋姉さんだったら、このシーンをどんなふうに形容するだろう。そして思った。電話をかけて伊紋姉さんとわかちあうこともできない、と。この美しさは孤独だ。美しさはいつも孤独だ。この愛の中では自分を見つけられない。彼女の孤独は一人でいる孤独ではなく、まったく誰もいないという孤独だった。

思琪は考える。もしわたしと先生の物語を映画にしたら、監督はシーンの代わり映えのなさに頭を抱えるだろう。マンションかホテル、暗い夜に顔を窓に押し付け、父親を亡くしたような表情を絞り出す。先生はいつも小さなナイトライトだけを残して明かりを消す。明かりを消すその瞬間、闇夜がたちまち手を伸ばして滑り込んできて、部屋の中をいっぱいにする。闇夜がしゃがみこむ。両手でナイトライトを囲いこむ。消したいのに消せなくて、暖をとっているかのように。ポルノ映画ではないのに、最初から最後まで男の人が女の子の身体の上で入ったり出たり、いわゆるプロットもなにもあったものではない。彼女の存在はただ空間を占めているというだけ。死んだように生きている。さらに先生が一番好きなファンタジーで映画を撮ることも思いつく。先生が彼女の体内の奥深くに根を張る感じ。

先生は直接、彼女に愛していると言ったことがない。電話の最後の時にだけ、ようやく「愛してるよ」と言う。その言葉の中の、ある種のふしだらなものに呆然とする。彼が愛を口にするのは、電話を切るためだということを彼女は知っている。のちに、怡婷と暮らしているマンションのシューズボックスに並んでいる百貨店で買ったあの白い靴を見るたびに、思琪はそれが四本の脚に追いやられて、ベッドのそばに転がったままのように思えてならなかった。

張夫人たちがやって来たあのとき以来、伊紋は毛毛さんの店に来ていなかった。毛毛さんは毎日心の中で、角質を剝がし取るように、日めくりカレンダーを引きちぎる。君に会えない日々の一日一日は、壺の中に漬けておいてまた取り出しただけの、新鮮味のない時間になってしまった。蟬が電気ドリルのように鳴いている夏の間ずっと、伊紋が現れることはなかった。レモンケーキはずっとあるものだったが、毛毛さんも同じだった。

その日、店の前で毛毛さんが携帯電話で話をしていると、ふいに伊紋が遠く離れた大通りの横断歩道から彼の視界に飛び込んできた。彼はすぐに電話を切ると、小走りした。白いジャケット、白い長袖、間違いなく君だ。違ったとしても、追いかけて見てみるんだ。その道が、初めて限りなく長く感じた。「銭夫人！　銭夫人！」耳にしてしばらくたってからようやく、彼女はその肩書が自分を呼んでいることを理解したようで、ぐずぐずと振り返った。そのシーンは、スローモーションのようだった。「やっぱり君だ」。伊紋はサングラスをかけていて、毛毛を見ているのかどうかよくわからない。伊紋の目の前で立ち止まって、息をつく。「銭夫人、久しぶり」。「あ、毛さん、こんにちは」。「銭夫人はどうしてここに？」「ああ、まあ、わたし、自分が何をしようとしていたのか、忘れてしまった」。伊紋が笑うと、あのかわいらしいえくぼができた。けれど、このときのえくぼにはどこか埋められるのを待つような表情があった。「少し一緒にいてもいいかな？」「え？」「車を出すから、乗って。車は向こうに停めてある」。手をまっすぐに伸ばして、駐車場を指さす。「ええ」。二人とも黙ってうつむいているとき、白いロングパンツをはいた君の小さな膝の上の、潮の満ち引きのような皺のひとつひとつを見ないようにするのは難しかった。僕の近くで力をこめて握られている君の手の、気持ちを抑えられなくなった僕が君の手をひいてしまうのを恐れているような、手の甲の骨のひとつひとつを見ないようにするのは難しかった。君のサングラスの下にあるゲンコツの痕を想像せずにはいられなかった。

　毛毛は伊紋のために助手席のドアを開けた。厳しい暑さはすでに和らいでいて、日なたでも車は熱くなってはいない。毛毛は運転席に乗り込む。「どこまで行くの？」「わたし、ほんとうに忘れてしまった」。伊紋はすまなそうに、ちょっと笑ってから、下唇の口紅を噛む。どちらも先にシートベルトをしないでいる。「銭夫人《ミセス・チエン》」。「許小姐《ミス・シュー》って呼んで、お願い」。「伊紋」。伊紋というこの二文字を声に出すのは、生まれた直後の毛毛に誰かが繰り返しこの言葉を教え、心に刻みつけていたからだという気がした。彼女のサングラスの下から涙が流れ落ちるのが、毛毛には見えた。伊紋はさっとサングラスをずらし、顔を背けて涙をぬぐう。その瞬間、彼女の目は殴られたのではなく、泣き晴らして腫れたものだということがわかった。その血管の色は、真っ黒な痣を見るよりもずっと見た者をひやりとさせた。

　毛毛は語り始める。まるでひとりごとのように、新しく封を切ったばかりのティッシュペーパーのように柔らかく。彼が一度にそんなにたくさんの話をするのを、伊紋は初めて聞いた。「伊紋、君は初めて僕と会ったときのことを忘れているけれど、僕は忘れていない。ちょっと間抜けだな。三十を過ぎた人間が、一目惚れを語るなんて。僕はそんな欲深い人間じゃない。だけど、君を知れば知るほど僕はもっと君のことを知りたくなって、夜中に家に帰ってから、独り言のように君が口にした話を暗唱するんだ。実は、僕が初めて君に会ったのは君の結婚式のときなんだ。おそらく君はあのとき、僕のことなんて見てはいないだろう。あの日のことを思いだすと、誓いの言葉を交わすとき、君が――銭氏――に向けたまなざし。僕は自分がもっているすべてを犠牲にしても、君にあの表情で僕のことを一目見てほしいと心から思った」。毛毛はちょっと言葉を止めてから、続けた。「ときどき思う。僕は君の好きなタイプではないかもしれない。僕にはいわゆる高貴な血もない」

いつのまにか伊紋はサングラスをはずしていて、上唇の口紅もかじり取られてしまっていた。彼女は長い間ずっと黙っている。この沈黙は、幼いころに『辞海』*に挟んだ小さな手のひらのようなカエデの葉っぱを探しているみたいだ、と二人とも思った。分厚い沈黙、行ったり来たりする沈黙、金の縁をつけた、薄く透けた聖書の紙のページをめくる沈黙。答えになるのかどうかわからな

＊ 中国の大型総合辞典。

いが、伊紋が口にしたのはたったひとことだった。顔をあげ、力をこめて、真っ赤な仔ウサギの目で毛毛の目をのぞき込み、口を開く。「妊娠したの」

高雄の家では、伊紋は必ず夜十時のニュースを見る。ニュースを見るというよりはむしろ、誰かが電話をかけてきて一維を引っ張り出すかどうかを、カウントダウンしているといってもいい。ぴったりの時間にニュースが始まる音楽が、まるでアニメの主人公が変身するときの効果音のように、いきいきと鳴り響く。今日、電話が鳴った。電話の音とともに、ずっと自分の身体が震えていることに気づく。一維が「わかった」と言っているのが、見える。一維がウォークインクローゼットに入っていくのが、聞こえる。ハンガーが動かされている音が、見える。まるで駅に入っていくときに前後に揺れ動く、一つずつぶら下がっている日本の電車のつり革のように。

一維がウォークインクローゼットのドアを開くと、伊紋の顔がある。ぴったりとドアに張り付いていたから、すごく近くに。一維が笑う。「びっくりした」一維を行かせたくないという意味で、伊紋は身体でウォークインクローゼットを遮る。「どうした?」伊紋の涙がぽたぽたと頬をつたう。「一維、わたしのこと愛してる?」「僕のハニー、僕のベイビー、どうしたんだい。もちろん愛しているよ。泣かないで。何があったのか話してくれないか」。伊紋は倒れこむように、パタッと床に座り込む。両脚を子どものように開き、背中を丸めて顔を手の中に埋め、まるで子どもの死体のように泣いている。一維がしゃがみこむ。「どうしたの？　僕のベイビー」。伊紋のこんなに大きな声を聞いたのは、一維は初めてだった。「あなたを嫌いになってしまう理由をつくらないで、お願い」。伊紋はダイヤの腕時計を外し、床に放り投げる。時計の針が外れる。針のない表面は目鼻口のない顔のように見えた。「わたしは一途にあなたが好きで、あなたを愛して、あなたを崇拝しているわ。あなたにバカになれと言われればバカになり、呑み込めと言われれば呑み込んでいる。わたしを守る、大切にするって誓ってくれたんじゃなかったの。それなのに、どうしてわたしを殴るの？」伊紋は両脚をばたばたと蹴り続ける。まるでおもらししてしまった子どもが、呼吸ができなくなるまで泣きじゃくるように。手の指の一本一本が本の壁をかきむしり、寝室に這っていって息を吸い、薬を飲む。自分を抱きしめて縮こまって、サイドボードの前で痙攣するように泣いている。一維が彼女の肩を叩こうと手を伸ばしたが、彼女は殴られると思い、びくっとして倒れてしまった。ミルク色の四肢もひっくり返った。「伊紋、伊紋伊紋僕の愛しい人。僕は行かないよ。今日は行かない。これからも行かない。わかったね？　愛してるよ。みんな僕が悪かった。ほんとうに、心から君を愛してる。もう二度と酒は飲まない。それでいいね？」

一晩中、一維が触れようとするたびに、伊紋はびくっと狩りから逃げようとしている仔羊のような表情をあらわにする。零れ落ちそうなほどに大きく目を見開いて。泣き疲れた伊紋は、ベッドの脚にもたれたまま眠ってしまった。ベッドに運ぼうとして、一維が触れた瞬間、彼女は夢の中で眉をしかめ、ぐっと歯を食いしばり、まるでアイシャドウを塗ったようにまぶたが真っ赤になる。一維は初めて、自分の過ちを本気で自覚した。一維の腕の中で彼女はこんなにも小さい。下ろした時に折れ曲がっていた腰が伸びると、彼のために咲いた花のようだった。一維はリビングを片付けにいく。大理石の床には、彼が彼女に買ってあげた腕時計とこぼれたグラスの水が静かに横たわっている。ガラスのかけらを片付けてから寝室に戻ると、もはや深夜よりさらに夜は深まっている。彼女が目を覚ましていることに、一維は気づく。横になったまま、大きな目から涙を流している。泣いていることに自分でも気づいていないかのように。いつもこの時間になってようやく帰宅する彼が目にするのと同じように。一維は椅子を引いてきて、ベッドのそばに腰を下ろす。水を飲みたくはないかと伊紋に尋ねると、飲む、と言う。彼女の身体を支えて起こす。少しずつ少しずつ水を飲む様子が実に可愛らしい。グラスを彼に返すとき、彼女は自分の手をグラスと一緒に彼の手の中に留める。彼女は静かに口を開く。「一維。わたし妊娠しているの。数日前に病院に行って、確かめてきたわ。あなたに先に言ってしまわないように、先生に口止めしておいたの。日本にいるときにできたのだと思う」

　このときから、一維と伊紋は世界中で一番仲睦まじい夫婦になった。一維はベビー用品を見ると、すぐにピンクのものをひとつ、水色のものをひとつ買う。無駄になっちゃうのに、と伊紋が笑う。男の子だったとしても、ピンクだってかまわないのに。一維は目を細めて言う。もう一人生まれれば無駄にはならないよ。玩具をショッピングカートに放り込むと、笑いながら彼を叩こうとする伊紋の手をとってキスをする。

思琪と怡婷は二人とも冬生まれで、十三歳、十四歳、十五歳の誕生日はいずれも伊紋姉さんと一緒に祝った。伊紋も冬生まれだった。高校三年に進級して、十八歳の誕生日を迎えることに、思琪はただ麻痺しているような感じがするだけで、成長しているという感覚はなかった。もちろん、誕生日は乗り越えたからといって成長を保証する魔法の呪文ではない。けれどなにがあろうと、もはやこれ以上自分が成長しないことを彼女は知っている。彼女が思うのは、いわば巨大なブラックホールに餌を与えれば、ブラックホールもとめどないゲップをするということだ。そのブラックホールが彼女の中にあるのは言うまでもない。みんな彼女のことを、白すぎて石膏の塑像のようだと言う。彼女はいつも想像する。二本の手を自分のお腹の中に伸ばして、マッチを一本擦り、お腹の壁に先生が言ったあの言葉を刻むことを。「彫刻と塑像は、破壊によって創造する」

生まれてくるお腹の中の赤ちゃんへのプレゼントを選ぶために、一維は伊紋を連れて毛毛さんの店に行く。二人が手をつないで入ってくるのを見た毛毛さんの顔は、焼き肉屋の入り口に置いてある誰でも自由に持っていけるミントキャンディーの籠のように見えた。「銭さん《ミスター・チェン》、銭夫人《ミセス・チェン》、おめでとうございます」。伊紋が毛毛を見つめるまなざしは海のようだ。その中に向かって大きな声で叫びたくてたまらない。僕たちが何よりバカにしていた恋愛を啓発する日本映画のように、口元に手を丸めて添えて、僕の名前を君の海の中に向かって叫ぶんだ。

「赤ちゃんでしたら、アンクレットをおすすめします。赤ちゃんにとって安全ですから」。一維はすぐに言う。「それなら、アンクレットにしよう」。「シンプルなデザインでいいの」。伊紋が続ける。一維の手が、伊紋の太腿の上に置かれているのを毛毛は見てしまう。「シンプルなものでしたら、こんな感じでしょうか?」さっと描いて見せる。「これにしよう」。一維は見るからにうれしそうだ。「最近、仕事が立て込んでいるので、一か月ほどかかりますがよろしいでしょうか?」一維が笑う。「あと九か月かけてつくってくれればいいさ!」毛毛は笑いながら答える。「銭先生《ミスター・チェン》、うれしいでしょう」。「もちろん」。「銭夫人《ミセス・チェン》もうれしいでしょうね」。「ええ」。見送りのとき、フラットシューズを履いている伊紋は、一維の胸の前までの背の高さしかなく、自分が顔を上げなければ一維の目は見えず、うつむかなければ伊紋は見えないことに毛毛は気づいた。君のまつげが僕の心をくすぐる。だけどそれは笑ってはいなくて、震えて泣いている。一維はとっとと運転席に乗り込んだが、助手席に乗り込む前に、伊紋が大きく彼に手を振る。やはりまつげが手を振っている、と彼は思った。店に戻り、二階に上がると、すぐにカラット数を選び、実物大のデザイン画を描き始める。手直しをするところは丁寧に消しゴムで消す。そのアンクレットが白い紙の上で、当たり前のような顔で跋扈《ばっこ》するように。君が幸せなら、それでいい。

何日もしないうちに伊紋は毛毛さんの店にやってきた。毛毛が尋ねる。「銭奥様《ミセス・チェン》、うれしいでしょうね」。数日前にも同じ言葉で問いかけたが、二人はそれが同じ言葉でないことを知っている。「ええ。うれしい。とてもうれしいわ」。「それはよかった」。自分が口にしているのは本当の気持ちなのだということに毛毛は気づく。彼は全身で目を見開き、そっと涙を流す。ただ目だけが涙を流さない。「わたしの年下お友達のアクセサリーを受け取りにきたの」。「年下のお友達？　ああ、もちろん」

二つのプラチナのペンダント。小さな鳥かごの中にブランコに乗っている青い鳥がいる。鳥かごはモスクのようなドームになっており、鳥の身体はいきいきと輝く琺瑯《ほうろう》で、目は日の出のようなカナリーダイヤモンド、鳥の脚には皺も指の爪も細かく刻みこまれている。鳥かごの扉は開いていて、そっと揺すってみると、鳥もブランコと一緒に揺れる。伊紋はそっとそれを揺すってから、毛毛さんに返す。彼女の指が彼の手のひらの柔らかいところに触れたとき、毛毛は自分が丘の上で雷に打たれて裂けてしまった木になったような気がした。「毛さんは本物のアーティストね」。「いえ、奥様。とんでもありません」。「謙虚すぎるのもアーティストそのものよ」。君が笑うとほんとうに美しい。君の笑いを風に変えて、ビロードの箱の中にしまい込みたくなってしまう。

伊紋はふいに笑顔をひっこめる。自分の結婚指輪をいじって、くるくるとまわす。また痩せた。軽く触れるだけで、たちまち抜けてしまう。不吉な兆し。すぐに、もてあそんでいた左手を止める。

伊紋が口を開く。「あの日は、ごめんなさい」。毛毛は一瞬ぽかんとしたが、ゆっくりと口を開くと、小さな声で、けれど秘密を話すような口調ではなく、言う。「謝るのは僕の方だ。君を困らせるようなことを言って。だけど、考えてみれば、自分が君を困らせていると思うなんて、そんな考え方はずいぶんな思い上がりだ。いずれにしても、申し訳ない」

伊紋は黙って青い鳥のアクセサリーのベルベットのケースをパタンと閉じて、ひとつずつしまい込む。箱を閉じると、四本の指と親指をくっつけるような手の形になる。彼女が学生時代に隣人の子どもをからかって遊ぶときに、指人形を被せたときのように。親指を伸ばしたり曲げたりしながら、人形にしゃべらせる。子どもたちは夢を見ているように笑う。彼女のジェスチャーが何をしているのか、毛毛にはわかっているということが彼女にはわかった。「毛さん、子どもは好き?」「好きだよ」。彼はまた笑い出す。「でも、僕はこの店にいて子どもには十年で数人しか会っていないけどね」。伊紋は笑って言う。「考えたこともなかったけど、子ども好きな人はどんな仕事を選べば子どもに会えるのかしら。それでいて、しつけをする必要もない仕事は」。二人とも笑う。毛毛は口にはしない。君の子どもが好きだ。それが銭一維の子どもであっても好きだ。

毛さんは二階に上がると、一日中カクテルリングのデザインをしていた。さまざまな色の琺瑯の小さな花弁が一粒の大きな宝石を丸く取り囲む。蔓がリング本体からメインの石の上につたう。そのメインの石の上には二匹の蝶が貼りついている。蝶の身体には花がちりばめられ、模様の中には小さな宝石がある。一日中描いていると、腰や背中が凝って痛みを感じ、身体を起こして動かすと背骨がギシギシと音をたてる。どうせ現実には作れるはずのないカクテルリング。初めて自分のデザインを、実にすばらしいと思う。初めて一日中お金にならない仕事をした。その数日間、毛毛はずっとそのカクテルリングにあれこれと手を入れ、立体的なデザインまで完成させた。君のために無駄にする時間は、他の時間よりずっといい。ずっと時間らしい時間。

　何日もしないうちに、なんと一維が毛毛の店にやってきた。毛ママはいつものようにそこにきちんと座っている。「まあ、銭さん、毛毛を呼びましょうか?」「ええ」。毛ママは二階に上がって行ったが、その足はひどく重い。「銭《ミスター・チェン》さんが下にいらしているわ」。「銭《ミスター・チェン》さん? 若旦那の方の?」「そう、あなたに会いに」。下に降りると、あふれる笑顔を見せた。「銭《ミスター・チェン》さん、どうなさいました?」いかにもプロっぽい自分のなれなれしさに、たちまち恥ずかしさを感じる。こいつこそが君を散々殴ったというのに。一維は伊紋に誕生日プレゼントを贈りたいと考えているのだった。毛毛さんは初めて伊紋の年齢を知る。恐る恐る尋ねる。「どんな石がいいでしょう? 大きさは?」一維は手を振って言う。「予算はいくらでもいい」。さらに言い足す。「ただ、他の人と同じでないものを」。「シンプルなタイプのものと、凝ったデザインのものと、どちらがいいでしょう?」「ゴージャスであればあるほどいい。幻想的であればあるほどいいんだ。君は知らないだろうが、伊紋は一日中ずっと白昼夢を見ているんだ」

毛毛はふいに、この人がどうしておかしいのかよくわかった。あるいは世界は彼にとって単純すぎるのかもしれない。彼はまた、伊紋のように自分が罪悪感を抱くくらいなら、他人を見下すほうがましだと思っているのだ。一維の欠点は、すべてを当然のように決めつけることだ。ふいに、伊紋がヴィクトリア時代の小説を好きではない理由を思いだした。「古典というこの二文字に、否定的な意味付けをするとしたら、わたしは『すべてを決めつけるもの』と定義するわ」。この人が、実に古典的なのだ。毛毛は何枚かのデザインを見せたが、一維はどれも物足りないと言う。毛毛は二階に上がると、最近かかりきりになっていたあの指輪のデザイン画のコピーを持って下に降りた。コピー機の光が横切るとき、毛ママの視線も毛毛の身体を切りつけていく。一維は一目見て、これがいい、これにしよう、と言う。香港の金属加工の職人に連絡するために、ひとつずつ電話番号のボタンを押しながら、毛毛は幸せだった。ブラックユーモア、あるいはアンチクライマックスの意味もなく、ただこれが伊紋のものになり、必ず伊紋の手に届くということを遠回しにも感じられたから。

大学入試までもう数週間もなかったが、怡婷はそれでも多くの同級生から誕生日プレゼントを受け取った。大部分は本で、彼女がとっくに読まなくなったようなものばかりだったが、それを同級生たちに言うのは気まずく、お礼だけを言った。二人で歩いて家に帰る途中、怡婷は甘える気持ちもあれば意地もあり、思琪に言う。プレゼントは家にある、と。家に帰ってから二人はカードとプレゼントを交換した。怡婷は銀のブックマーカーを受け取り、思琪はお気に入りのカメラマンの写真集を受け取った。

怡婷はカードにこう書いた。「わたしたち、子どもの頃からお互い相手に〝ごめんね〟を口にして伝える習慣がなかったというか、〝ごめんね〟と口にする機会がなかったね。言いづらいけど、しょうがないからここで謝っておく。でも、わたしは自分があんたにどんな申し訳ないことをしたのか、自分でもよくわからない。それでも、あんたが毎晩泣いているのを聞いているのは、他の誰が泣いているよりもつらい。だけど、その泣いている意味もわたしにはわからない。ときどきあんたと向き合っていて、自分がずいぶん幼く感じられる。わたしは休火山の火口に沿ってハイキングしている観光客で、あんたはその火口のよう。わたしは目を見開いて火口の奥を見つめながら、飛び込みたいという思いと、それが噴火してほしいという欲望を抱いている。幼い頃のわたしたちは、愛情と激情、至福、宝物、天国といった言葉の関係について大げさに語り合っていたね。どんな恋人同士よりも熱烈に。わたしたちの恋愛対象のモデルは先生。わたしが嫉妬しているのはあんたになのか、あるいは先生になのか、あるいはその両方になのかよくわからない。あんたとおしゃべりして勉強しているうちに、わたしはあんたの顔に新しい表情が出てきたことに気づく。わたしにはない表情。いつも思ってた。それはあっちの痕跡だと。わたしも考えた。もしわたしがあっち側にいったら、わたしはもっとよくできるのだろうか？　あっちから帰ってくるたびに、部屋の中であんたが泣いているのを壁越しに聞いていた。なぜかはわからないけれど、あんたの苦しみにさえ嫉妬していた。あっち、というのはほかのところではなく、わたしたちの間に横たわっているものなのだと思う。もし不幸なら、どうして続けるの？　早く眠ってほしい。もうお酒は飲まないでほしい。コーヒーをがぶ飲みしないでほしい。教室で授業を受けてほしい。もっとわたしたちの家に帰ってきてほしい。『あんたのため』と言うのは思い上がりだけど、あんたはどこか見知らぬ方向に向かって進んでいる気がしてならない。あんたがわたしを捨てたのか、実はわたしがあんたを捨てたのか、わたしにはよくわからない。わたしはやっぱり、いつでもあんたを愛してる。今の自分のあんたに対する愛が盲目的なものだということは、自分でもわかっている。幼い頃のあんたが、今のあんたを愛しているわたしを支えている。わたしがどれほどあんたを理解したいと思っているか、わからないでしょうね。十八歳の大事な日、わたしの唯一の願いは、あんたがとにかく健康でいてくれることだけ。あんたも自分の健康を願ってほしい。数日前にあんなひどいことを言ってしまって、ごめんんね。愛してる。誕生日おめでとう！」

家に帰るとすぐに、二人は伊紋姉さんが送ってくれたプレゼントとカードも受け取った。二人のプレゼントは同じ、このうえなく精緻な鳥かごのペンダントで、心が痛むほど美しいものだった。思琪はすぐにブルーのシャツを着た毛毛さんの姿が浮かんだ。

伊紋姉さんの字も本人と同じ、美しく、強く、勇敢な字だ。思琪宛てのカードに、伊紋はこう書いた。「愛しい愛しい琪琪、十八歳おめでとう！　あなたたちはとても遠くに離れたところにいるけれど、少なくとも一つだけいいことがあるわ。それはずっとプレゼントを郵送できるということ。あなたたちがわたしに遠慮して返すこともできないこと。十八歳のときのわたしは何をしていたかしら。幼い頃、夢見たことがあるわ。十八歳を過ぎたら、聡明ではなくても、知恵がありますようにって。一夜にして大人になりたいと夢見たこともあった。十八歳のときには『ある男の聖書』〔高行健〕、『結婚狂詩曲（囲城）』〔銭鍾書〕、『神曲』、『ハムレット』を丸ごと暗記していたわ。なんかすごいことのように聞こえるかもしれないけれど、実際にはそのほかに何もなかった。十八歳のとき、自分の今の姿なんて想像したこともなかった。わたしはずっと成り行き任せ、その日暮らしで、生活なんていつでも辞典を暗記するようなもので、一日に十ページ覚えればきっと全部暗記できると思っていた。今もそう。今日はリンゴを剝いて、明日は梨を剝いて、その後のことは、考えられない。あなたたちと一緒に毎日勉強していた日々は、わたしの人生における一番理想的な未来に近いひとときだった。かつてのわたしは博士課程を終えたら大学教師になるための試験を受けて、大学で助手になって、講師になって、准教授になって、ずっと進んで行って、当たり前のように鼻持ちならない人間になるのだと思っていた。やがてあなたたちがわたしの教室のすべてになった。いつも思っていたの。わたしは無意識にあなたたちを傷つけているのではないかって。とくにあなた、琪琪。リアリズムにおいて、一人の人間を愛するのは、その人が愛すべき人間だから。一人の人間が死ぬのは、その人が死ぬべき人間だから。嫌な登場人物は作者が屋根裏部屋に火を放って殺してくれるけれど——現実はそういうものじゃない。人生はそんなものじゃない。わたしはこれまでずっと本で世界の悲惨、後悔と悲しみを知ってきた。使い古された嫌な感情が現実の生活の中で襲いかかってきたとき、わたしは本をめくって論文を書いて反撃するのも間に合わなくて、いつも身体の半分が本の間に挟まったまま、本の中に引っ込むか、それとも思い切って振り切って逃れるか、決められないでいる。成長したわたしは、十八歳の自分に嫌われる大人になってしまっているかもしれない。でも、あなたたちはまだ間に合う。あなたたちにはまだチャンスがある。後悔しても、あなたたちにはわたしよりずっと知恵がある。本当よ。信じる？　あなたはまだ間に合う。わたしの身体には今、微妙な変化が起こりつつあるの。この変化も、あるいは十八歳の可愛い少女が感じている生理的な変化と似ているものがあるかもしれない。あるいは常軌を逸していると思われるレベルかもしれない。機会があれば、詳しく話すわね。あなたから電話がかかってくるのがとてもうれしいの。でも、それでいてときどき怖くなることもある。元気なの、と聞く勇気がなくて、わたしが臆病なのね。『何も悪いことはないよ』とあなたに言われるのが怖くて。それ以上に、わたしを心配させないようにあなたに『元気よ』と言われるのが怖くて。高校三年生の生活はきっと、とてもつらいでしょうね。わたしと電話で話をするのだって、あなたの時間を無駄にしているのではないかと心配になるときもある。いつか、堂々とあなたに、元気なの？　と聞きたくてたまらない。堂々とあなたの答えを受け入れたい。あなたたちと勉強していた時間が恋しい。秘密基地でコーヒーを飲んだ時間が恋しい。わたしがあなたたちを恋しく思ったときに頭の中でつくったフレーズを並べたら、きっとほとんど戯れの聖書みたいになってしまう。あはは。一維がとなりで手を振って、あなたによろしくって。最後に、あなたに伝えておきたいの。どんなことでもわたしには言ってくれていいから。カゲロウのように小さなことから、ブラックホールのように大きなことまで、どんなことでもよ。あなたたちのお誕生日がほんとうにうれしい。ようやく口実ができて、あなたたちにちゃんと手紙を書けるから。お誕生日おめでとう！　プレゼントを気に入ってくれますように。P.S.ケーキをホールで買って思いっきり食べているでしょうね。心をこめて。伊紋」

思琪はこの二通の手紙を肌身離さず持ち歩いた。李国華のマンションでも、服を身に着けるとすぐに、バッグの中から手紙を取り出す。ひとりごとのように、思琪は李国華に尋ねる。「時々、先生がどうして辛くないのかわからなかった。わたしはあの頃、すごく幼かった」。彼はそこに横たわったままで、答えを考えているのか、それとも答えるかどうかを考えているのかはわからない。ようやく、彼が口を開く。「あのころ、君は子どもだった。でもわたしは違った」。彼女はたちまちうつむいて、指の腹で伊紋の手紙の筆跡をなぞる。どうして泣くのかと先生が尋ねる。彼女は彼を見つめながら言う。「大丈夫。幸せ過ぎるだけ」

「今年は、パーティーは開かない。僕たち二人だけで過ごしたいんだ」と一維は言う。「三人よ」。伊紋は彼の言葉を訂正し、彼の袖の中に手を伸ばす。伊紋は笑いながら言う。「でも、ケーキだけは絶対に食べるのよ」。一維が小さなケーキを買って帰る。ケーキの箱を開くときの伊紋の顔は子どものようだ。老舗ケーキ屋のサクランボの砂糖漬けを親指と人差し指でつまんで、上を向いて口に入れる。真っ赤なサクランボの茎が唇の前でピンピン跳ねているのは、とてもセクシーだ。吐き出したサクランボの種には深く皺が刻まれていて、彼女のむき出しになった下腹部から下へと進んでいった、太腿の間のようだった。伊紋は毎回太腿を閉じたくて、ぼそぼそと言う。「一維、見つめるのはやめて。お願い。恥ずかしい。ほんとに」

明かりを消して数字の形のキャンドルに火をつけると、数字のてっぺんがゆっくりと減ってゆき、頭から下へと流れてゆく。キャンドルの光の中で伊紋は身動き一つしないのに、ゆらゆらと揺れ動いているように見える。唇をすぼめて吹き消す仕草は、投げキスのよう。明かりをつけると、二本のキャンドルには、精子たちが卵子に向かっていくように、溶けて流れた蠟がたくさんくっついている。一維がカクテルリングを取り出すと、伊紋は一目見てため息をつく。「まあ、なんてこと。わたしの夢の中の花園そのものよ。一維、わたしのことをちゃんとわかってくれているのね。あなたってほんとうに素敵」

夜には台北から女の子たちが送ってきた小包を受け取った。伊紋よりもずっと大きなハローキティ。伊紋はそのぬいぐるみをぎゅっと抱きしめる。彼女たちを抱きしめるように。

小包の中に、思琪から伊紋に宛てて書かれたカードが挟まれている。「最高に大好きな伊紋姉さん、今日、わたしは十八歳になりました。普段の日と何ひとつ変わりないみたいだけど。わたしがとっくに普段の日々から特別な日を掘り出して、投げ捨ててしまっただけなのかもしれないけど。一人の人間の誕生日は、あるいはそれを母難日と呼ぶのかも知れないけれど、お線香を手にして念仏を唱える台湾人までもイエス・キリストの誕生日を祝うのだから、馬鹿げてる。わたしには日本人がいうところの『存在の実感』というものはなくて、ときどきとてもハッピーなこともあるけれど、このハッピーがわたし自身よりも大きくて、わたしにかわって存在している。しかもそのハッピーは別の星の辞書の定義に基づいているものなの。この地球では、わたしのハッピーは絶対にハッピーなどではないということを、わたしは知っている。ひとつ残念なのは、この数年、学校の先生がありふれた作文の課題を出してくれたことがないこと。『わたしの望み』、あるいは『わたしの夢』というのをすごく書きたいのに。以前のわたしは、面白がるべきでないことを面白がっていた。『作家になる』というのは『わたしの夢』のところに書きこむべきなのに、『志望』の欄に間違えて書きこんでしまったのと同じように。でも、今のわたしはそんなふうには思っていない。夢という言葉が好き。夢は白日夢を確かなものにして出ていく。わたしの夢は、伊紋姉さんのような人になること。——これは姉さんへの誕生日プレゼントというわけじゃなくて、事実。姉さんはソネット〔十四行詩〕で最も美しいのはその形だって言っていた。十四行、弱強五歩格、[*1]十音節——ひとつの十四行詩は正方形のハンカチに見えるから、もし姉さんがシェイクスピアで涙がぬぐえるなら、わたしもきっとシェイクスピアで別のものを拭い落とせる。わたし自身だって拭い落とせる。シェイクスピアはすごく偉大で、シェイクスピアの前では、わたしは数字で自分を省略することもできる。わたしはいまいつも日記をつけていて、姉さんが言っていたように、書くことは、主導権を取り戻すことだと気付いたの。書くことで、生活は一冊の日記と同じように簡単に放っておくことができる。伊紋姉さん、伊紋姉さんがすごく恋しい。伊紋姉さんのすべてがうまくいきますように。ありとあらゆるありきたりの祝福の言葉が伊紋姉さんの身に幸せをもたらしますように。天は歳月を増し、人は寿を増し、春は乾坤に満ち、服は門に満つ。[*2]ハッピーなお誕生日でありますように。姉さんのことが大好き、思琪」

李国華は人に対して見込み違いをすることはほとんどなかった。しかし、彼は郭暁奇を見誤った。暁奇は李国華のマンションを締め出されてから、出会い系サイトに手をだすようになった。彼女にとって、人と知り合うのはあまりに簡単なことだった。最初からはっきりと恋愛はしないと明言し、ホテルで会うだけにした。暁奇は強い人間だった。あるいは強すぎたのかもしれない。電車に乗って会いに行くとき、電車の風が彼女のスカートを膨らませるたびに、「風はもの寂しく吹き、易水の水は寒々と流れている〔『史記』〕」という感覚になる。男たちは、パンツを脱ぐと信じられないくらい臭い人もいれば、パンツの中よりも口が臭い人もいる。けれど、それこそ暁奇が求めていたものだ。彼女は自分をめちゃくちゃにしたかった。自分が人生の半分を費やして悪魔を受け入れ、悪魔に見捨てられたことを彼女は知らない。何よりも汚らわしいのは、汚らわしいものではなく、汚らわしいものにすら捨てられたことであると彼女はようやく知る。彼女は地獄から打ち捨てられた。地獄よりもずっと卑劣な、もっとつらいところはどこにあるのだろう？

彼女と会うと、男たちの半分以上は驚く。実際に会うまで、出会い系サイトでは暁奇が体重を少なく、あるいはバストサイズを水増しして申告していると思い込んでいた。説教を始める男もいた。「君はこんなに若くてきれいなのに、どうしてこんなことを？」暁奇は目を見開いて聞き返す。「なにか理由が必要？」男は何も言えなくなり、黙って服を脱ぐ。見ず知らずの男と会う日はどれも高音の日々だ。大学の授業中に先生が何を言っているのか、次第に耳に入らなくなっていった。

彼女を自分の家に連れ帰る男もいた。男の家の壁はみな黒鉛珪石《ブラックシリカ》で、黒いバックスキンのソファ

＊1　英語詩やドイツ語詩で最も一般的に用いられる韻律の一つ。

＊2　天増歳月人増寿、春満乾坤福満門。

はとても柔らかく、ほとんど中に押しこまれてしまう。男の頭が彼女の首のへこんだところに押し付けられ、暁奇は顔を傾けてそのバックスキンのにおいをかぎながら思う。ずいぶん贅沢ね。それ以上に贅沢なのは、幼いころからこんなふうに几帳面な自分を踏み躙《にじ》ってきた一人の男であるとは思いもよらない。終わった瞬間、男はそっと痙攣する。彼女がうわの空であることを知っていて、彼女を驚かせてしまうのを恐れているかのように。横になってから男が最初に口にしたのは英語で「Oh my God」であった。Godという言葉の頭文字を長く伸ばすのは、大きな部屋で馴染みの使用人を呼んでいるみたいだった。それを聞いて、暁奇は笑った。

暁奇はある有名なバーに行く。マスターがつかんでいるボトルには、量の調節ができるステンレススチールのポアラーがつけられている。彼は美しく華やかに誇張した放物線を描きながら、カクテルをシェイクする。暁奇はマスターの盛り上がった上腕二頭筋を見ながら、先生を思い出す。マスターが顔をあげ、暁奇に目を向ける。暁奇が声をかける。「営業は何時まで？」男は答える。「朝」。朝というのは何時なのかと、暁奇は聞くのを我慢する。先生とつきあっていた数年間に、我慢することを覚えた。太陽が少しずつ漏れて入り込んでくるまで、彼女はずっとそこに座っている。なぜかわからないけれど、あのガラスは窓ガラスではなくお酒のボトルのガラスなのだと感じる。男の人が笑いながら暁奇に声をかける。「もう朝ですよ。店を閉めたいんですが」。店に残っているのはバーカウンターにいる彼女だけなのに、彼はバーカウンターの向こうでとても大きな声で話す。まるで二人のうちの一人が山の上にうずくまっていて、屋外から穿たれてくる太陽の光のトンネルではなく、山間に立ち込める霧に隔たれているかのように。マスターは店の二階に住んでいるのだった。

さらにあるとき、暁奇は顔立ちも覚えていないけれど、茶色の髪と高く張り出した濃い眉が、彼女の足の間から出ていたことだけを覚えている。先生はこんなことはしなかった。先生はいつも舌をおへそのところまで泳がせては、止めた。暁奇は滑稽に感じていた。彼女はまるで人に水を飲ませたり顔を洗わせたりする湖だ。先生は毎回、彼女の頭を押さえこむ。仔羊が跪《ひざまず》いて乳を飲むような姿勢になる。先生の大きな熊手のような手が彼女の頭皮をつかむと、めったに行かない美容院で、美容師がシャンプーしてくれるときのマッサージのような感じがしたことだけを覚えている。頭皮のことを考えていると、口のことを忘れられる。けれど、高校以後の暁奇は美容院に行ってももう二度とシャンプーをすることはなかった。

暁奇はすぐに自分のことを何年も追いかけていた何人かの先輩たちの部屋にも行った。男子学生はいつもこんなふうに尋ねる。「うちにＤＶＤを見に来ない？」先輩が彼女の身体の上に覆いかぶさって痙攣しているとき、彼女はいつも頭を男子生徒の首の向こうにやり、テレビのある側に向けて、真剣に映画を観始める。純情な主役の男の子と重病の相手役の女の子がキスをするときだけ、彼女は黙って涙を流す。観ているうちに、映画と生活の最大の違いがだんだんわかってくる。映画の中のキスは終わりだけれど、現実生活において、キスは始まりでしかないということを。

彼女は生気のない白い体で所在なげにテレビを観る。テレビの光は真っ暗な部屋の中で七色の手を伸ばし、彼女をなでる。だらりと力の抜けた顔で、男子学生は彼女に尋ねる。「これで僕らは恋人同士になったということだよね？」彼女の身体はテレビの光の手を突き放し、男子学生の顔は長い間水をやっていない盆栽のようになる。男子学生は続けて問い詰める。「まさか、君はまったく何も感じるものがないのか？　君はもう僕にくれたのに、僕を好きじゃないなんてことはないよね？」暁奇は男子学生の枯れた手からリモコンを拾い上げ、映画チャンネルに変えると、しばらく見ていた。映画の中では金髪のお父さんが金髪の少女にキスをしている。金髪のパパは地球を救うために出かけて行く。暁奇は思った。わたしが今何をしているかを知ったら、先生はきっと自己満足に浸ることだろう。わたしが自らを傷つけていることを、先生ならきっとわかる。男子学生が怒り出す。「まさか君は、ただ僕とやりたかったってわけじゃないよな？」彼女は顔を向けると、髪を手櫛ですいて、ひどく艶やかな顔をあらわにする。一人の男子学生のこれまでの人生で耳にしてきた一番優しく芳しい声で言う。「あなたは嫌だったの？」やがて、このセリフが学校で広まる。

暁奇はやみくもに街を歩き回る。道行く人がたびたび先生のマネをしているのが目に留まる。先生の手をしている人もいれば、先生の首をしている人もいるし、先生の服を着ている人もいる。彼女の視線は突然暗く遮られる。ただ左前方の黒い服の影が、舞台のあかりに照らされ、歩くときに黒い腕をぶらぶらと振り動かして、少しずつ彼女の眼球を引っ張るので、彼女は引っ張られてしまう。先生、あなたなの？　彼女の目が彼女の身体を引きずってゆく。よろめきながらその男の人の横に転がり込む。洞穴の壁に手をつきながら、光の方へと向かう。先生じゃない。どうしてあなたは先生の服を盗むの？　どうして先生の手を持っているの？　視線が断ち切られる。大通りに立ってぐずぐずと人の群れが目の中の涙に溶けてゆくのを見つめる。

暁奇は親友からご飯を食べようと誘われる。心の中に、冷たい予感があった。「清粥小菜《チンチョウシャオツァイ》」*の店内にまだ入っていないのに、メニューのチェックが終わっている気分のような。欣欣《シンシン》が言う。「あのね、どう話していいのかわからないんだけど、大学で最近あなたの悪口を言う人がたくさんいて」。暁奇は聞き返す。「悪口って？」「わたしも聞いたんだけど、あなたが何人もの先輩と、っていう。もちろんわたしは怒ったよ。あなたがそんなことするはずはないって、言ってやった」。暁奇は腰高窓に手を張りつけ、テーブルの上に冬の太陽の影を映す。指は痩せすぎている。映し出された影は、噂話のように、さらに細い。暁奇はぼろぼろになるまでストローを噛んでしまう。「それ、ほんとうのこと」。「ほんとうなの？」「わたしほんとうにそうしたから」。「どうして？」「説明

＊　お粥と惣菜の店。

するのはすごく難しい」。「なんで。郭暁奇、どれだけ多くの人があなたのこと、すぐにやれるって言ってるか知ってる？　わたしがどれだけ頑張って、彼らをなだめてきたかわかってる？　結局は本当だったたってこと？　理由があるんでしょう？　お酒を飲んだの？」「飲んでない。わたしは冷静よ。冷静すぎるくらい」。そこまで聞くと欣欣は泣き出す。その涙はすぐに怒りに変わり、立ち上がって歩き出す。理解できない世界には、彼女が泣くよりも先に泣いている人がいる。

除籍通知書が大学から家に送られてきたとき、もう大学には行かないと郭暁奇は家族に宣言した。郭ママは「賢かったあの子はどこにいってしまったの」と泣く。「あの女の子なら高三のときにはもう死んでいた」と暁奇は言う。郭ママは「高校三年生って、いったいどういう意味」と問いただす。暁奇が口にしたのはわずか三文字のみであった。「李国華」

家族全員、二秒間沈黙する。箱型のテレビの中では応援団が叫んでいる。隣人が飼っている鳥たちが餌を奪い合っている。太陽の光が木の上でカサカサと音をたてている。二秒間のうちに、地球上では多くの人が亡くなり、さらに多くの人が生まれている。二秒間のあと、郭パパの声が土石流のごとく、家全体に覆いかぶさる。「こんなことをして、お前は将来嫁にいけると思っているのか？」「こんなことって何？」「乱倫だ！」その熟語は石のように暁奇の眉間に命中し、暁奇は籐の長椅子の上にひっくり返る。籐の椅子がもどかしげにギシギシと耳障りな音を立てる。ママが喉をうならせる。「人様の家庭を壊すようなことをするなんて。そんな娘はうちにはいないわ！」パパは拳をうならせる。「あいつは詐欺野郎だ。若い娘の初めてを掠《かす》め取りやがって」。涙がひたすら暁奇の顔を焼き焦がす。「わたしたちは真剣に愛し合っているの」。「お前は中年男と寝た、セックスした、性交した！」家の入り口の網戸の小さな格子が、今は張りめぐらされた網のようだった。「パパ、ママ、そんなふうに言わないで」。「そうでないなら、あいつに会いに行けばいい。お前たちが互いに愛し合っているのなら、あいつにお前を引き取らせる！」暁奇は携帯電話に手を伸ばして出て行こうとしたが、ママがその携帯電話をつかんで床に放り投げてしまった。二つ折りの携帯電話は口を大きく開けてレンガにかじりつき、裏のカバーのピンク色のフラッシュライトがニコニコと点滅している。暁奇は靴に足をつっこむ。ママが彼女を押す。靴なんか履く必要ないわ！

春とはいえ、太陽はやはりじりじりと照り付けていて、裸足でアスファルトを歩くのは、植木鉢の花が干からびて死んでいくのを、目を見開いて見ているような感覚だ。暁奇は裸足でひたすら李国華の秘密のマンションに向かって歩いてゆく。道路を隔てたマンションの向かいで足を止めると、アーケードの柱に寄りかかって力なく崩れ落ち、地面に体ごと塊のようにうずくまった。時間が経つにつれて腐り始める。午後になって、見慣れた革靴とズボンのすそが、タクシーを降りた。彼女は口を開けて叫ぼうとして、声がだせなくなっていることに気づき、さらにその車のもう一方から少女が下りたことに気づいた。明らかに彼女よりもずっと年下の少女である。彼らがエレベーターに乗り込むのを見つめながら、目がつぶれる、と暁奇は思った。

暁奇はタクシーに乗って家に向かう。タクシーの濃い赤のデジタルメーターはまるで彼女の血管を束ねたよう。運転手は彼女の家がわからず、運転手が永遠に道に迷っていてほしいと彼女は無意識に願う。郭パパと郭ママは、もはや事情を李夫人に伝えなければ、と言う。

李国華と夫人は郭パパ、郭ママ、暁奇とホテルの天井の高いゴージャスなレストランで会うことにした。人が少ないからと言って李国華が決めた場所だが、実は郭家が屋台を営んでいるのを知っていたからでもあった。ホテルの内装だけでも彼らを半分は震え上がらせることができる。李夫人はわざわざ高雄からやってきて、李国華と一緒にテーブルの向こう側に座っている。郭家はこちら側に座る。郭パパと郭ママは結婚披露宴に参加するときよりもずっと厳粛な装いである。暁奇は、一番大事にしてきたガラスのコップを自分で壊してしまったような表情をしている。しかも、一番大事にしてきたそのコップはコンビニでポイントを集めてもらえる景品で、どこの家にも一つはあるようなものに過ぎない。

郭パパは声を張り上げ、暁奇を愛しているのか、と李先生に尋ねる。李国華は右手を左手の中に収めている。シンプルなスタイルの結婚指輪は長年外されることもないまま、左手の薬指をきつく締めている。深く皺を刻んだ指の関節は、指輪以上に約束の意味をもっているように見える。彼は授業のときにいくつかの口調を使い分けるが、その中のひとつが、聴いている生徒に「その段落に星を三つ書き込むべき大事なこと」であることを知らせるものである。「わたしは暁奇を愛しています。だが妻も愛しています」。暁奇はその言葉を耳にして、聞くこともしゃべることもできなくなってしまう。毛穴が震え、産毛の一本一本がみな手を挙げて問いかけたがっている。「あの日、あのタクシーに乗っていた女の子は誰なの？」と。しかし、李国華の言葉を聞くなり、李夫人が泣き出した。郭パパと郭ママは李夫人に「申し訳ありません」と何度も何度も謝り続けている。

暁奇は先生の曲がった背中を見て、シャツの袖口から中をのぞき込みたくなった。先生の胸には小さな赤い肉芽がある。この数年、先生はマンションでここを自分で押しては、こうすると人を食う怪獣になるのだと言って、逃げる彼女を追いかけていたことを思いだす。先生が彼女の白い腰やお腹に百回「暁奇」と書き、「『博物誌』によれば、こうすると蟲《むし》のように永遠に心の中にもぐり込めるのだ」と解説した。その肉芽は、先生の身体に穴をあけて頭を出した蠕虫《ぜんちゅう》のようだった。顔をあげると、家の仏像だけが持つぐっしょり濡れた限りなく深い仏の慈悲のまなざしを、李夫人が彼女に向けている。暁奇は嘔吐した。

最後に、郭パパと李先生は支払いを争った。家に帰る道中、郭パパは郭ママに言う。「まじめに争わなくてよかった。立派なホテルの飲み物があんなに高いなんて」

李国華は夫人とともに高雄のマンションに帰った。

家に帰っても、夫人は腰を下ろして休むこともせず、立ったままうなだれ、涙を首に落としている。「何回あったの？」彼女の声は死海の水の塩辛さである。李国華は夫人の前に立ち、例の星三つの口調で言う。「一度だけだ」。彼女の声を死海にたとえたとき、高校一年のときに化学教師が言っていた一言を思い出す。「海水を飲む人間は、喉が渇いて死ぬ」――彼は浸透圧について理解できたことがなかったので文系を選んだが、この言葉の詩的な味わいはずっと心の中に刻まれている。やんちゃで難解な詩的なこの味わいが、今再び浮かび上がってくる。「わたしはどうやってあなたを信じればいいの？」この言葉の裏にある意味が、李国華にはよくわかった。「わたしにあなたを信じる理由をちょうだい」。彼はへなへなと床に座り込み、言う。「わたしは清廉潔白に二十年、父親をやって来た人間だ。娘に出会ってほしいような人間、おのずとそういう人間たらんとふるまってきた」。「それならどうして、今回？」彼の声から、さらに多くの星が飛んでゆく。「許してほしい。彼女の方から誘惑してきた。彼女がわたしに質問があるらしいと蔡良に声をかけられ、どうしてもと頼みこまれてね。それで、一度だけ」。夫人の声が震え始める。「あの子があなたを誘惑したの？」彼は大げさに涙をぬぐう。「彼女だ。彼女が自分から、最初から最後までずっと自発的に」。声がさらに大きくなる。「ああ。あれは悪夢だった！」「でも、あなたも興奮したんでしょう。そうでなかったらどうしてできたの？」「ああ、わたしの身体はそうなってしまった。彼女は執拗でね。あれで興奮しない男は一人もいないだろう。でも誓うよ。わたしの頭の中はまったく興奮していなかった」。「でも、あの子を愛しているとあなたは言ったわ」。「彼女を愛してるって？　いつ？　ああ、さっきのことだね？　彼女のことなどまったく愛していない。さっきああ言ったのは、彼女の父親と母親が怒り出すのを恐れただけだ。彼女がどんな人間なのか、君は知らない。わたしだって、どうして彼女があんなことを仕組んだのかわからない。彼女はわたしのことを脅し、何十万も金を使わせようとしたし、ブランド品を買うようにとも脅してきた」。「わたしに相談してくれればよかったのに！」「そんなことはとてもできなかったよ。すでにとても大きな罪を犯していたんだから。自分を憎んだよ。必死でその穴を埋めようとするしかなかった」「それはどれくらいの期間のことなの？」彼は首を折って、ひどく低い声で答える。「二年になる。彼女は繰り返しこのことでわたしを脅してきた。苦しかった。だが今の君のほうがもっと苦しいということがわたしにはわかる。君に申し訳が立たないことをしてしまった」。夫人は花模様のティッシュペーパーを取りに行った。「どうしてあなたのような大の大人の力が、女子生徒一人に抵抗できなかったの？」「だから申し訳ないと言っているだろう。ああ、あのときのことは、君にどう説明すればいいのかわからない。彼女は本当に。まったく動こうにも動けなかった。彼女を傷つけてしまうことが怖くて。彼女は本当に、とにかく、あの子、彼女は、彼女は淫らな、根っからのあばずれだった！」李国華は自分の手の中で涙のない号泣に溺れる。「世の中のすべての男が犯す間違いなどとは言わない。わたしが自分をコントロールできなかったんだ。誘惑されてはならなかった。わたしの間違いだ。どうか許してくれ」。夫人は彼と向かい合って座り、黙って鼻をかんでいる。彼は続ける。「君をこんなに苦しませるなんて、わたしはゴミでしかない。誘惑されたりしなければ。わたしは本当にゴミだ。人間のクズだ。ろくでなしだ。わたしなど死んでしまえばいい」。そう言いながら机の上にあったペットボトルをつかんで、自分の頭をひどく殴りつける。夫人はゆっくりとした動きでペットボトルを奪い取る。

　二人は向かい合って座ったまま、ペットボトルの中を覗き込む。ペットボトルの中のオレンジ色の飲み物は少しずつ、穏やかに静まってゆく。人の将に死なんとする其の言や善し*、とでもいうように。三十分ほどたって、夫人が口を開く。「晞晞には何も言わないようにしましょう」

　郭パパ郭ママは家に帰ってから話し合って、暁奇を休学させることにした。また教授に騙されたりしないとも限らない。暁奇はそばで聞いていたが、ただ茫然と食器を洗っていた。箸をもむようにして洗うのは、拝むときの手の形だと思った。以前先生が龍山寺に連れて行ってくれたとき、民俗的な逸話などを解説してくれる姿がとても素敵で、敬虔な様子だったから、「先生はどんな宗教を信じているの」と聞いたことがある。「わたしが信じているのは君だけだ」と先生は言った。そのとき彼女は思った。先生はほんとうにわたしを愛しているのだ、と。タクシーに乗っていた女の子は誰なの？　親指の腹を回しながらレンゲを洗う。この数年、先生のマンションに帰ったときに押すエレベーターのボタンがまだらに剝げているのを思い出す。タクシーに乗っていた女の子は誰なの？　コップの中に深く手をいれて洗うとき、初めて先生のマンションに連れていかれたときのことを思いだす。車の中でクラス担任の蔡良が言っていた。先生はあなたのことをとても気に入っているのよ、と。その気に入っているというのがどういう意味であるのかは、マンションの部屋に入ってからようやく知ったことだ。先生、タクシーに乗っていた女の子はいったい誰なの？

　暁奇はのろのろと二階に上がる。両親が気遣うまなざしがガムのように彼女の身体にくっついている。家の薬箱は廊下の棚の上にある。頭痛薬、整腸剤、発疹を抑える薬もある。暁奇は思った。わたしを治せる薬はない。わたしの心は壊れてしまった。心には細かい模様はないけれど、二度とつなぎ合わせることはできない。心をつなぎ合わせるのは、水をつなぎ合わせるよりずっと難しい。小さなカプセルをアルミ箔のパッケージから押し出すパリパリという音がする。先生がマンションの大きな甕の中で飼っている金魚の餌のよう。丸ごとひと箱の薬をすべて押し出すと、カラフルなミニサイズのゴミの山のようになる。ごちゃまぜの乱倫の病には、ごちゃまぜの薬が必要だ。暁奇はすべてを飲み干し、ベッドに横たわる。唯一感じたのはお腹が張っていることだ。水をたくさん飲み過ぎた。

＊『論語』泰伯。

暁奇は翌日には目を覚ました。これほどまでに自分に失望したことはなかった。下に降りていくと、両親はいつもと変わらずテレビを見ている。左足が右足にひっかかって、床板に平手打ちをくらう。病院にいったほうがいいかもしれない、と両親に告げる。携帯電話を袖の中に握って、一人で病院のベッドにいるとき、点滴をしていないほうの手で電話をかける。四十回以上もかけてみたのに反応はない。ひどく暑い日に、自動販売機の前に立っている子どもが、硬貨を入れたのに、またすぐに返却口から転がり落ちてきてしまい、喉を潤すことができなくて、何度も繰り返してはイライラしている。最後に、ショートメッセージを送る。「先生。わたし」。しばらくたってからようやく携帯電話が振動した。裏カバーのピンク色に微笑むランプが表示していたのは真夜中だったが、緊急治療室の明かりは消えない。昼でも夜でもどうでもよくなっている。自分がどのくらい横になっていたのか、自分でもわからない。

開くと、先生からの返事だった。「わたしが君を愛したことは一度もない。最初から最後までずっと君を騙していた。誰もがみなそう言っても、君はまだ信じないのか？　もう電話はしてこないでくれ。妻がなかなか許してくれなくてね」。暁奇はのろのろと、何度も何度もそのショートメッセージを読み返す。ふと思い出す。先生は不器用な手つきで携帯電話をいじりながら、天真爛漫に笑って言った。「わたしは洞窟暮らしの原始人でね。ショートメッセージが送れないんだ」。彼女に何か書き送ってくれたことなど一度もなかった。彼はいかなる証拠も彼女の手元に残したくなかったのだ。それでも彼女はこんなに長い間、彼を愛していたのに。涙が携帯電話のディスプレイの上にこぼれ落ち、「先生」の二文字をゆがめ、拡大する。

病院を出て家に帰ると、郭暁奇は李国華が彼女に送ったあらゆる本を金炉＊1で燃やした。王鼎《ワンティン》鈞《ジュン》、劉墉、林清玄《リンチンシュエン》＊2、一冊ずつバラバラに引き裂いて投げ込む。炎の一本一本がカサカサと音を立て、赤い舌を鶯《うぐいす》が鳴くように上に向け、またネズミのようにコソコソと逃げてゆく。ページの一枚一枚が火に金色の光の輪をはめられ、天使のリングで囲んだ黒い字を侵食してゆく。自己啓発モノも、純真無垢なものも、思無邪＊3の世界も灰燼に帰した。引き裂くのが一番難しかったのは表紙で、製本に膠《にかわ》が使われている何冊かは特に。幸いにも、暁奇は先生に対してかなりの忍耐力がある。揺れ動き、手招きし、燃えさかる紙のすべてに、火の輪の模様ができ、縮こまらせる。人類が悩み事を抱えながら眠りに落ちていくように。暁奇はあまり多くを考えない人間だったが、このときは自分も金炉の中にいるような感覚を覚えた。

＊1　廟などにある紙銭を燃やす設備。
＊2　現代台湾の小説家・エッセイスト。
＊3　思い、邪なし。（詩三百、一言以蔽之、曰思無邪。）『論語』「為政」より。

そのとき、銭一維は夜明けに酔いが醒めた。布団の中で握っている手が湿っているような気がして、伊紋を起こさないようそろそろと抜き足差し足で、自分の頰を叩き、浴室に足を踏み入れる。明かりをつけると、顔に血の手形がついている。このとき、一維はギリシア悲劇の一幕の、空っぽの自分の手の中をいぶかしげに見つめている主人公のようであり、浴室の明かりが舞台の明かりみたいにさかさまにぶら下げたチューリップのように、彼を包みこんだ。すぐに顔を洗い、部屋に駆け戻り、明かりをつける。布団を引きはがすと、右側に寝ている伊紋の下半身は血まみれである。一維はたちまち、昨晩、真夜中に家に帰ったときのことを思いだす。彼は革靴の先で伊紋を激しく蹴った。先の尖った革靴は、毒蛇の舌先のごとく狂ったように飛び掛かる。伊紋はきつく足を抱えていたので、彼は背中を蹴るしかない。伊紋がずっとやめて、やめて、やめてと口にし続けていたことを思いだす。あれは本当は、ベビー、ベビーと言っていたのだ。

伊紋は銭家の経営傘下にある病院に運び込まれた。手術室を出て一般の病室に入ると、伊紋はすぐに目を覚ました。一維はベッドのそばに座っている。伊紋の手は彼の手に握られている。彼女は麻薬のように白い。窓の外で鳥が春を告げると、伊紋はいまだかつて見たこともないようないい夢の中から目覚めたみたいな表情をしていたが、このとき、いい夢が悪夢よりもずっと恐ろしいものであることを彼女は初めて知ることになる。これまで万物に向けられてきた、好奇心に満ちた彼女の声。「ベビーは?」誤って報告された桜の林の開花情報のように、彼女は真っ白である。人々はたっぷりのピクニックバスケットを手に提げてきたのに、桜の花はみんなとっくに雨に打たれてぐちゃぐちゃに地面に落ちていて、桜の花びらは足元に散らばっている。花弁はハート形だ、ハートの二つの尖ったところはいつでも、裏切られた裂け目のように見えてしまう。むしろ本来の形ではない。「ベビーは？」「ごめん、伊紋。マイディア、またもう一人つくろう」。彼が彼女の理解できない言語で書かれたものであるかのように、伊紋は彼を見つめる。「伊紋ベイビー？　君が無事であることが一番大事なことだろう？」伊紋の全身が震え出し、モーターをブンブンと、極限まで駆りたてる。今にもエンジンがかかりそうになってから、再び全身が動きを止める。「力がなくなってしまって」。「わかるよ。ゆっくり休むようにって先生が」。「違うの、手。わたしが言っているのは手のこと。お願い、離して。わたしには手を引き抜く力もないの」。「伊紋」。「離して、お願いだから」。「それなら、しばらくしたら僕はまた君の手を引くことができるかな？」「わからない」。「君は僕を愛していないの？」「一維、聞いて。さっき夢の中でわたしはベビーがいなくなってしまったことを知ったの。もしかしたら、これは運命だったのかもしれない。わたしだってベビーにこんな家庭に生まれてきてほしくないもの。ベビーはいい子ね。ベビーはわたしのために、わたしを一人にするの。わかる？」「君は離婚したいのか？」「ほんとうに、もう力がなくなってしまった。ごめんなさい」。伊紋は光のない目で天井のタイルを数える。部屋の外ではまだ鳥が鳴いている。学生時代に校門の前で、男子校の生徒が吹いていく口笛のように。一維が出ていき、廊下で泣いたりうなり声をあげたりしているのを彼女は静かに聞いている。

伊紋は自分から思琪に電話をかけた。「もしもし？」「ああ、琪琪、ようやくあなたのもしもし、が聞けた。うれしいわ」。伊紋の家に電話をかけるたびに、伊紋姉さんのもしもし、というひと声がかつての朗読のようであったことを思琪は思い出す。「琪琪、二人とも試験はどうだった？ごめんなさい。長い間ずっと考えていたのに、遠回しな聞き方が思い浮かばなくて」。「成績は出たよ。わたしたち二人ともほぼ文系の第一志望に進めるはず。面接官の前で突然、口が便秘の話をしなければ」。二人は笑う。「それならよかった。わたし自身の試験のときよりもかわいいあなたたちの試験のほうがずっと緊張してしまって」。「姉さんは？ 姉さんは元気？」伊紋はこれ以上ないくらいゆっくりと言う。「思琪、わたし一維の家を出たの。赤ちゃんを流産してしまった」。思琪はひどく驚く。伊紋が引っ越したことと流産したことを一緒に話すのは、どういう意味があるのかを彼女は理解する。聞いてすぐに彼女が理解したことを、伊紋姉さんも理解していることが彼女にもわかった。伊紋が先に口を開く。「わたしは大丈夫。ほんとうに大丈夫よ。今は三度の食事にもケーキを食べることだってできるもの」

思琪がすすり泣いているのが、伊紋の耳に聞こえる。電話の向こう側で、思琪が携帯電話を遠くに引き離し、小さな肩をしゃくりあげている様子も見える。思琪が口を開く。「この世界はどうしてこんななの？　いわゆる教養って、つらい目にあっている人が黙って口をつぐんでいるためのものなの？　どうして人を殴るような人がテレビCMとか看板になったりするの？　姉さん、もう失望してしまったの。わたしが失望したのは姉さんに対してじゃなくて、この世界、この生活、運命、あるいは神と呼ばれるもの、あるいはなんと呼ばれようと、あまりにひどすぎる。今小説を読んで、勧善懲悪のハッピーエンドを読むと、泣いてしまう。むしろ人間には解決しようのない苦痛があるってことをみんな認めるべきだと思う。わたしが一番嫌いなのは、『苦しみを経験した人こそ、よりすばらしい人間になれる』とか言う人。壊滅的な苦痛もあるっていうこと。とにかくみんなに認めてほしくてたまらない。ハッピーエンドの伝統なんて、王子様とお姫様が仲良く暮らしましたなんて、大嫌い。プラス思考なんて俗悪すぎ！　でも姉さん、わたしがもっと憎んでいるのは、なんだかわかる？　わたしはむしろ俗悪な人間でいたかった。無知でいたかった。世界の裏側なんて見たくなかった」。思琪は泣いていて、言葉と言葉がつながってしまう。顔じゅう涙と鼻水でぐっしょりにして、目も鼻も口もつながってしまっているのが伊紋には見えた。

思琪は李国華のマンションにいる。携帯電話を閉じると、隣の家の夫婦がセックスしているのが聞こえる。妻はまるで流行歌を、歌手がコロラトゥーラのクライマックスを歌うようにウンウンとうなっている。聞いているうちに、涙が隣の家の声に止められる。彼女はただ満足だけを感じていた。汚らわしいとは感じなかった。あるいは先生を待っているところだからかもしれない。静かにオレンジジュースを飲み、日記を書き始める。アルミパック入りのオレンジのつぶつぶ果肉まじりの濃縮還元ジュース。容姿が美しいということはこれと同じ、偽物のノスタルジア。生半可なパストラル〔田園詩〕、もっともらしく気取るのも、無駄なこと。隣の家の男女の声が、ふと瞬間的に消え、女性のアーッという声が途中で断ち切られる。アダルト映画を流していただけだったのだ。思琪は寂しさを感じる。周囲のあらゆるものがみな彼女の人生をバカバカしいと指摘しているような気がする。彼女の人生は他の人とは違う。彼女の時間はまっすぐには進まない。彼女の時間はシャトルランの時間だ。マンションからホテル、ホテルからマンション。紙にボールペンで力を入れて繰り返し短いセグメントを描いているうちに、最後には、紙が破れてしまうように。のちに怡婷が日記で読んだこの部分に、思琪はこう書いている。「わたしが最初に死にたいと思ったとき、実はもう死んでいた。人生は衣類のように、こんなにも簡単にはぎ取られてしまう」

　思琪は怡婷と暮らしている家に帰る。空の色が死んだ魚をひっくり返したように青白い。怡婷はリビングの大きなテーブルにしがみつくようにして宿題をやっている。彼女が声をかけ、怡婷が顔をあげたとき、怡婷の目の中にある氷河が崩落したのが見えた。怡婷はペンを止め、声を出さずに口だけを動かして、ペンの先にぶら下がっているマスコットを震わせる。「You smell like love.」どうして英語の中に隠れるの？　思琪は少し腹が立った。「お帰り」。言い終わると、怡婷は下を向く。「あなたがわたしを見てくれなかったら、わたしたちはどうやって話をするの？」思琪は自分の唇を指さす。怡婷が突然、興奮し始める。「大部分の人がどうして〝わたしたち〟がこういうふうに話をするのか理解できなくて、誰もが〝わたしたち〟が何を話しているのか聞き取れないように、わたしとあんたには外から見えないアンテナがある。わたしも自惚れていたし、思いあがってもいた——〝あんたたち〟は？〝あんたたち〟には自分たちの言語があるの？彼は目隠しして二人のうち一人を選んでも、あんたを選んで、わたしを選ばないっていうの？彼があんたの顔を見抜くことができるなら、あんたが今日は胃が痛いんじゃなくて頭が痛いんだってわかるはずだけど、彼にそれができる？」思琪はまつげを見開く。「いったいわたしと彼のどっちに嫉妬しているの？」「わかんない。今のわたしには何もわからない。子どもの頃、わたしたちは他言語は学ばないって言っていたけれど、〝わたしたち〟の間に言葉がなかったら、あとは何があるの？〝あんたたち〟の間は言葉でないなら何があるの？わたしは一人で部屋にいて、すごく孤独。あんたが家に帰ってくるといつも、流暢な外国語をひけらかしているみたいで、見ず知らずの人みたいで」。「あなたのその理論をわたしは信じない。わたしは〝むこう〟で素直に言うことを聞くだけ」。「素直に言うことを聞くのは言語の学習でしょう、文化大革命のときのスローガンと壁新聞みたいなものね」。「あなたの言う通り。これはまさに文化大革命でわたしの〝むこう〟の願いが願いで、夢を見ることが夢」。「あんたと議論なんかしたくない」。「わたしもあなたと議論なんかしたくない」。怡婷は引き続き声をださずに、口の動きだけで言う。「先生と奥さんはこんなに長く一緒にいるんだから、先生も奥さんの苦痛の表情をきっと見たことがある、少なくとも想像したことがあると思う。残酷だけど、言っておかなくちゃいけない。彼は責任を負っている一方で、状況をわかったうえでやっている。でも、わたしたちはずっと傷つくことなく成長してきた。わたしがわからないのは、あんたはいま、これまで見たことないほどうれしそうで、それでいてこれまで見たことないほど苦しそうだということ。まさか〝わたしたち〟の言葉の裏に身を隠しても、逃れられないの？」思琪は略奪を尽くされた家に足を踏み入れたような表情をのぞかせる。「泣きごとを言えって言うの？」「もし苦しんでいるのならね。そう、でも、もしあんただけが先生と一緒にいることで言語を進化させることができると思っているのなら、それはわたしと先生だけが一緒にいるところをあんたが見たことがない、あるいは彼と奥さんが一緒にいるところを見たことがないだけ。わたしたちの実家のあるマンションがまるごと海の中に落ちてしまったら、彼が助けに行くのは晞晞だけだと思う」。思琪は首を振る。「苦しんでなんかいない。でも言語もない。すべてただ生徒が先生の言うことを聞いているというだけ」。彼女の言葉を嚙み砕くのが難しいというように、怡婷は口の形を大げさに誇張し始める。「それって矛盾してる！　あんたは嫌でもないけれど、ほんとの愛もないって言うの？　嘘つき、嘘つき、嘘つき。これはあんたが決めることじゃない。あんたは明らかに彼のことが好きで好きでたまらないじゃない」。「そんなことない」。「そうよ」。「そんなことない」。「そうよ」。「ないって言ったらない」。「そうなのよ」。「あなたは何もわかってない」。「わたしは騙されない。あんたたちは露骨すぎるのよ。あんたが玄関を入って来たとたん、においがしたんだから」。「何？」「ほんとうの愛のにおい」。「何を言ってるの？」「あんたの全身はすっかり、情欲のにおい、夜のにおい、パンツのにおいで、あんたの全身がもはやパンツなのよ」。「やめて！」「指先のにおい、唾液のにおい、下半身のにおい」。「やめてってば！」「大人の男のにおい、精——精——精液のにおい」。怡婷の顔は果てしなく広い戦場で、そばかすは無数の燻る焚火のよう。「あなたは自分が羨ましがっているのが何なのか、何もわかってない。残酷すぎるよ。わたしたち、まだ十三歳だったのに——」。思琪は大きな声をあげて泣く。涙が五官を引き延ばし、口の形を融蝕する。怡婷はほんとうに読み取れなかった。

マンションを出た後、伊紋は実家には帰らなかった。両親の気遣いのまなざしに耐えられなかったからだ。家では、両親の「おはよう」。「おやすみ」。の声がひとつひとつのタイルのようだった。三階建てのテラスハウスの一室に引っ越した。両親が定期的にちゃんとメンテナンスをしてくれていて、助かった。掃除したり片付けたりして自分を疲れさせることで眠りたかったけれど、だめだった。五年、それとも六年？　一維と暮らしていた日々は悪夢のようだった。とはいえ、まったくの悪夢ともいえない。彼女は確かに一維を愛していた。学生時代に論文のテーマを決めたらひたすら真面目にがんばったのと同じように。一維の世界では当たり前のことだった、母親の乳房をまさぐる子どもがそのまま男女の区別がつく年齢までおっぱいを飲んでいたら、こんな口の立つ子どもと向き合ってしまった。リアルなおしゃぶりを彼に与え続けるなんて耐えられない。

マンションを出るその日、振り返って見ると、高く壮大なビルのゲートが開いていて、中のきらきらと輝くシャンデリアがまるで歯のようで、大きく開いた口が彼女を食べようとしているみたいに見えた。

伊紋は夜、ずっと眠れずにいた。天井にまで刺繡壁紙を貼り、四方の壁とつなげて美しい箱のようにして、自分自身をその中に入れるまで。彼女はよく一階のリビングルームに降りて行って映画チャンネルを観る。ジョーズが人間を食べれば泣き、ジョーズが殺されても泣き、泣き疲れてソファで眠った。ソファは牛革のやわらかなにおいがして、そこに這いつくばって自分の呼吸ではちきれそうになり、またへこむ。呼吸を感じるのはソファだ。牛の身体の上で眠るのはきっとこんな感じだ。眠って、またはっと目を覚ます。目が覚めたらまた映画を観る。さっきの映画の脇役の女優は、十年を経て次の映画では主役になっている。十年前と十年後で見た目がまったく変わらない。伊紋の歳月はハリウッド女優の顔のように、感覚がない。

ある日、とうとう毛毛さんに電話をかける。「もしもし」、「ああ、毛さん、邪魔した？」「もちろん、そんなことはないよ」。「何をしているの？」「デザイン画を描いてる。僕の手はペンを握っているのでなければ、ペン立てに向かっている途中にあるんだ」。君は笑っていない。ペンを間違えて消せなくなってしまった線のように、君は黙っている。毛毛はやむを得ず言葉をつづける。「夕飯を食べそこねてしまったみたいだ。手元にある仕事を完成させなくてはと焦ってばかりいて、僕の夕飯はいつもコンビニになってしまう。思えばもったいない。人間は数十年しか生きられないし、毎日三度しか食事はできない。君が言っていたように、毎回自分が一番食べたいものを食べるべきなのにね。君はもう食べた？」伊紋の答えがかみ合わないのは、いつも同じだ。「一緒にいてくれる？」

伊紋が玄関で迎えてくれて、扉が開くと、毛毛はようやく幼い頃からなじんできた翻訳小説の原文を読めたような気がした。君が眼鏡をかけているのを初めて見る。君はどんな名作よりもずっと読み応えがある。伊紋は長いソファのこっち側の端に座り、毛毛はあっち側の端に座る。映画の中で監督が観客を笑わせたい場面で、伊紋がようやく笑う。

コンタクトレンズのケースと目薬がテーブルの上に置かれている。君のスリッパが表と裏を見せている。ひとつはまっすぐ、もうひとつはひっくり返って床に散らばっている。コートは肩をそびやかして椅子の背もたれにかけられている。原書は背骨が飛び出して、字が机の上に押しつぶされている。重い黒大理石の机全体が君の栞だ。続けて三本映画を観ているうちに、伊紋は眠ってしまった。頭はソファの背もたれに寄りかかっている。足の間のアイスクリームのファミリーパックは溶けてしまっている。毛毛はそっとアイスを取り上げると、そっと冷蔵庫を開け、そっと中に入れる。冷蔵庫の中はがらんとしている。冷蔵庫を閉めるとき、毛毛はふと伊紋のライトブルーの部屋着の太腿のあたりが濡れてインディゴブルーになっていたのを思い出す。虫が体を縮こませているように、何枚ものレシートが無造作にテーブルの上の大皿の中に放り込まれている。ファーストフードでなければコンビニのものばかり。ひじかけのついた椅子の中に軽くたたまれた肌掛けが置かれている。椅子の前にはコーヒーの残りが底の方で乾いて固まっているコーヒーカップがある。カップのふちには唇の形のコーヒーのしみもあり、水のグラスもある。コーヒーミルの小さな引き出しを引っぱり出してみると、挽いたのに淹れていないコーヒーの粉が入っている。君が一日中ソファの前にいるのが想像できる。毛毛はスリッパを脱いで、靴下のまま床を歩く。スリッパの先が床に当たる音で、伊紋を起こしてしまうことを心配したからだ。テレビを消すと、静かすぎるせいか、伊紋が目を覚ます。彼女の目から涙が流れているのを毛毛は目にする。「夜も一緒にいてくれる?」いいよ、と言うべきか、ダメだと言うべきかわからない。君が弱っているのにつけこみたくはない。伊紋が言い足す。「部屋はたくさんあるの」。それならいいよ。

毛毛は仕事を終えるとまず自分の家に帰り、荷物を持ってまた伊紋の家に戻って来る。毎日だんだん運ぶものが多くなってきて、少しずつ、デザイン画も伊紋のところで描くようになっていた。伊紋は彼の向かいに座っている。一人はデザイン画を描き、一人は本を読む。二人の間にあるのは断崖の沈黙ではない。宝石の鉱脈のある壟断《ろうだん》の沈黙である。まるで毛毛が遠いところにいるかのように、伊紋は注意深く手を振る。毛毛が顔を上げると、伊紋は本を差し出し、ある段落を指さす。毛毛は絵を描く手を止め、それを読んでから口を開く。「実にいいね」。伊紋は毛毛に向かって言う。「わたしたち二人、実はよく似てる。あなたはかなり穏やかな、わたし」。そして口にするのを我慢する。「わたしにとってのあなたは、一維にとってのわたしみたい」。これは、愛における使い古されたヒエラルキーのレトリック。

自分が飲むために水を注ぐとき、毛毛は伊紋にも水をくれる。伊紋は仔羊の目を大きく見開いて、真剣に言う。「ありがとう」。君がありがとうと言うとき、可愛い二つのえくぼが出る。えくぼは「小酒窩」と書くけれど、もともとの意味はお酒に縁があること、君は知ってる？　昔、酒を醸造する際により多く空気に触れさせるために、酒麹を五穀と混ぜて甕の壁に積み上げ、真ん中は甕の底が見えるようにしたんだ。僕も君のえくぼから君の底が覗けそうだ。けれどそんなことは言わず、毛毛はただ「どういたしまして」と口にしただけだった。「こうすることで、実際には僕の方が君よりもずっとうれしい。僕こそ君にありがとうと言うべきなんだ」。口にするのを我慢する。

伊紋は階段を上がり、部屋に入る前に、兵士が上司に敬礼する姿勢で、いたずらっぽく言う。「ルームメートさん、おやすみなさい」。君が夢の中で泣く声が、少しずつ聞こえなくなってきた。朝、君がピンク色のジャージを着て降りてきて、足にはふわふわのピンク色のスリッパをはいているのを見て、分厚い近視用メガネに縮小された君の目を、心の中でオートズームにする。キッシュを食べ終わると僕は甘いパイを運んでくる。君はむせび泣くふりをする。「ひどいわ。毛毛さんたら、わたしを甘やかして骨抜きにしてしまうのね」。僕は小麦粉の生地地獄に堕ちたい。現世も来世も永遠に生地をこねる。君が穏やかにその上を歩いて、お腹がすいたら掘り出して食べられるような生地を、人生をかけてこねてあげたい。

　夜には一緒に映画を観る。伊紋は高いところにあるDVDを取ろうとして、よっこいっしょーっと声を伸ばしながら、身体も引き伸ばしている。そこにしゃがみこんでDVDプレイヤーを操作し、ボタンを押しては、口の中でピーッと音を出す。ときどき僕は君に手を差し伸べずにいられなくなる。君があまりにかわいらしくて。フランス映画を観るときにはマカロン、イギリス映画を観るときにはスコーン、ロシア映画を観るときにはロシアのソフトキャンディー、綿菓子のような口当たりのキャンディーを食べていると、夢を見ているのを遮られるように、固いクルミの粒を噛んでしまった。ときどき吐き出す疑問のように、自分で呑み込まなければならない。——僕らはいったいどういう関係？　第二次世界大戦のナチスの映画を観るときは、何も食べてはならない。

　君と一緒に馴染みのカフェにいってコーヒー豆を選ぶとき、マスターがコーヒー豆をすくうと、君は髪の毛を耳の後ろにかきあげて香りを嗅ぐ。これ以上ないくらいに嬉しそうなびっくりした顔で、僕に言う。これは蜂蜜、さっきのあれはナッツ！　これはトリュフ、さっきのあれはキェシロフスキ！[*1]　僕も君に言いたくて仕方がなかった。ほかにもブニュエル[*2]、ゴダールもある。この世界には飲むことでフェアなトレードになる美しいコーヒーがある。この世界に代わって君に謝罪し、君の奪われた六年間の埋め合わせをしてあげたい。夜市で観光客よりも物珍しそうにしている君が好きだ。君の顔が汗で濡れていても、僕にはそれが汗だとは思えなくて、露の玉だと思う。地面にしゃがみこんでガチャガチャ（カプセル・トイ）の研究をしている君が好きだ。ロングスカートの裾が地面を掃除しているのは、熟睡の尻尾みたいだ。六枚の十元硬貨を握って汗を流しながらも、どのレバーを回すかをなかなか決められずにいる君が好きだ。決めたらどれが出てくるかを賭けて、負けた方は相手にタピオカミルクティーをおごる。僕に何百杯ものタピオカミルクティーの借りがあっても、返すと言ってくることのない君が好きだ。ただマスターから、君の恋人はほんとうにきれいだねと言われたときだけは、僕の心は痛みを思い出す。家の中で君の横顔が近視の眼鏡で少しへこんで切れて見えるとき、聞いてすぐにはわからなかった、子どもの頃に学んだ、ストローが水の中でずれて見える理由のように、むしろたやすく折られてしまうあらゆる物事の、断層もたやすく補えるものであると信じたい。君が早起きしたときの目やにを見たことがある。君がトイレで水を流す音を聞いたことがある。君の手ぬぐいのにおいをかいだことがある。君が食べ残したご飯を

＊1　ポーランドの映画監督クシシュトフ・キェシロフスキ。
＊2　スペイン出身の映画監督ルイス・ブニュエル。

食べたことがある。君が寝るときの隣には小さな西洋人形があることも知っている。けれど、僕が何者でもないことを僕は知っている。僕はただ君のことが好きでたまらないだけなんだ。

毛毛さんがソファをパタパタと叩いたのは、それが皺の影だと思ったからだ。だが、それは伊紋の長い髪だった。そっとつまみあげる。指に十二回巻き付けることができた。君が日本語で口にする「ただいま」が好きだ。もっと好きなのは君が口にする「おかえりなさい」だ。何よりも好きなのは、やはりテーブルに左右対称にナイフ、フォークにグラスやお皿、お椀やお箸を並べるとき、ここでは二人分だけで十分だということ。


郭暁奇は退院して帰宅するとすぐに、李国華を名指しして、ネットサイトのフォーラムに文章を書き込んだ。李国華と蔡良が共謀して、当時、高校三年生だった彼女を言葉巧みに騙した。彼女はただ怖くて、李国華がまた別の女子生徒に乗り換えるまで「このような関係」が二年から三年続いたと書き込んだ。

李国華とつきあっていたとき、暁奇は考えたことがある。彼女の苦痛を平均して地球上のすべての人に分け与えたら、誰もが苦痛に息もできなくなるはずだ、と。自分の前にも他の女の子がいて、後にもまだいるなんて、彼女には想像もできなかった。彼女は幼い頃からアメリカのＦＢＩ重大事件ドキュメンタリーを観るのが好きだった。ＦＢＩでは、七人を殺せば大量虐殺と呼ばれる。それなら七人の女の子が自殺したら？　送信確認ボタンを押す。「こんなことはもう終わりになるはず」としか彼女は考えていなかった。フォーラムには毎日五十万人がアクセスしていて、たちまち反応がある。彼女の想像とはまったく違う反応だった。


「それで彼からいくらもらった？」

「身体を売ってブランドバッグを手に入れる！」

「塾の先生になるっていいな」

「愛人は死ね」

「かわいそうな奥さん」

「ライバル学習塾のバイトが書いたんだろ」

「突っ込まれて気持ちいいくせに」


書き込みをチェックするたびに、郭暁奇はナイフで刺し殺されるようだった。

ああ、人は他者の苦痛には少しも想像力がない。悪趣味なコンテクスト——地位も金もある男、若く美しい愛人、とめどなく涙を流す妻——すべてをありきたりのばかばかしいコンテクストと見なす。ゴールデンタイムの八時台の連ドラ。人は世界中に確かに非人間的な苦痛が存在することを認めたがらない。今や認めないという選択肢を加えてもいいのだ、と人はぼんやりとわかっている。さもなければ、ささやかな平和が悪意のものになってしまう。この誰もが自分は負け組だと言いたがる時代に、世界には本当の負け組の女の子たちがいることを誰も認めない。この種のマイナーな苦痛は、実は幸福と表裏一体なのだ。誰もが小さな幸せを享受しながら、口では小さな苦痛に大騒ぎする――むき出しの苦痛を目の前に出されると、自分の安楽が見苦しく、自分の苦痛が軽々しいものに見えてしまう。

長々と連なるメッセージが暁奇の身体を八つ裂きにする。罪を犯したのは先生なのに、彼女の身体はまだ彼のところにとどまっている。

「ネット上にこんな文章がある」と蔡良が李国華に教える。李国華はそれを見ると、数人のリストを頭に浮かべる。蔡良が人に調べさせると、そのアカウント番号の背後にいるのはやはり郭暁奇であることがすぐに突き止められる。李国華は怒りを覚える。この二十年、二十年以上一人としてこんなふうに彼に歯向かう女子生徒はいなかった。学習塾の理事長からも問われた。「ちょっと懲らしめてやらなくては」。この言葉が頭に浮かんだとき、李国華は笑ってしまった。自分の本音がまるで悪趣味な香港マフィア映画のセリフのようだ、と。

数日後、蔡良によれば郭暁奇はまだアカウントの裏で、書き込まれているメッセージに返事をし続けているという。「騙されて関係を持った」と彼女は主張している。さらに「どうして李国華が無理やり自分に十万元を押し付けたのかもようやくわかった」などと書いている。李国華は蔡良の向かいに座っている。ソファは流砂に飲まれてしまいそうに柔らかい。蔡良の足が揺れているのを平然と見つめる。李国華が買ってやったブランドシューズがゆらゆらしている。彼女の右脚は左脚の上に組まれ、右脚のふくらはぎが甘えるように押し出されている。そこには剃ったばかりで新たに生えてきたすね毛が見える。ヒゲのように、一本一本のびてくる。彼は思う。今、高雄には誰もいない。台北に来て思琪に会うたびに、ヒゲはことのほか伸びるのが速い。ホルモン、あるいは別の何か。思琪の小さな乳房が彼のヒゲに擦られると、まず表面から白い粉を削り出し、その白い粉の下がたちまち赤く腫れてくる。それはまるで半透明の瀬戸物の白地の上に朱砂で風水を描くようなものだった。バカな小娘が、やられたことを口にするような浅ましい人間が。蔡良でさえ思うところがあって、浴室でフォームを塗って足の毛を剃っている。誰も彼のことを理解しない。世界中の理解をあわせても、彼のヒゲほどには彼のことを理解してはくれない。ヒゲは争って出てこようとする。ヒゲだけでなく、正真正銘の毛髪も。かつて貧乏学生に過ぎなかったとき、三食を計算しながら食べていたことを思いだす。こんなふうにバカな少女に彼の事業を破壊されてしまうことなどありえない。

李国華は台北に戻り、渡りをつけ始める。

先生のタクシーが迎えに来る直前、思琪は怡婷と大学に入ったら最初に何をやりたいかということとを話していた。怡婷はフランス語をやりたいと言う。思琪はたちまち目を輝かせる。「そうだね。フランス人学生とお互いに教え合って、相手にフランス語を教えてもらって、わたしたちが中国語を教えればいい」怡婷は言った。「わたしたち、ありえないことを教えちゃうのもいいね。発音はやたら正確に、〝我矮你《ウォーワイニィ》（我愛你《ウォーアイニィ》、あいしてる）〟〝穴穴《シュエシュエ》（謝謝《シェシェ》、ありがとう）〟〝対不擠《ドゥイブジィ》（対不起《ドゥイブチィ》、ごめんなさい）〟」二人は笑った。思琪が言う。「そうね。どんな言語でもまずは我愛你《ウォーアイニィ》を学ぶけど、一人の人間が別の人間に向き合って、どれだけ力を尽くしたらようやく我愛你に行きつけるのかなんて、わからないよね」。怡婷が笑う。「だから、もしわたしたちが外国に行ってパスポートを失くしたら、ひたすら道で我愛你、我愛你ってつぶやいているしかないんだね」。思琪が言う。「博愛だね」。二人は笑い転げた。怡婷が続ける。「人様は路上でお金を乞うけれど、わたしたちは愛を乞う」。思琪が立ち上がって、つま先立ちでくるりと回り、両手を泳がせ、怡婷にキスを投げる。「我愛你」。怡婷は椅子から転げ落ちて笑っている。思琪は座り込む。ああ、この世界で人間は、感情が貧弱なのではなく、氾濫しているのだ。怡婷は床に片膝をつき、顔をあげて思琪に向かって言う。「わたしも愛してる」。マンションの下で、クラクションが鳴る。

ゆるゆると思琪が立ち上がる。まなざしが揺れ動き、怡婷の手を引いて立たせてから、口を開く。「明日はきっと帰ってくるから。この話題、すごく楽しい」。怡婷も頷く。車が走り去るとき、怡婷はカーテンの隙間から下を見下ろしたりすることはなく、二人の部屋の中で静かに笑っている。我愛你。

李国華は思琪の腰を折り曲げて、マンションのリビングから寝室に抱えて行く。彼女は彼の腕の中で言う。「今日はダメ。生理だから。ごめんなさい」。先生は奇妙な微笑みをにじませる。失望ではなく、より憤怒に近い。皺の一本一本が震えている。ベッドの上に降ろされると、彼女は干からびた花が水を得たように弛緩したが、ふたたびしっかりとスカートを押さえる。「今日はほんとうにダメ。生理だから」。さらに挑発するように尋ねる。「先生は血が怖いんじゃなかったの？」李国華は、彼女がこれまでに見たこともないような表情をむき出しにする。まるでハリウッドの特撮映画の中の悪役が怪物に変身するように、全身の筋肉がむくむくと盛り上がり、青筋がどくどくと浮きあがって来て、目の中は卵子に向かって泳いでいく精子のように血走っている。全身が布袋を破ろうとしている胡桃のようだ。一瞬、力が抜け、あの「温柔敦厚なるは詩の教えなり」[＊1]の先生に戻る。彼女のショーツを引き裂いたのも「我に投ずるに木瓜《ぼけ》を以てす、之に報ゆるに瓊玉《けいぎょく》を以てす」[＊2]の先生だ。彼女は自分が幻覚を見たのではないかと疑う。「いいよ」。何が「いいよ」なのか彼女にはわからない。彼はかがみこんで、彼女にキスをすると、軽くたたいてリラックスさせてから、布

＊1　『礼記』「経解」より。
＊2　わたしに木瓜を贈ってくれたから、美しい玉《ぎょく》をお返しする。『詩経』衛風「木瓜」より。

団をかけてくれる。彼女の身体はシーツと掛布団の間に挟まれて隠れる。彼の手がドアのかまちに添えられ、もう一つの手が明かりを消す。おやすみ。明かりが消える前に、思琪は彼が自分で骨董をぶつけて壊してしまったときにだけ見せる怒りと投げやりな思いが入り混じった、子どもっぽい表情を目にする。彼はおやすみと口にしたが、それはさよならと言っているようだった。

明かりが消え、ドアが閉じられた後、思琪はドアの下の方をじっと見つめ続けた。ドアの隙間に挟まれた落胆と、リビングから漏れてくる横に線を引いた灯が見える。敷居に横書きされた光が断ち切られる。金色の「一」の文字の、真ん中に小さく切り離した闇があり、ふたつの金色の「一」の文字になる。明らかに先生はまだドアの外に立っている。わたしはここに横たわって、服の横の縫い目に手を張り付けている。身体の上を手がなでまわし、身体の中で何かがドンドンとぶつかっている。わたしはローラーコースターの楽園。人間はローラーコースターを楽しむけれど、ローラーはコースターの喜びを知らないし、人間の楽しみはさらに知らない。このベッドでは眠れない。自分の肌、粘膜の記憶をなくせないのがもどかしい。頭の中の記憶は葬り去ることもできるが、身体の記憶はそれができない。ドアの隙間はまだ二つの金色の「一」の文字。「一一」って何？ 隣の席の人と解答用紙を交換する。怡婷は解答用紙に逐一✓*印をつけ、自分の解答用紙を返してもらうと、やはり逐一✓印がつけられている。同点の答案用紙なのに、通じているのは違う人生。

先生はわたしを押さえつけるために、間違えて「温柔郷」の出どころを趙飛燕の話にしてしまった。わたしが彼の手をずっと我慢し続けたのは、この間違った時間を待っていたのに似ている。彼は欲望と仕事の間の階段を踏み外して、リビングルームからベッドルームの敷居につまずいて転ぶ。こねまわされているときにも、まだはっきりと飛燕の妹の趙合徳なのにと心の中で反駁している自分に気づいて、ある種の最低限度の尊厳に自分は支えられていると思った。授業の時間の先生には性別はないけれど、わたしに襲いかかって古典を悪用する先生は服を着ていたり着ていなかったり、授業に行くときの黒いシャツを着ていたとしても、ズボンは穿いていない。シャツを脱ぐのを忘れたのか、それともズボンを穿くのを忘れたのかはわからない。それはわたしだけのもの。全身清らかに、時間の裂け目の中に落ちた先生。彼に尋ねたことがある。「最初のときどうしてあんなふうにしたの？」先生は言った。「あのときのわたしは、愛情表現が乱暴な方法だっただけだ」。答えを聞けば、それで満足だ。彼以上に言葉を使える人はいないし、この言葉以上に間違っている言葉もない。文学の生命力は最もひどい非人間的なコンテクストの中で、幽黙《ユーモア》を発掘する。人に言いふらすわけでもなく、ただ自分で幽々《こっそり》と、黙々と楽しむ。文学は五十歳の妻あるいは十五歳の愛人に向かって同じ愛の詩を諳んじることができる。幼い頃、初めて諳んじることができるようになった詩は曹操の『短歌行』で、ちょうど先生もよくわたしに歌って聞かせてくれた。わたしはいつも心

＊　日本では×の意味になるが台湾では○、正解の意味で使われる。

の中で翻訳している。「月は明らかに、星は稀《まれ》に、烏鵲《うじゃく》南に飛び、樹を繞《めぐ》ること三匝《そう》、何れの枝にか依《よ》るべけむ」。目は鳥のようだと初めて気づく。先生の肩のくぼみ越しに、枝状のシャンデリアのろうそくを数える。一回り、二回りと数える。シャンデリアは丸くて、まるで地球の上を歩いているかのよう。とにかく大きな、どこまでいっても終わらない作文用紙の上を歩いているのと変わらない。大人たちの会合のラウンドテーブルで、先生がいるのはわたしの左側であるけれど、わたしの右側でもあるように。目はシャンデリアの上で回っているうちに、数えているうちに、どこから始めたのか、どうやって止めたらいいのかわからなくなる。

突然、小葵《シャオクイ》のことを思いだす。もし先生と付き合っていなかったとしても、わたしが小葵と一緒にいるとは限らない。礼儀正しく、紳士的で、家柄も釣り合ってはいるけれど、意地を張ってどちらからもきっかけをつくることはなかった。いつもその男の子がいた。子どもの頃、あるときたまたま彼の家に行ったとき、わたしがあげたキャンディーの箱が、一年たってもまだ残されているのを目にした。とりたててきれいな箱というわけでもなかったのに。彼はわたしの視線に気づくと、支離滅裂なことを口にした。そのとき初めて、小葵がどうして怡婷にいつもひどい嫌がらせばかりするのかを理解した。彼がアメリカから送ってくれた葉書にも、ぼんやりしていて、返事を送ったこともなかった。彼がどれだけ絶望していたのか、あるいはどれだけ楽観的であったのかはわからないけれど、こんなふうに底の見えない深い谷に、再三石を投げ入れてきてくれたのに。あるいは、同時にアメリカでほかの女の子を追いかけていたのかもしれない。――そう考えると、ずっと気持ちが軽くなると同時に、胸が張り裂けてしまいそうになる。小葵、小葵にはダメなところはなかった。実際、小葵はすばらしかった。葉書の中の英語の成分は時間がたつにつれてますます高くなり、ますます多くの香料を加えたようになっていき、異国のレシピのように見えた。わたしはきっと彼を好きになれたと思う。もう間に合わないけれど。とりたてて好きなタイプの男の子というわけではないけれど、ただわたしの知り得ない故郷が恋しいだけ。先生に対するこんな不実な感覚が、すごくつらい。考えないように我慢しようとすると、頭の中の画面がさらにはっきりする。見たことのない、背の高い男性。

けれど顔には幼いころの小葵の面影があり、楽譜を見る目が楽譜と同じように黒と白に分かれ、まるでブラックスーツ、ブラックフォーマルで待機しているオーケストラの黒いブラックサテンの海に、わたしはベッドから転がり落ちてゆく。

中学のころのあの日のことを、わたしは永遠に忘れない。怡婷と家に帰るとき、怡婷に言った。怡婷が李先生のところに作文を持っていくとき、わたしは伊紋姉さんに付き添ってあげる。付き添うという言葉を口に出したとたん、伊紋姉さんの傷の痛みに対するプライバシーの権利を尊重していない、とたちまち後悔する。マンションのロビーで先生と会い、怡婷はわたしを引っ張って先生のそばに寄り添い、学校の授業で京劇をする国語の先生のことを話し始める。精巧で美しいギフトボックスのような金色のエレベーターが、三人を閉じ込める。ギフトをもらえるのは誰で、ギフトにされるのは誰なのかわからなかったけれど、わたしはただ伊紋姉さんに向かって「ごめんなさい」ということだけを思っていた。ぼんやりしながら怡婷が学校の先生の節回しで「一髪千鈞《せんきん》を引く」*のことを話しているのを聞いている。怡婷が先生の前で話すとき、こんなふうに愛をこめているみたいに必死になっていることに驚き、意識する。わたしたちは首を金色のエレベーターの手すりにあてている。七階に到着する。どうして怡婷はわたしと一緒に降りないの？　怡婷は笑って、声に出して言う。「あんたをここまで送ったら、わたしたち下に降りるから」。はっとして、わたしはエレベーターを降りる。良く磨かれたフロアは危なっかしく、家のドアの前でわたしの靴はひどくやせ細って見えた。振り返って、怡婷と先生が金色のドアにゆっくりと挟まれてゆくのを見つめる。幕が下りるように。わたしは先生を見ていて、怡婷も先生を見ていたけれど、先生はわたしを見ている。この一幕はとても長い。先生の顔は間もなく閉じ込められてしまうのではなく、金色のエレベーターのドアのクォーテーションマークの中でさらに高い存在として、無駄な文字を刈り取った生命にかかわる内容として、少しずつ洗練され、少しずつ命中させるように、最後には中の文章に先生の顔しか残っていない状態で、ドアが閉まる前にまっすぐわたしの方を向いて、先生は唇の動きだけで言った。「我愛你」。口を引き結んだとき、ほうれい線がこれまでになく深く刻まれる。皺はつままれてから緩み、緩んでからまたつままれる。断層が火山を押し出し、火山が大きく噴火するように。その瞬間、わたしはこの人のマグマのような愛が客観的に、まっすぐに、血の色の吐瀉物になって、山を動かし木をなぎ倒す勢いで向かってくるのがわかった。彼は上下の唇を吸うように動かし、わたしの心の処女膜を破る。ふいに思う。「先生はほんとうにわたしを愛してるんだ」。こうして、彼を愛するがゆえにずっと七階で待っているように見えて、実際にはわたしは六階にいる。六階の先生の家のリビングにいるわたしは、ベッドルームのわたしにとってはニセモノで、七階の家にいるわたしは六階のリビングにいるわたしにとってニセモノだ。それ以降、彼がわたしにくわえさせるたびに、わたしはいつも唐突に母性ともいえる感激を覚えた。毎回、わたしは心の中で思っている。先生はいま一番脆くて弱いところをわたしにゆだねてくれている、と。

明日、先生はわたしをどのホテルに連れて行くのだろう？　思琪は汗びっしょりで寝返りを打ち、さっきのは、みんな夢なのか、それとも彼女が横になったまま考えていたことなのかよくわからなくなる。ドアの隙間の方を見ると、金色の一の字が二つの一の字に断ち切られている。先生はまたドアの外に立っている。

寤寐《こび》の境に、どうやら真っ暗な部屋があの光を引き立たせているのではなく、あの光が先生のスリッパの影を強調していて、暗闇の中に沈んでしまうまで、長く長く伸びた影が入り込んでいる。

＊　きわめて危険なことをするたとえ。韓愈『与孟尚書書』より。

そして暗闇でないところがなくなる。まるで先生のスリッパは暗闇に乗じてドアの隙間からもぐり込み、もはやひそかに布団の中に入り込んでいて、彼女を蹴とばすかのように。これまでに感じたことのない恐ろしさを感じる。ドアがこっそりと開かれる音が聞こえ、寝室のメインライトとダウンライトとスポットライトが同時に明るくなり、ドアが思い切り壁まで押しやられ、ドカンという音がする。まずは光ってから音がする雷のように。先生は素早く彼女の身体にのしかかり、スカートの中に手を伸ばす。触れたとたん、たちまちうれしそうに言う。「君が嘘をついていることはわかってる。生理は終わったばかりだと言っていたじゃないか」。思琪はぐったりとして言った。「ごめんなさい、先生。わたし今日は本当に疲れているの」。「疲れたら嘘をつく子どもになってもいいのか?」「ごめんなさい」

先生がポキポキと指を鳴らし始める。シャワーを浴びにもいかない。動物園のようなにおいがする。彼が彼女の服を脱がせ始めたので、彼女はひどく驚く。彼女が先に脱ぐようなことは、これまでにはなかった。先生のヒゲが濃くて、皺と交互に突き刺さる。まるでいばらの迷宮のように。彼女はいつものように頭の中で文章を作り始める。突然、文章の生産ラインで悲鳴があがる。相互にかみ合っていたはずの歯車が鋭い歯でお互いを引き裂き始め、ベルトコンベアーが断たれ、黒い血が流れだす。先生が手にしているのは、ボーイスカウトロープ?「脚を開け」。「イヤ」。「わたしに君を殴らせるな」。「先生は服も脱いでいないのに、どうしてわたしが脚を開くの?」李国華は深く息を吸うと、自分の忍耐力に敬服した。「温和、善良、恭謹、節制、謙譲」。馬英九総統の座右の銘。かつて海軍陸戦隊で覚えておいてよかった。ここは本結び、そこは平結びで結ぶ。彼女の手足は溺れているみたいになった。「やめて、やめて！」露わにすべきところは露わにしなければならない。ここはさらに八字結び、そこはさらに二重つなぎ。手首やくるぶしがロープでこすれて腫れている。「やめて！　やめて！　やめて！」まさしく、蟹のようだ。首は固定できない。死んでしまったらほんとうにつまらないからな。

「イヤ、やめて」。房思琪の叫び声は臓腑から押し寄せ、喉で渋滞している。まさしく、この感覚。この感覚。本棚の本をじっと見つめても、そこに書かれている中国語の文字が読めなくなる。少しずつ先生の話も聞こえなくなってきて、口の形が動いているのが見えるだけ。怡婷とわたしが小さい頃からやっているように。岩石が湧き水の中から勢いよく飛び出すように。よかった。魂が身体から離れようとしている。いまこの屈辱を、忘れられる。また戻って来たときには、わたしはまた元通り。

完成だ。房ママが何日か前に送って来てくれた蟹もこうやって縛った。李国華は謙虚に笑う。「温和、善良、恭謹、節制、謙譲」。温かいのは体液、良くも悪くもあるのは体力、恭賀すべきは初めての血、節約するのはコンドーム、譲歩するのは人生。

今回、房思琪はしくじった。魂が離れてのち、彼女は二度と戻ってくることはなかった。

数日後、郭暁奇の家のシャッターに赤いペンキがぶちまけられる。そして郵便ポストの中に静かに横たわる一通の封筒。その中には写真が一枚入っているだけ。写っているのは蟹の思琪。

# 第3章

# 復楽園

怡婷《イーティン》は高校卒業前、伊紋《イーウェン》姉さんと毛毛《マオマオ》さんと一緒に台中へ思琪《スーチー》の見舞いに行った。白衣を着た看護師は思琪のやせ細った手を取ると、赤ちゃんをあやすような声で思琪に話しかける。「ほら、あなたに会いに来てくれたのはだあれ？」伊紋と怡婷は、思琪が骸骨に目をはめ込んだように全身が瘦せ細っているのを目にする。はめ込まれているのはひどく際立つ、スターの婚約指輪、六本爪がつかんでいる大きなダイヤモンド。指輪の一つは南半球、もう一つは北半球、やはり「永く以て好みを為さんとす」*。こんなふうに無関係な二つの目は見たことがない。看護師は彼女たちに向かって手招きをしながら言う。「もっと近くに来ても大丈夫。彼女は人を傷つけるようなことはしないから」。まるで犬について話すみたいに。果物を取り出したときだけ、思琪は口を開く。バナナを手に取ると、すぐに皮を剝いて食べ始め、バナナに向かって言うのだ。ありがとう。あなたはわた

＊　末永く付き合っていきたい。『詩経』衛風「木瓜」より。

しにとても優しいのね。

怡婷は日記を読み終えたが、まだ伊紋姉さんには見せていない。姉さんはいまとても幸せそうに見える。

怡婷は高速鉄道の上りで台北に、伊紋と毛毛さんは下りで高雄に帰る。怡婷と駅で別れたあと、伊紋はそこでようやく泣き出した。地面に崩れ落ちて泣いた。行き交う旅行者たちが、スカートがまくれ上がって露出した彼女の太腿を見ている。毛毛はゆっくりと彼女の肩を支え、列車のシートまで連れて行って座らせる。伊紋は全身を震わせて泣いている。毛毛は彼女を抱きしめたくてたまらなかったが、黙って喘息の薬を手渡す。「毛毛」。「どうしたの？」「毛毛、彼女がどれほど聡明な女の子だったかわかる？　どれほど善良で、世界に対して好奇心いっぱいだったかわかる？　それなのに、今彼女が唯一覚えているのはバナナの剝き方だけだなんて！」毛毛はゆっくりと言う。「君のせいじゃない」。伊紋はさらに激しく泣く。「わたしのせいよ！」「君のせいじゃない」。「わたしのせいよ。ずっと自分の苦しみの中に溺れていたから。彼女は何度も何度も、もう少しで打ち明けようとしてくれていたのに、わたしに負担をかけてはいけないと踏みとどまってしまった。今になっても、どうして彼女がこんなふうになってしまったのか誰にもわからないなんて！」毛毛はそっと伊紋の背中を叩く。伊紋の曲がった背中から背骨が突き出ているのを感じることができる。毛毛はゆっくりと言う。「伊紋。僕は、何と言ったらいいのかわからない。あの鳥かごのペンダントをデザインしているとき、創作する過程で、彼女たちに対する君の愛を僕は本当に感じることができた。だけど、君の身に起こったことが君自身のせいではないように、彼女自身のせいだということはなおさらあり得ないし、思琪の身に起こったことは絶対に君のせいではない」

台中から帰って来て数日後、伊紋は一維《イーウェイ》からの電話を受けた。仕方なく淡々とした白湯のような口調で電話を受ける。「どうしたの?」主語を省略する。どう呼ぶべきかわからなかった。一維はもともとの身長を縮めるような声で言う。「君に会いたくて。君のところに行ってもいいかな?」毛毛は家にいない。「わたしがどこにいるか、どうして知っているの?」「見当をつけた」。伊紋の白湯の声に墨汁が混じる。一滴の墨汁が真ん中に向かって花開く。「ねえ、一維、わたしたちはお互いを解放したのよね。少し前に思琪にやっと会いに行けたのよ」。「お願いだ」。一維はアヒルのような声で言う。「お願いだ」

ドアを開けたとき、一維はやはり天のように高く地のように広い顔をしていた。一維は伊紋の家の中の家具や、本や映画のDVDがぐちゃぐちゃに積み上げられているのを、黙って眺める。伊紋が背中を向けて流し台に移動すると、一維はキッチンの高脚椅子に座り、伊紋のタンクトップとショートパンツから大きく露出する肌を見つめる。彼がそこに寝そべるのを待っている、ホテルのベッドのように真っ白な肌。コーヒーの香りがする。伊紋は懸命に自制して、なんとか彼に優しくしないようにする。どうぞ、やけどしないようにね。とても暑い日なのに、一維はスーツのジャケットを脱ぐこともなく、手で包むようにしてマグカップを握る。伊紋が冷蔵庫に頭を埋めてあれこれ探している間、一維の目は男物の靴下を見つける。伊紋がカウンターの向かい側に腰をかける。一維の手が彼女の耳輪《じりん》に伸びる。伊紋は顔を傾ける。「一維」。「もう酒はやめたんだ」。「それはよかったわね。ほんとうに」。一維は突然、興奮したように言う。「ほんとうに酒はやめた。伊紋、もう俺は五十も過ぎた。こんなふうに君を失うことはどうしてもできない。ほんとうに君を愛しているんだ。引っ越ししてもいい。君が住みたいところに住めばいい。こんなふうに部屋の中をぐちゃぐちゃに散らかしたままにしていてもかまわない。冷蔵庫の中にびっしりジャンクフードを詰め込んでもかまわない。もう一度、俺にチャンスをくれないか？　いいだろう。俺のピンク色の伊紋？」彼は彼女の呼吸を吸い込む。伊紋は思う。どうしても彼を嫌いにはなれない。彼らの四肢が合流して一緒になり、ソファの上で誰が誰だかわからなくなる。

一維は彼女の小さな乳房の上にもたれてまどろむ。射精したばかりのオーガズムの余波がまだ彼女の中にある。彼女の腰や背中が規則正しく痙攣するのが感じられる。ウン、アアと、ピンと張りつめたり弓なりになったりして上下する満ち潮と引き潮。ぎゅっと握られた彼女の拳に静脈が浮かび、また少しずつ緩み、開くと、腕ごとそのままソファの下に滑り落ちる。一瞬、彼女の手のひらの真ん中に、ピンク色の痕を彼は見る。

伊紋はかつて琉璃の壺を運んでいたときのように、恐る恐る一維の頭を引き離すと、すばやく服を身に着ける。伊紋は立ち上がり、眼鏡をはずした赤ん坊のような顔の一維を見つめる。伊紋は服を彼に手渡し、そばに腰を下ろす。僕を許してくれたの？

伊紋は静かに言う。「一維、聞いて。わたしがなにを恐れているかわかる？　あの日、もしあなたが夜中に目を覚まさなかったら、わたしは出血多量で死んでいたはずよ。あなたから離れて、わたしは自分の命に対して実は貪欲なんだってことが少しずつわかってきた。どんなことにも耐えられると思っていたけれど、もしかしたらあなたがわたしを殺していたかもしれないと考えたとたん、どうしても耐えられなくなる。どんなことにもどうにかなる余地はあるものだけど、生死だけは取り返しがつかない。あるいは別の世界では、あなたが夜中に目覚めることがなくて、わたしは死んでしまっているかもしれない。部屋いっぱいのわたしたちの写真が目を見開いてあなたを取り囲んで見ている。そこから目を覚ましたあなたは、空っぽのまま一生を過ごすの？　あるいはもっとひどく飲むのかしら？　あなたがわたしのことをすごく愛してくれていることを信じているからこそ、わたしはあなたをどうしても許せない。もう何度も何度もあなたのために自分の限界を引き延ばしてきた。でも今回、わたしはどうしても生きていたいと心から思ったの。知ってる？　休学届を出した時、教授に婚約者はどんな人かと聞かれて、『松林のような人です』とわたしは答えたわ。わざわざ英語の辞書で調べて、自分が言っているのは、世界のあらゆるマツ科の中で一番たくましく伸びる、忍耐強い松の木のことだと確かめて。かつて、わたしがあなたによく読んで聞かせたあの愛の詩集をまだ覚えてる？　今改めて見ると、あれはまるでわたしの日記のようだわ。一維、知ってる？　星座占いなんて信じたことはなかったけど、今日の新聞であなたの運勢を見たの。年末までとてもいい運勢よ。女運も含めてね——わたしのことを残忍だなんて言わないで。わたしだってあなたのことを残忍だなんて言わないのだから。一維、聞いて。よかったわ。もうお酒は飲まないでね。本当にあなたを愛してくれる人を見つけて、その人に良くしてあげて。一維、あなたが泣いても、わたしはもうあなたを愛せない。わたしはほんとうにあなたを愛していないの。もう愛せない」

毛毛は伊紋のところに戻った。ドアを開けると伊紋がシャワーを浴びている音がする。ソファに腰を下ろした途端、クッションの後ろに何かあるのを感じる。丸まったネクタイ。ネクタイの灰色が、毛毛の視野にすっぽり一枚の影を覆いかぶせる。シャワーの音が止む。続いてドライヤーの音。君の髪が乾く前に、僕はちゃんと考えなければならない。君のスリッパが見える。それから君のふくらはぎ、それから君の太腿、それからショートパンツ、それから上着、それから首、それから顔。「伊紋？」「え？」「今日誰か来た？」「どうしてそんなこと聞くの？」丸まったネクタイを取り出す。ネクタイは手の中でほどける。ため息のように弾ける。「銭《チェン》一維？」「そうよ」「彼は君に触れた？」毛毛は自分が大きな声を出していることに気づく。伊紋が顔色を変える。「どうしてそれに答えなければならないの？　あなたはわたしの何？」毛毛は自分の心に強い雨が降り始めたことに気づく。

濡れた犬が脚を引きずりながら、悲しげに雨の中で泣いている。毛毛は低い声で言う。「出かけてくる」。ドアが、これまで開かれたことなどなかったかのように音もなく閉められる。

伊紋は黙って部屋を片付ける。ふいに、何もかもがニセモノ、と思った。誰もが彼女を求めるけれど、ドストエフスキーだけが彼女のもの。

一時間後、毛毛が戻って来た。

毛毛は言う。「夕飯の材料を買いに行ってきた。遅くなってごめん。外は雨が降ってる」。誰に説明しているのかわからない。何を説明しているのかわからない。毛毛は食材を冷蔵庫に入れる。ひどくゆっくりと。スマート冷蔵庫がドアを閉めたときの歌を歌いだす。

毛毛が口を開く。毛毛の声も雨のよう。ショーウィンドウやアーケードの外を通り過ぎる雨ではなく、ポーチの前で人を待っている雨。「伊紋。僕はただ自分に失望しているだけなんだ。僕は自分の唯一の美徳は『足を知る』ことだと思っていた。でも、君を前にすると僕はほんとうに欲深い人間になる。あるいは、僕の潜在意識は君がむなしく寂しい思いをしているところに忍びこみたいと思っていることを、認めたくないのかもしれない。尽くしても見返りを求めずにいたいと心から願っている。だけど、僕はそんな人間じゃない。僕を愛しているかと君に聞く勇気がない。君の答えが怖い。銭一維がわざとここにネクタイを忘れていったことはわかってる。僕は君に言ったことがある。君が彼を見るまなざしで僕を一目見てくれることと引き換えに、僕はもっているすべてを捨ててもいい、と。それは本当だ。でも、僕のすべては彼のネクタイ一本の価値しかないのかもしれない。僕らは芸術を学んだ人間だ。けれど、僕は芸術の最大のタブーを犯した。それは謙虚さからくる自己満足だ。君のそばにいられるだけで十分、君が幸せならそれだけでいいなんて、自分自身を騙《だま》すべきじゃなかった。だって、本当はもっともっと欲しいと思っているのだから。本当に君を愛している。だけど、僕は私心のない人間じゃない。君を失望させて申し訳ない」

伊紋は毛毛を見つめながら、何かを言おうとしてやめる。まるで舌が倒れてしまって、立ち上がれなくなってしまったみたいに。まるで隣の家の夫婦がいやらしい言葉にあわせてセックスしているのが聞こえるように、あるいは地中で種が発芽するかのように、あるいはもう一方の隣人のお爺さんが入れ歯を水の中に入れたら、入れ歯の隙間から泡が出て、水面でポッポッと音をたてて弾けるように。君の顔が磨かれたみたいに、少しずつ明るくなっていくのがわかる。

伊紋はようやく口を開く決心をして、笑った。いくらか大げさな唇は、まるで言葉を口にすると、舌をやけどしてしまうとでもいうようだ。子どもが看板を一文字一文字指さすように、一文字一文字をまっすぐに、甘ったるく読み上げる。「敬《ジン》、苑《ユエン》」「え？　君はどうしてこれまでそう呼んでくれなかったの？」「あなたから言われていないのに、どうして呼べるの」。伊紋は手の上のバニラケーキが山崩れして、地割れして、土石流になるほど笑う。毛敬苑の上ヒゲと下ヒゲがゆるゆると分かれ、震えながらしゃべるとき、かすかに下ヒゲの下の皮膚が赤らんでいるのが見えて、本来赤土が適した植物をようやく黄土から赤土に移植したら、気孔がどっと香りを発したかのようだった。毛敬苑も笑った。

怡婷は日記を読み終えた。彼女は昨日までの怡婷ではない。魂のふたごは彼女の家の下の階で、彼女のすぐそばで、汚染され、落書きされ、残飯にされた。日記は表からは見えない月の裏側のようだった。この世界の爛《ただ》れが、世界そのものよりもずっと大きいのだと彼女はようやく知ったのだ。彼女の魂のふたご。

もはや暗記してしまうほど怡婷は日記を繰り返しめくって読んだ。書かれていることが自分の身に起こったことのような気がしてくる。諳んじて言えるほどになってから、伊紋姉さんのところに行って手渡した。姉さんが泣くのを見るのはこれが二度目だった。姉さんの弁護士からフェミニストの弁護士を紹介され、二人は一緒にその弁護士に会いに行った。弁護士事務所はとても狭く、弁護士の太った身体が中にあると事務所全体がただのアームチェアでしかないように見える。弁護士は言った。「どうしようもない。証拠が必要で、証拠がなければ、逆に名誉毀損だと言いがかりをつけられて、反撃されてしまう。そして、相手が勝訴する」。「証拠って？」「コンドームとかティッシュペーパーとか、そういった類のもの」。怡婷はもう少しで吐きそうになった。

怡婷と思琪は、二人で一緒に大学の体育館に行って大学生活の予習をしたことがあった。コートにいる男子学生一人一人に点数をつけた。顔には顔の点数、体格には体格の点数、球技には球技の点数をつけた。食べたり飲んだり遊んだりといった、入試が終わったらやりたいことが壁に貼ってある。永遠に☑《チェック》する機会のない小さな□のひとつひとつが、あくびをしている口のよう。クラス全員の前で「思琪は頭がおかしくなってしまった」と口にした教師がいた。怡婷はすぐに紙を丸めてその教師の顔に投げつけた。水泳の試合の前に入れられなかったタンポンをトイレで入れるのを、あんたは手伝ってくれた。李国華《リー・クオホア》が買っておいた飲み物がわたしの好きなものだったとき、あんたはそっとバッグの中に入れて持って帰って来た。いらない、とわたしが言うとあんたの顔は一秒間死んだ。高校生になったばかりの誕生日には、先輩から身分証明書を借りて二人でカラオケボックスに行って、大きな個室の中で二匹のノミみたいに飛び跳ねた。子どもの頃、両家の家族みんなで蓮の花を見に行ったら、蓮はとっくにしぼんでしまっていた。葉っぱが縮み始め、茎の先でしおれたお茶の葉みたいに見えた。池全体に蓮の茎だけが残って一本一本まっすぐに伸びていて、尋常でなくむき出しの様子に、あんたは唇だけを動かして、声を出さずにわたしに向かって言った。「蓮は尽きてすでに雨を擎《ささ》ぐる蓋《かさ》無く*、バカっぽい。人類とおんなじ」。わたしたちは他の人とは違うって、ずっとわかってた。

　詩書礼教ってなに？　あんたを引き取って警察署から出てくるとき、お辞儀をして「お巡りさん、ありがとうございます。お巡りさん、申し訳ありませんでした」と言うのが耐えられなかった。神様！

もしわたしさえ汚いって嫌ったりしなければ、あんたは狂ったりしなかった？

怡婷は李国華と会う約束をする。わかっているから、と言って、自分から彼のマンションに行く。ドアを閉めたとたん、怡婷はぞっとする。自分の髪の毛が生えているのではなく、頭皮に挿し込まれているような気がした。部屋の中に金魚鉢があったが、金魚も彼女の手には反応せず、あきらかに人類をからかうことに慣れていた。彼女の頭に浮かんだのは、思琪の小さな手だった。

ドアを閉めてから、怡婷はすぐに口を開いた。テレビをつけてチャンネルをニュースに変えたように、いかにも当然のような口調を、家でさんざん練習してきた。「どうして思琪は狂ってしまったの？」「彼女が狂った？　ああ、わたしは知らない。しばらく彼女とは連絡をとっていなかったからね。君が会いに来たのは、そのことを聞くためかい？」李国華の口調は、ぶち壊せないのが恨めしくてたまらないほど淡々とした一杯の白湯のよう。「先生、わたしが先生を訴えられないことはわかっているでしょう。わたしはただ知りたいだけ。思琪は、どうして狂ってしまったの？」李国華は腰を下ろし、ヒゲをなでながら言う。「彼女はもともと常軌を逸したところがあったからね。そもそもわたしを訴えるようなことなど君にあるのかね？」李国華は目を細めて笑っている。愁胡

＊　蘇軾「贈劉景文」より。

の目が金魚の吐く泡になる。怡婷は息を吸う。「先生、わたしたちが十三歳のとき、あなたが思琪をレイプしたことをわたしは知っている。本気で訴えようと思えば、不可能なことじゃない」。李国華が仔犬のように涙をためた目をして、かつて興味深い逸話を語っていたときの教師の口調で言う。「ああ、君にはまだ話したことはなかったね。わたしのふたごの姉は、わたしが十歳のときに自殺したんだ。目を覚ましたら姉はいなかった。最後に一目会うこともかなわなかった。夜のうちに衣服で首を吊ったらしい。二人で一つのベッドにぎゅうぎゅう詰めになって寝ていたのに。横に寝ていたんだ。俗に、悪人には必ずかわいそうなところがあるという」。怡婷はたちまち彼の話を遮る。「先生、わたしにフロイトの話をするのはやめて。お姉さんが死んだからって、他人をレイプしてもいいということにはならない。いわゆる悪人には必ずかわいそうなところがあるなんていうのは、小説の中だけのこと。先生、あなたは小説の中の人物なんかじゃない」。仔犬の目をひっこめて、本来の目を露わにして李国華は言う。「もう狂ってしまったものは、君がわたしに話をつけにきたところで、戻ってこない」。怡婷は一気に着ているものを脱ぐ。目の中は「也《ま》た風雨も無く、也た晴れも無し*」。「先生、わたしをレイプしてよ」。思琪にしたみたいに。彼女が感じたことを、彼女の先生に対する真摯な愛と嫌悪を、わたしも感じたい。二千の夜のまったく同じ悪夢をわたしは見たい。「断る」。「どうして？　お願いだからレイプしてください。以前のわたしは思琪よりもずっとあなたのことが好きだった！」わたしの魂のふたごを、わたしは待たなければならない。

彼女があなたのせいで捨てなければならなかった十三歳、わたしに忘れられた十三歳を、ここに横たわって待たなくてはならない。彼女がわたしに追いつくのを待って、わたしは彼女と一緒にいる。彼のふくらはぎにしがみつく。「断る」「どうして？ お願いだからレイプしてよ。思琪とまったく同じように。思琪が持ってるものはみんなわたしも持ってるんだから！」李国華は怡婷の喉を蹴飛ばす。怡婷が床の上にゲホゲホと空嘔吐する。「まき散らした小便で自分のあばた面を見てみろ〔身の程知らずの意味〕、頭のイカれたメス犬は死ね」。彼女の服をドアの外に投げ捨てる。怡婷は這ってゆるゆるとそれを拾いに行く。這っているとき、金魚の目がみんな飛び出して金魚鉢の壁にくっついて、彼女を見ているのを感じていた。

房パパと房ママはマンションから引っ越していった。自分たちが普通の人間に過ぎないことを、彼らはかつて知らなかった。娘がわけもわからないままに発狂してから、彼らは陳腐なあの言葉の意味をようやく理解した。「日はまた昇る」〔ヘミングウェイ〕生きとし生けるものは生きていかなければならず、暮らしは続けなければならない。そこを離れるその日、房ママは磨かれたマンションのフロアのようにむらなく化粧をした。中に何があるのか、誰にもうかがい知れないほどに。

＊　蘇軾『定風波』より。

暁奇《シャオチィ》はいまでは家にいて、屋台の商売を手伝っている。一日忙しく働くと、自分も蒸籠《せいろ》の中で蒸されたみたいに汗びっしょりになる。毎日、眠る前に暁奇は祈る。「神様、わたしに、わたしと、わたしの記憶と生涯を共にしたいという素敵な男の子を、与えてください」。眠るとき、暁奇はいつも自分がキリスト教を信じていないことを忘れているし、両親と一緒にお参りに行くことすら拒絶しているのも忘れている。彼女はただ静かに眠るだけ。横向きに寝ている彼女の身体に青い花模様の布団がかかっているのを見たら、先生はきっと彼女のことを横倒しの青磁の花瓶と形容し、先生自身のことを生け花の師匠だと言うだろう。けれど、暁奇はそんなこともう覚えていられない。ときどき李国華は隠れ家のマンションのバスルームでうつむき、自分自身を見つめる。房思琪を思い出す。慎みの狂気、麗しく膨張した自我も、丸ごと全部思琪の中に残してきたことを思う。思琪は彼に絡めとられて引き留められたあげく幼稚園児の語彙力に戻ってしまったから、彼の秘密、彼の自我は、思琪の口から出てくることはなく、彼女の身体の中にロックされている。最後まで、彼が自分を愛していると彼女は信じていた。これが、言葉の重さだ。高校で教鞭を執っていたころ、小動物を虐待した生徒を指導すると、涙を流した。生徒がネズミに油をかけて火をつけた。話をして生徒が涙を流した時、自分まであやうく泣き出しそうになった。しかし、彼は心の中では火のついたネズミが逃げ惑うのを流星にたとえ、金の紙にたとえ、フラッシュライトにたとえていた。美しい娘。インスピレーションと同じ、求めて手に入るものではなく、巡り合うもの。詩を作りたくなる気持ちと同じ、まだ書いていないものが、書けないものが、いつでも一番いいと思う。バスルームで、くねくねとした体毛をこすると白く光る泡が立つ。李国華は思琪を忘れた。バスルームを出る前に、いま寝室で自分を待っている女の子の名前を三回、静かに暗唱する。彼は礼儀正しい人間である。二十年余りになるが、名前を呼び間違えたことはない。

伊紋は一週間に一度台中に行き、思琪のために果物の皮を剝き、かつてのように文学作品を読んで聞かせる。一旦座ると、かなり長い間座り続ける。本から顔を上げると、精神病院の鉄柵の影がすでに傾いていながら、あいかわらず整然として、均等に並んでいるのが目に入る。ここに着いたばかりのときから見れば、中国共産党の文化大革命の時期の、歌いながら揺れている合唱団の二枚の連続写真のように見えた。思琪はいつも縮こまっている。果物を手にのせて、小さく小さくかじる。伊紋姉さんは読む。「アウシュビッツでも退屈を感じるなんて、初めて知ったわ」。伊紋はふっと読むのを止め、思琪を見てから、続ける。「琪琪、以前、あなたはこの一言が一番怖いって言っていたわ。強制収容所の中で退屈を感じる」。思琪は考えようとする表情を浮かべ、小さな眉間にしわを寄せる。手の中の果物が握りつぶされ、汁がこぼれ落ちる。そして、屈託なく笑って言う。「わたしは退屈じゃないわ。彼はどうして退屈なの?」思琪が笑うと、まだ一維と結婚する前の、かつての自分によく似ていることに伊紋は気づく。世界の裏側を見てしまう前の笑顔に。伊紋は彼女の頭をそっとなでる。「背が伸びたんですってね。あなたのほうがわたしよりも高くなったわね」。

思琪は笑いながら言う。「ありがとう」。ありがとうと口にしたそのとき、果物の汁が口の端から流れ落ちていった。

毛毛さんと高雄で待ち合わせる。故郷なのに観光しているような気持ちになっていることに、伊紋は気づく。一度だけ、ロータリーで口にした。「敬苑、あの道を通るのはやめましょう。あのマンションの前は」。毛毛は頷く。伊紋は顔を背けるのを毛毛に見られたくはなかったし、助手席のバックミラーに映る自分を見たくもなかった。右も左もなく、自分の人生でこんなふうにまっすぐ前だけを見つめるのは初めての気がした。毛毛との家に戻ってから、伊紋はようやく口にする。「悲しいわね。ここはわたしの故郷なのに、もう二度と足を踏み入れる勇気のない場所がたくさんある。まるで記憶のフィルムが引き伸ばされて、危険を示す黄色いテープになってしまったみたいに」。毛毛は初めて彼女の言葉を遮った。「君はあやまらなくていい」。「わたし、まだ言ってない」。「それなら永遠に言わなくていい」。「とてもつらいの」。「もっと僕に投げてくれていい」。「いいえ。自分のことでつらいんじゃない。つらいのは思琪のことで、思琪のことを考えたとたん、本気で人を殺したいと考えていることに気づくの。本当よ」。「わかってる」。「あなたが家にいないとき、考え込んでいたらなぜか果物ナイフを袖の中に隠していることにふと気づいた。本当なの」。「君を信じるよ。でもね、思琪は君にそんなことをしてほしいとは思わないはずだ」。伊紋は真っ赤な目を見開く。「違う、あなたは間違ってる。問題がどこにあるのか、あなたにわかる？　問題はいま、彼女が何を求めているのかわかる人は誰もいないということ。彼女はいないのよ。いなくなってしまったのよ。あなたは何もわかってない」。「わかるよ。愛してる。君が殺したいと思う人間は、僕が殺したい人間だ」。伊紋は立ち上がってティッシュペーパーを引き抜く。まぶたはこすりすぎてまるでチークを塗ったように真っ赤になっている。「君が自分勝手な人間になりたくないと言うのなら、僕が自分勝手になるよ。君は僕のために一緒にいてくれ。いいね？」

大学の新学期が始まる前に、怡婷は伊紋姉さんと待ち合わせた。伊紋姉さんは遠くから彼女を見つけて、オープンエアのカフェの椅子から立ち上がり、手を振る。伊紋姉さんが着ているのは、無造作に指をさすだけで星座を示すことができるような、黒地に白のドットのドレスだ。伊紋姉さんはそう、全身が星座。美しく、強く、勇敢な彼女たちの伊紋姉さん。

伊紋姉さんがそこに座っていると、葉っぱにふるいにかけられた太陽の光が、露わになっている白い腕の上でも星がまたたくようにきらきらしている。伊紋が怡婷に言う。「怡婷、あなたはまだ十八歳、あなたには選択肢がある。世界には少女をレイプすることを喜びとするような人間などいないというふりをすることもできる。レイプされた少女などいなかったのだと思い込むことも、思琪は存在していなかったのだと思い込むことも、あなたはおしゃぶりも、ピアノももう一人の人間と共有したこともなく、あなたとまったく同じ食欲や思考を持つもう一人の人間など存在したこともなかったのだと思い込むこともできる。ブルジョアジーとして平和で気楽な生活を送ることも、世界には精神的な癌などないと決め込むことも、世界には鉄柵のある場所などなく、その向こうにいる人々が精神的な癌の末期にあることなど存在しないと思い込むことも、世界にはマカロンと、ハンドドリップコーヒーと輸入文房具しかないと思い込むこともできる。けれど、思琪がかつて感じたことのあるあらゆる苦痛をたどって、彼女がその苦痛に抵抗するために惜しまなかった努力を学び、あなたたちが生まれてから共に生きてきた時間から、日記の中から読みとれた時間までを選ぶこともできる。あなたは思琪のかわりに大学に行き、大学院で学び、恋愛し、結婚し、子どもを産む、あるいは退学させられるかもしれないし、離婚するかもしれないし、死産するかもしれない。けれど、思琪はそんな俗っぽくて、ばかばかしい、ステレオタイプの人生も経験することすらできない。わかる？　あなたは彼女のあらゆる思想、思考、感情、感覚、記憶と幻想、彼女の愛、嫌悪、恐怖、無重力、荒廃、優しい心と欲望をたどって、しっかりと覚えていなければならない。思琪の苦痛をしっかりと抱きしめて、あなたが思琪になって、思琪のかわりに生きて、思琪のぶんまでしっかりと生きていくことだってできる」。怡婷は頷く。伊紋は髪をなでながら、続ける。「すべてを書いてもいい。でもね、書くのは、救済のためではなく、昇華でもなく、浄化でもない。あなたはやっと十八歳になったばかりではあるけれど、あなたは選ぶことができるけれど、もし永遠に怒りを感じているのなら、それはあなたが情け深い心が足りず、善良さが足りず、思いやりに欠けているということではないのよ。どんな人にもなんらかの理由があって、他人をレイプする人間にだって、心理学や社会学上の理由はあって、世界中でレイプされる人だけが、理由は必要とされないの。あなたには選択肢がある――人々がよく口にするいくつかの動詞のように――あなたは投げ出すことも、乗り越えていくことも、出て行くこともできる。けれど、しっかり覚えておいて。あなたが不寛容なわけじゃない。世界にはこんなことに向き合わされないといけない人間なんていない。自分の行きつく先の状況を知らずに、思琪はこれを書いていた。今ではもう自分がいなくなってしまったことを、彼女は知らない。けれど、日記はそれでもこんなにも明晰で、もはや彼女はあらゆる受け入れられない人間――たとえばわたし――にかわってすべてを受け入れているかのよう。怡婷、お願いだから自分がサバイバー《生き残り》であることを永遠に否定しないで。あなたはふたごのうちの生き残った一人。思琪に会いに行って、彼女に本を読んであげるたびに、なぜだかわからないけれどいつも家にあるアロマキャンドルを思い出すの。白い太った涙を流しているキャンドルが、いつもわたしに思い出させる言葉がある――尿失禁。そうするとまた考えるのは、思琪。彼女はほんとうに愛した。彼女の愛は失禁にすぎなかった。忍耐は美徳じゃない。忍耐を美徳にするのは、この偽善の世界が、その歪んだ秩序を維持する方法。怒りこそ美徳なのよ。怡婷、あなたは怒りの本を一冊書くこともできる。考えてみて。あなたの本を読める人はすごく幸せよ。実際には触れることなく、世界の裏側を見ることができるのだから」

伊紋は立ち上がる。「敬苑が迎えに来るの」。怡婷が尋ねる。「姉さん、姉さんはずっとハッピーな楽しい日々を送ることができるの？」伊紋がバッグを提げている右手の薬指には、かつての指輪の日焼け痕が残っている。伊紋姉さんは十分に白いと思っていたけれど、以前はもっと白かったなんて怡婷には思いもよらなかった。伊紋は言う。「どうしようもないわ。ここから幸せで楽しい日々を送ることなんか、わたしたちにはできない。誠実な人は幸福にはなれないのよ」。怡婷はもう一度頷いた。伊紋はふっと、一瞬にして鼻の頭を赤らめ、涙をこぼす。「怡婷、ほんとうはわたし怖いの。ほんとうに心から幸せだと思えるときがあって。でも、その幸せを実感したあと、すぐに思琪のことを思いだす。せめてごくわずかな幸せであったら、それならわたしもほかの人と変わらずにいられたかもしれない。ほんとうにすごくつらいの。わかる？　思琪を愛する気持ちでほとんど敬苑を愛せないほどなの。沈んだ顔をしたまま年をとって死んでいく女を、彼にずっと見守り続けていてほしくはないのに」

フロントシートに足を踏み入れる前に、伊紋姉さんが最後の一口のアイスコーヒーをストローで吸う様子は、花をくわえた鳥のようだった。

伊紋は車の窓を下ろして、怡婷に手を振る。風の指が伊紋の髪をかき上げ、幼い頃に思琪と遊んだ線香花火がふわりと舞い上がるように、車は遠く離れていくにつれて小さく、弱々しくなっていき、ほとんど消えてなくなりそうだった。劉怡婷は悟った。マンション全体の物語における彼女たちの第一印象は、とんでもない間違いだった。老い衰え、脆く弱いのは、伊紋姉さんだった。そして、最初から最後まで強く、勇敢なのは、実は先生だった。辞書、本から学んだ言葉は、往々にして最後にその言葉の裏側を知ることになる。彼女が悟ったのは、裏切ったのは文学を学んだ人間ではなく、文学そのものだということだった。車が角を曲がって消える前に、怡婷は向き直った。

円卓は世界でもっともすばらしい発明だと誰もが思う。円卓があるから、互いにもみあうようにして上座を譲り合う時間が省ける。その時間は一杯の蟹の八本の脚と一対のハサミをきれいにえぐり出すに十分な時間だ。円卓では、誰もが同時に客になる無責任と主人になる貫禄を見せる。

張《ジャン》さんはテーブルの上でも礼儀作法はそっちのけで、箸を伸ばして野菜炒めの皿の野菜を押しのけ、肉をより分けて妻の椀に取り分ける。

劉《リュウ》ママはそれを見て、たちまち声高に、肘《ひじ》で夫をつつきながら言う。「ほら、張さんのお宅をごらんなさい。結婚してからもう何十年にもなるのに、まだこんなに奥さんを大事にして」

張さんがたちまち口を開く。「いやあ、これは違いますよ。娘の婉如《ワンルウ》が嫁にいってからずいぶん経つので、二人で互いに寄り添って生きていくのが当たり前になったのでね。お宅の怡婷はやっと大学生になったばかりですから、劉さんが慣れないのも当然ですよ」

みんな笑って、酒を注ぎ合っては飲み干す。

陳《チェン》夫人が言う。「ほら、これは何だったかしら。若い人たちの言う、何だったかしら?」

李《リー》先生が言葉を続ける。「ラブラブ！」

呉《ウー》婆さんが笑って、さらに顔を皺だらけにする。「やはり先生はいいわね。毎年若い人と一緒にいるから、若返って」

陳夫人は言う。「子どもは一人また一人と成長して、老けたくはないけれどダメだわ」

謝《シェ》さんが尋ねる。「どうして今日は、晞晞《シィシィ》は来ていないの？」

李夫人は親しい人と一緒にいることでリラックスしている。「晞晞は同級生の家で勉強するって。その同級生の家に行くと言っては毎回、紙袋をたくさん持って帰ってくるのよ。彼女の勉強っていうのはデパートでやっているんだと思うわ！」

李先生を咎《とが》めて言う。「みんな彼が甘やかしすぎたからよ！」

張夫人が笑いながら言う。「女の子がお小遣いを自分自身のために使うのは、ボーイフレンドのために使うよりはずっとましじゃないの」

李夫人は冗談半分、悲しみ半分で続ける。「女の子がお金をかけて着飾るのは、ボーイフレンドのために使うのと同じことじゃないかしら」

劉ママが声を上げる。「うちの子ときたら、もう結婚したようなものだわ。ようやく大学に入ったばかりだけれど、あの子は火星に行ったのだと思っているのよ。祝日だって家に帰ってこないんだから」

劉パパが小さな声でぶつぶつ言っている。「わたしが取り分けてあげないわけではなくて、彼女はあの料理が好きではないんだ」

謝夫人が話を拾って、謝さんを見ながら言う。「アメリカは遠いってみんな言うけれど、うちの人に言っているんですよ。ほんとうに帰って来たかったら、アメリカも台北も同じように近いって！」

陳さんが笑う。「台北で誰かに夢中になったりしていないだろうね。どこにそんな幸せな男の子がいるのかな？」

謝さんが笑う。「遠くても近くても構わないけれど、アメリカの嫁は台湾の娘婿ほどにはコントロールしやすくはないだろうね」

舅、姑、岳父、岳母たちが笑う。

呉婆さんの皺にはある種の権威のようなものがあるようだ。咳払いをしてから、口を開く。「怡婷たちは、容易に人を好きになるようなタイプには見えなかったね」

彼女たち。

円卓は沈黙する。

テーブルの上には大きな魚の醤油煮込みが横たわっている。尖った小さな歯のついた唇が言いよどみ、目の中には無念がある。魚は半身を横に向け、そこに腹ばいになって、テーブルの下の動向に耳を傾けているかのようだった。

劉ママが声を上げる。「ええ、うちの怡婷は目が高すぎまして」

乾いた笑いで続ける。「好きな芸能人すらいないんですよ」

劉ママの声は犬が見知らぬ人に向かって吠えたてているように大きい。

呉婆さんの皺は、先ほどピンと張りつめたが、また緩んだ。「今の若い人で、芸能人を追いかけない子も珍しいね」

また咳払いをしながら、李夫人に向かって言う。「この間あなたたちがうちに来たとき、晞晞は座るなりテレビをつけていたね。なんでそんなに慌てているのかと聞いたら、さっきまで自分の家で緊迫したシーンを見ていたところなの、って」

呉婆さんは周囲をぐるりと見回してから、大きな声で笑う。「エレベーターに乗っている間にどれだけの場面を見逃すというのかしらね？」

みんなが笑う。

張夫人は李先生の耳の辺りを手で囲み、小声で言う。「子どもに文学を読ませるのはやめますよ。狂ってしまうまで読んだりしたら、ねえ。わたしでさえ、わたしだって原書で小説を読むくらいなら連続ドラマを見ますよ。読めるのはあなたのように強い人だけですよ。違います？」

李先生は耳を傾けながら、悼《いた》み悲しむような表情を浮かべ、ゆっくりと頷くだけだった。

陳夫人が指を伸ばす。指にはめているエメラルドまでが謀略を漏らすかのように、大きな声で言う。「まあ、先生の奥様、あれはいけないわ。張夫人と先生に秘密の話があるなんて！」

銭の大旦那が言う。「このテーブルの上で、秘密はいかんな」

張さんが笑いながら丸く収めようとする。「うちの妻は先生にご意見をうかがっていたんですよ。今からもう一人産んで、お宅の若旦那と結婚させたいが、まだ間に合うでしょうかね？　って」

銭さん一家に冗談を言えるのは張さんだけだ。

銭夫人が大きな声を上げる。「まあ、これこそがラブラブでしょうよ。自分が奥さんと子どもをつくりたいからって、一維を巻き込むなんて！」

夫たちも妻たちもみな甲高い声を上げて大笑いする。赤ワインをこぼしてしまい、白いテーブルクロスの上に少しずつにじんで輪がひろがってゆく。テーブルクロスもしきりに恥ずかしがっているようだ。

李先生には、テーブルクロスがシーツに見えた。彼は楽しげに笑った。

李先生が言う。「これはラブラブではなく、噂話をペチャクチャですな！」

恐怖に叫ぶような声で誰もが笑う。

ソムリエが順番にワインをついでゆくと、一維だけが頷いて謝意を示す。

一維は心の中で思う。このソムリエはいかにも若いな。

一維は微かに痛みを感じる。彼はこれまで「いかにも」などという言葉を使ったことはなかった。

張夫人が珍しく顔を赤らめて言う。「この人ったら、こんなふうだから。外ではこんなふうに慇懃《いんぎん》なのに、家ではもう、わたしの見る限り、口先だけなんですから！」

呉婆さんは、もはや恥ずかしがるような年齢も超えている。「口先だけだって、ダメってわけじゃない」

みんな笑って、呉婆さんに乾杯する。「やはりショウガは古いものほど辛い」[*1]と口々に言って。

李先生が重い口調で言う。「リビングルームの西門慶《せいもんけい》[*2]、ベッドルームの柳下恵《りゅうかけい》[*3]」

理解できないことはもっともな真実に違いないと決めつけて、みんな次々に李先生に乾杯した。

張夫人は自分本位に話題を変える。「わたしは本を読むことがよくないと言っているわけではないの」

教養のある人間だと自任している銭夫人は、いかにもよくわかっているというふうに頷いてから言う。「やはり、どんな本を読むかということでしょうね」

さらに劉ママの方を振り返って言う。「ああいう本ばかりたくさん読ませたりしたから。公園に行って遊んでいればよかったのに」

一維は苦しかった。「ああいう本ばかりたくさん読ませていた」は、本当は「伊紋が彼女たちにああいう本ばかりたくさん読ませていた」と言っているのだとわかっている。

一維は自分の記憶力を恨む。彼の胸はかつて伊紋がそこにもたれていた形に沈んでいる。伊紋は絶えず瞬きをして、まつげで彼の頬をくすぐる。

伊紋は自分のポニーテールの毛先を持ち、彼の胸で書道をする。書いて書いて、突然涙を流す。彼はさっと身体を起こし、彼女の頭を枕の上に載せると、親指で彼女の涙をぬぐう。彼女は一糸まとわず、ピンクダイヤのネックレスだけを首にかけている。ダイヤモンドがスポットライトのように彼女の顔を照らす。

伊紋の鼻が赤くなっていて、さらに仔羊に似ている。

伊紋は言う。「永遠にわたしのことを覚えていて」

一維の眉毛が内側に向かって寄せ集められ、重なる。

「もちろん僕らは永遠に一緒にいるさ」

「違うの。わたしが言っているのは、あなたがほんとうにわたしを自分のものにする前に、まず今のわたしを覚えていてということ。もう永遠に見られないのだから。わかる?」

＊1　亀の甲より年の功、の意。
＊2　中国・明代の長篇小説『金瓶梅』の主人公。
＊3　中国・周代の魯の賢者。

「わかった」と一維は答えた。

伊紋は頭をちょっと傾け、目を閉じる。首をすくめて伸ばした瞬間、ネックレスが震える。

テーブルの前に座ったまま、一維が周囲を見回すと、誰もが高い声で笑っているときに伸びる舌は、まるで紙幣を吐き出すATMのようで、笑いながらこぼす涙は、池に放り込んだ金貨のようにきらきら光って、黒目の中にさかさまに映っている。歌って踊って太平を寿《ことほ》ぐ。

これらのすべてが伊紋の言う「老いの将《まさ》に至らんとするを知らず」[*1]、あるいは「老いて死せざるは是れを賊となす」[*2]、あるいは「たとい、死の陰の谷を歩くことがあっても、私はわざわいを恐れません。あなたが私とともにおられますから」[*3]なのかどうか一維にはわからなかった。

一維はきちんとした身なりで美しくそこに座っているのに、伊紋のひんやりとした小さな手が彼の尻の中に爪を押しこみ、深く深く彼に入ってくるのを感じている。

「愛してるって言って」

「愛してる」

「永遠にわたしを愛するって言って」

「永遠に君を愛するよ」

「まだわたしのことを忘れてない？」

「永遠に君のことは忘れない」

最後の一皿が運ばれてくると、張さんは再び妻のために取り分ける。

張夫人が爪を躍らせ、大きな声でテーブルの全員に向かって言う。「あなたったら、また取り分けてくれてしまったのね！　新しく買った指輪を今日は誰にも見てもらえないじゃないの！」

みんな笑った。誰もがみな楽しんでいる。

彼女たちのマンションはやはりあいかわらず輝かしく、すばらしく豊饒である。ギリシア式の円柱は長い歳月を経て人に撫でられても腰がくびれたりすることもない。バイクで通りすぎてゆく人がいる。地面からすっくと立つ神殿のようにそびえたつマンションを、通りすがりの人はみな振り返り、ヘルメットのシールドを開くと、タンデムシートに乗っている身内に向かって言う。

「もしこんなところに住むことができたら、申し分のない人生ってもんだよなあ」

＊1　『論語』「述而」より。
＊2　『論語』「憲問」より。
＊3　『旧約聖書』「詩篇」二三篇。

# あとがき――林奕含

「天使を待っている妹」、わたしはBと結婚した。

わたしはよく精神科の主治医に向かって言う。「もう書くのは本気でやめる」高校を卒業して八年、わたしはずっと自宅、学校、カフェの間を泳いでいた。カフェでは、イヤホンをつけて文章を書いているとき、口元の動きを頼りに隣のテーブルのお客さんが何を話しているのか想像をめぐらせるのが好きだ。二人は母子のようなカップルなのか、あるいはカップルのような姉妹なのか。一番好きなのはセルフサービスのカフェで、一秒前にはスマートフォンに向かって金歯まで吹き出すようにしゃべっていたスーツの男の人が、次の一秒にはコーヒーをこぼさないようにそろそろと歩きながら席につくのを見ること。こんなに大きな男の人が、一杯の小さなコーヒーに落ち着かされる。それは命をまっすぐに見つめるとき。その人の顔に、かつてその人が羊水の中にいたときの表情を見ることができる。自分の少女時代を思い出す。

高校のとき、あの日の放課後のことはいつまでも忘れない。わたしたちのクラスは「別のクラス」とは違う校舎に置かれていたので、わたしは「別の」校舎に行って、中学のときから好きな女子生徒の授業が終わるのを待っていた。校舎の前の小さな庭にびっしりと植わっている欖仁樹《モモタマナ》の木の下に、白黒の砕屑のテラヘルツ鉱石のテーブルとイスがあった。イスの上に積もっているホコリも待っている感じがした。おそらくは夏の日のことで、もともと髪を伸ばしたいとは思っていない元気な女の子が、母親の命令でしている豊かなポニーテールのように木の葉が生い茂っていた。葉の隙間を潜り抜けた太陽の光は、ピンホールカメラの原理で、黒いテーブルの上でひとつひとつが丸くキラキラと光る硬貨のようだった。中学のときの授業の後、または補習の後、わたしはいつも彼女にショートメッセージを送っては、さんざんやり取りを繰り返したが、彼女は自分が最後の一通を送ることにこだわった。それが紳士なのだと言って。ある日、彼女は半分腹を立てながら半分ふざけて言った。電話代がパンクしちゃうよ。わたしはとてもハッピーだった。わたしは言わなかったことがある。ショートメッセージのなかでさよならは言いたくなかったし、絶対にまた会えるとわかっていても言いたくなかった、と。そのとき、計算ができるほど純真な愛があるのだと知った。

欖仁樹を見上げると、ぽってりとした緑の葉っぱが騒ぎあう音が見える。冬になって足元で黄色い落ち葉がカサカサいうささやきとはまったく違っていて、夏の日の緑の葉っぱは何も知らずに大騒ぎしている。中学のとき、第一志望のエリートクラスに合格するために、わたしは授業が終わっても勉強を終わりにはせず、いつもじっと席に座ったまま問題を解いていた。彼女は言いたい放題の自由な人で、授業が終わるとすぐに球技をやろうと声を上げるけれど、わたしの目は計算式をじっと見つめ続けた。彼女の声が七色のホルモンをまとってわたしの耳孔に飛び込んでくるけれど、わたしの書く答案はそれでも同じように揺るぎない、涅槃《ねはん》の境地にあった。彼女の声はレトリックのように、わたしの強張った猫背に、ある種の苦行を感じさせる。風が吹くと、欖仁樹のにおいがすうっと入って来て、朝食に食べた数学の問題とサンドイッチで作った多項式ハムエッグ欖仁サンドイッチが、わたしの七竅《しちきょう》〔人の顔にある口・両目・両耳・両鼻孔の七つの穴〕を嫋々《じょうじょう》とくすぐる。彼女たちのクラスを覗くと、黒板のチョークの音がノックの音のように響いている。教壇の下のお揃いの白いシャツに黒いスカートは、黒山の人だかりにしか見えず、誰が誰なのか見分けがつかない。けれど彼女がその中にいることを、わたしは知っている。心穏やかになる。別の方向に目を向けると、バレーボールのコートがある。コートで叫んでいる声は牧羊犬と羊の群れのように、一人が駆りたてると、一群がそれに積み重なってゆく。彼女がバレーボールをしているときの様子を思い出す。汗が彼女の顔を濡らすと、わたしにはそれが汗ではなく、露のしずくのように思えた。豊饒なり！　あの日、これ以上わたしは彼女を待っていられないと口にした。怒ったのだと思いこんで、自尊心をむき出しにした。永遠の別れになるとは知らずに。

その日、あなたはわたしにあなたの物語を話してくれた。わたしは命からがら逃げだすように駆けだして、普段文章を書いているカフェに走って、店の前についたときには、なぜかパソコンを手にしていた。まるで湯霜《ゆじも》の刑のように、季節が頭から注がれ、見上げた太陽は、鍋のスープの底に沈殿して見える湯麵《タンメン》の固まった黄金色の油のようだった。淫らに火傷させられたとき、世界全体の燃え盛る核心のテーマはわたし自身なのだとようやく気付いた。自然に店の中に足を踏み入れると、アメリカンコーヒーをブラックで注文し、両手をキーボードの上に置いて、わたしは声を上げてひどく泣いた。どうしてこんなときにもまだ書きたいと思うのかわからなかった。その後の半年間はどうしても字が読めなかった。醜悪もある種の知識ではあるけれど、努力を怠ればたちまち後退する美の知識とは異なり、醜悪の知識は不可逆的なものである。ときどき、わたしはBと暮らしている家の中ではっと目を覚ますと、自分が立っていて、果物ナイフを袖の中に隠そうとしていることに気づく。醜悪を忘れることはできても、醜悪はわたしのことを忘れてはくれない。

わたしはよく精神科医に言う。「もう書くのは本気でやめる」

「どうして?」

「こんなことを書いても何の役にも立たない」

「じゃあ、何が『役に立つ』のか、一緒に定義を考えよう」

「文学は何よりも虚しいし、しかも滑稽な虚しさだから。こんなにたくさん書いたって、誰も救えないし、自分自身さえ救えない。長い年月をかけて、こんなにたくさん書いたけれど、いっそナイフを手にして彼を殺しに行った方がまし。ほんとうに」

「あなたを信じていますよ。幸いにもここはアメリカではないから、今電話をかけてわたしが彼に警告する必要はないですね」

「わたしは本気であなたを信じているの」

「わたしは生まれつきの人殺しじゃない」

「どうして書き始めたのか、そのときのことをまだ覚えていますよ」

「最初に書いたのは、生理的欲求みたいなもので、あまりに苦しくて発散せずにはいられなくて、空腹を覚えたから食事をする、喉が渇いたから水を飲む、というのと同じようなものだった。そのうちに書くことが習慣になって。今になってBのことさえもう書かないのは、醜悪なことしか書けなくなってしまったから」

「書くのが小説になったのも、単なる習慣?」

「やがて彼女と出会って、わたしの人生はすっかり変わった。憂鬱は鏡で、怒りは窓。彼女がわたしを幻覚と幻聴のマジックミラーの前から引き離して、明るく清らかな書斎の風景の前に連れて行ってくれた。彼女には感謝してる。その風景は地獄だったけれど」

「だからあなたには選択肢があった?」

「小説の中の伊紋《イーウェン》が言っていたように? 世界には少女をレイプすることを喜びとする人などいないふりをして、世界にはマカロンと、ハンドドリップコーヒーと輸入文房具しかないふりをすることもできるということ? 選ばないのではなく、そんなふりをすることなんてできないし、わたしには無理」

「書くことで、あなたを怖がらせているのは何?」

「すべての房思琪を消費することが怖い。彼女たちを傷つけることをわたしは望んでいない。猟奇的な視線を刺激することはしたくない。煽るようなことはしたくない。毎日八時間書いて、書いている過程はあまりに苦痛で、ずっと涙を流しっぱなしだった。書き終えてから読み直して、何よりも怖いのは、わたしが書いたのは、何よりも恐ろしいことに、これがほんとうに実際に起こったことだということ。そしてわたしにできるのは、書くことだけだということ。女の子は傷つけられてしまった。女の子は読者がここを読んでいるその瞬間にも、傷つけられている。それでも悪人はまだ表舞台で名声を得ている。書くことしかできない自分が、わたしはとにかく憎い」

「知ってる? あなたの文章にはパスワードがある。同じような境遇の女の子だけが解読できるパスワードが。それがたった一人でも、たくさんの人のなかで一人でも見つけてくれたら、彼女はもはや孤独ではなくなる」

「ほんとうに？」

「ほんとうに」

「天使を待っている妹」、わたしが世界で一番傷つけたくないのはあなたで、あなたより幸せになる価値のある人なんてどこにもいない。あなたに百本のわたあめのハグをしたい。


中学の中間試験、期末試験が終わった午後には、わたしたちのグループはいつもデパートに映画を観に行った。ウイークデーなので、映画館はいつもわたしたちの貸し切り。大胆な友人はいつも靴を脱いで、脚を高く上げて前の座席にのせる。わたしたちは顔を見合わせると、それぞれ靴を脱ぎ、脚をのせてゆく。こんなふうに、たちの悪いわたしたち。

映画が終わってエレベーターに乗ったとき、疲れて楽しげに手すりによりかかったポニーテールの女の子の手を、わたしは永遠に忘れない。彼女の手をしみじみ見つめていると、爪の形が太陽の黄道で、指の節の皺はぐるぐる回っている恒星系のようだった。その横にあったわたしの手は、問題を解く手で、文章を書く手で、手をつなぐ手ではなかった。六階分の時間、わたしはさっきの映画のことなどすっかり忘れ、握りこぶしひとつ分の距離が、幼稚な自尊心のために、どこまでも遥かに遠く、ぼんやりとしたものに感じられた。

やがて、大人になってから、わたしは二度目の自殺をはかり、パナドール（解熱鎮痛剤）を百錠飲んで、鼻から胃に管を挿し込まれ、活性炭を注ぎ込まれて胃洗浄をした。活性炭はアスファルトみたいだった。自分で排便もできず、病院のベッドはすっかり吐瀉物、糞尿まみれになっていた。ベッドの低い手すりに縛り付けられ、集中治療室までまっすぐに運ばれていくとき、わたしの背中は病院のフロアがまるでわらべうたのようになめらかであることを感じることができた。血中酸素濃度を測るクリップで挟むために、介護福祉士のお姉さんがわたしのマニキュアを落としてくれた。またある種のレトリック、ある種の漫才のように、介護福祉士の手はとても温かく、ネイルリムーバーはとても冷たかった。わたしは死ぬの？　と介護福祉士に尋ねると、死ぬのが怖いのならどうして自殺なんかしようとするの、と問い返された。わからない、とわたしはつぶやいた。ほんとうにわからなかった。活性炭のせいで、糞便は道路のように真っ黒だった。わたしの身体の上を縦に横に交錯する、小さな一台のベッド。ちょっと道に迷ったら、八年たってしまった。

わたしの指の間に彼女が手を伸ばしたがったら。わたしの飲んだコーヒーを彼女が飲みたがったら。紙幣の間にわたしの小さな写真を彼女が挟んでおきたがったら。もうとっくに読まないような幼稚な本を彼女がわたしにプレゼントしたがったら。わたしが口にしないあらゆる食べ物を彼女が覚えたがったら。彼女がわたしの名前を聞きたがって胸をときめかせていたら。彼女がキスをしたがったら。彼女が愛し合いたがったら。もし戻ることができるのなら。いいよ、いいよ、みんないいいよ。ハローキティのシーツの上に彼女と一緒に寝そべってオーロラを見たい。周囲には、母鹿が生んだ虹色の薄い膜に覆われた仔鹿、発情しているウサギ、自分の死を悟ると姿を消すペルシャ猫。青い文様がびっしりと描かれたボーンチャイナのカップの中で、コーヒーの残りかすの占いがわたしたちに告げる。ありがとう。わたしはもうとっくに、そんなすべてを永遠に逃してしまったけれど。自尊心？　自尊心って何？　自尊心なんてせいぜい、介護福祉士がベッドをぐるりとカーテンで囲んで、おまるを下に突っ込んだら、わたしがその中にきちんとこぼさずに排泄できることにすぎない。

# 訳者あとがき

この本を読んだ多くの人が、これを「誘惑された、あるいは強姦された女の子」の物語だと言うでしょう。けれど、もちろんこの本を一言で語るのは正しいことではないけれど、それでもあえて言いかえるなら、わたしはこれを「強姦犯を愛した女の子」の物語だと言いたい。そこには愛という文字がある。いわば、思琪《スーチー》の運命が後戻りのできない破滅に向かっているのは、彼女の胸が優しい気持ちにあふれ、欲望があり、愛があり、ひいては最終的に性があるから。だから、これは決して彼女の怒りの本でも、告発の本でもないのです。

（林奕含《リン・イーハン》が二〇一七年四月十九日に受けた取材、Readmoo 閱讀最前線、ETtodaynet より）

文学を愛する房思琪《ファン・スーチー》と劉怡婷《リュウ・イーティン》は、互いを「魂のふたご」と信じる仲のいい幼なじみ。房思琪は十三歳のとき、二人が密かに憧れていた同じマンションに住む学習塾のカリスマ教師・李国華《リー・グオホア》にレイプされてしまう。しかし、「これは愛だ」と丸め込まれ、親元を離れて高校、大学に進学してからもその関係は継続する。妻子があり、社会的地位もあり、周囲からは常に尊敬のまなざしを向けられる五十代の李国華だが、未成年に手を出したのはこれが初めてではなく、次々に教え子を毒牙にかけずにはいられないという裏の顔があった。そして、やはり同じマンションの住人で、房思琪が姉のように慕う伊紋《イーウェン》は、資産家でエリートの美しい夫からのＤＶ（ドメスティック・バイオレンス）に苦しみ、ひたすら耐えるだけの結婚生活を送っている。恵まれた家庭に育ち、教養も美貌も兼ね備えた思琪と伊紋だが、自らの苦悩を誰に打ち明けることもなく、逃れられない「愛」と嫌悪と恐怖に満ちた日々に向き合ってゆく。やがて伊紋は妊娠するが、それでも夫からのＤＶは止まらず流産してしまう。そして、思琪はやっとの思いで李国華との関係を打ち明けた怡婷に激しく拒絶され、「魂のふたご」の関係に決定的な亀裂が入り、房思琪自身も壊れてゆく……。

性、暴力、権力、学歴社会の光と影を優雅な文章と精巧な隠喩でつづるこの物語を、著者・林奕含は「実話をもとにした小説」と明記する。

林奕含は一九九一年三月十六日に台湾の台南市に生まれ、二〇一七年二月に本書が出版されて間もない四月二十七日の午前三時頃、台北市松山区の自宅で首を吊り、自ら命を絶った。享年二十六。冒頭に引用した林奕含の言葉は、その死のわずか八日前のものだ。若く、美しく、繊細な林奕含の姿と声は、今でもインターネット上のインタビュー動画の中で目にすることも、耳にすることもできる。出版直後から、房思琪のイメージと結びつけずにはいられない著者の美貌とあいまって、「この物語は著者本人が受けた性的暴力の実体験では」と、台湾社会で大きな注目を集めた。物語と現実の境界はあいまいになり、「リアル李国華」探しが行われ、一人のカリスマ塾講師が特定されるとその人物に非難が殺到した。検察の調査の結果、その教師は、「教え子であった林奕含と交際していた事実はあるが、それは彼女が十六歳になって以降のことであり、無理矢理に強姦されたという客観的証拠も不十分である」として不起訴となった。しかし、一時は「容疑者」とされた教師を調査する過程で、この人物のみならず、少なからぬ教師による未成年の教え子との交際、あるいは職権を乱用した性的暴行などの逸脱行為が白日のもとにさらされ、過度な学歴偏重社会におけるいびつな教育現場の実態が問題視され、条例が修正される事態にまで至った。これまでは塾講師らがペンネームや芸名を使用することも許されていたが、台北、台南、台中など複数の都市で実名が義務化されることとなった。学生と問題を起こすなど不祥事の過去を持つ教師も、優秀であれば名前を変えてほかの都市で再就職し、教壇に立つことが可能であったことで被害者が増え続けることをここで打ち止めにし、第二の林奕含の悲劇を回避することを多くの人が望んだ結果であった。

しかし、林奕含の二度目の命日が近づいた二〇一九年四月、中国の微博《ウェイボー》（中国版ツイッターと呼ばれるミニブログ）に、「李国華のモデルとなった教師が再び名前を変えて、福建省福州市で教壇に立っている」という書き込みがあり、瞬く間に広がった。「第二の林奕含の悲劇」を生まないために、という少なからぬ人々の思いがそこにあったのだろう。また、そうした動きのみならず、林奕含の命日に大規模な読書会が開かれるなど、その文学性に重きを置き、改めて作品そのものと向き合う読者の間で、本書の評価はさらに高まり、台湾で二十五万部突破という異例のロングセラーを続けている。

林奕含は恵まれた家庭環境に育ち、幼少期から成績優秀であったが、高校二年の十六歳のとき精神的に不安定となったとして精神科の受診歴が記録に残る。二〇〇九年一月、高校三年のときに「大学学科能力測験（GSAT）」で「満級分（成績を一科目あたり十五段階にわけた際の最上級）」を獲得し、メディア取材などを経て「『満級分』美少女」と呼ばれる。同年四月、推薦入試で不合格に。七月に受験して台北医学大学医学部に入学。入学後二週間で精神疾患が悪化して休学。その後、三度の自殺未遂。二〇一二年に国立政治大学中国文学部に入学。三年生のときに再び精神疾患がぶり返して休学。

二〇一六年に結婚。結婚披露宴の挨拶で自分の精神科の受診歴を告白し、「もし今日の婚礼でわたしが〝新しい人〟になれるなら、どんな人間になりたいかといえば、他人の苦痛に対して、より想像力のある人間になりたい……。精神病という汚名を着せられた人を助けたい」と語っている。

（「奕含の美美」二〇一九年四月三日のFacebookより）

二〇一七年二月、デビュー作となる長篇小説であり唯一の著作『房思琪的初戀樂園』を出版。

「実話をもとにした小説」と書いたのは、読者に心の準備をしてほしかったから。……この本を読んで、気分が悪くなったり苦しくなったりしたら、この苦痛が真実であると知ってほしくて……途中でやめてほしくないし、本を閉じてほしくないのです。あとから「ああ、幸いにもこれは小説の中だけのこと。物語でよかった」と思ってほしくないのです。……著者であるわたしのように共感してくれたら、房思琪に共感してくれたら。彼女の靴の中に立ってほしい（彼女の立場に立って考えてみてほしい）と思うのです。……勝手なことをいわせてもらえば、もし読み終わって、かすかな希望を感じられたら、それはあなたの読み違いだと思うので、もう一度読み返したほうがいいでしょう。……申し訳ないけれど、わたしはほんとうに房思琪ではありません。わたしが房思琪であるかどうかということは、この本の価値とは関係がないのです。

（二〇一七年二月十二日、刊行に際してのプレスリリースの著者の発言抜粋）

全ての読者に思琪と同じ苦痛を感じてほしいし、罪が救われると思ってほしくないのです。わたしがしていることは、誰かの罪を贖《あがな》うことではなく、ましてやわたし自身を救うことではありません。書いているとき「これを書き終わればよくなる、書けば書くほど昇華できる」などという思いは抱いていませんでした。書いているときにも多くの苦痛を感じていました。書き終えて、ゲラのやりとりをしてから、悪意を抱きながら悪意を書きました。

わたしをおびえさせたのは、「賢くて、進歩的で、政治的に公正（ポリティカルコレクトネス）」な人、理想を抱いている人が社会構造について語る時、一人一人の「房思琪」は、見落とされてしまっているのではないか、ということです。だから、どうしてわたしが房思琪のことを書き、ひいては吐き気がするような、いやらしい異常なことまで詳細に書いたのか。……みなさんが目にするのは統計であり数字なので、だから、わたしは社会構造のことなど話したくはないのです。みなさんは忘れていますそれは一人一人の人間なのだということです。

（「女人迷」ウェブサイト二〇一七年三月十六日号のインタビュー　執筆の動機と過程を振り返って）

繊細かつ静かな文章で綴られるのは性、権力、学歴社会、薄皮の表層、異常な社会の日常である。性的虐待、性暴力被害に声をあげる「#MeToo」という呼びかけで世界中に広がったムーブメントがもう少し早く起こっていたら、林奕含は生きていたかもしれない。世界各地で一連のムーブメントが起こったのは二〇一七年の秋のことだ。同じ年の春にこの作品が出版され、そして著者がこの世を去ったという事実は、何を意味するのだろうか。

本書は台湾のみならず、約一年後に中国大陸で刊行された簡体字版もベストセラーとなり、韓国でも翻訳刊行されるなど、アジア各地で広く読まれている。アジアでは、女性の地位、家庭での教育などの伝統から、被害者が声を上げることはまだまだ難しい。それでも、少しずつ実名で語られるようになりつつある女性への性的暴力、未成年への性的虐待の実態は、これが決して特別なことではなく、誰の身にいつ降りかかってくるかもわからない、身近な誰かが被害にあって苦しんでいるかもしれないという現実を突きつけてくる。

本書の原書カバーに書かれた本人による自己紹介に、こんなことが書かれている。「台南生まれ、台北在住。これといって学歴や経験なし。あらゆる身分のうち一番慣れているのが、精神病患者。小説を書きながら、大江健三郎がいうところの本の虫から読書人となり、さらに読書人から知識人になることを夢見ている」(大江健三郎『「伝える言葉」プラス』(朝日文庫)に収録されている「アマチュアの知識人」の理解と思われる)

物語の中に、伊紋が「人の波に投げ込まれることで薄められてゆく自分の悩み事に思いを巡らせながら」銀座の交差点をゆっくりと渡るシーンがある。あるいは日本文学を愛する林奕含自身の悩み事も、日本の街角で薄められてゆくことがあっただろうか。

物語の主人公同様に十代から精神科通院歴や自殺未遂経験もある、若く美しい著者が作品を発表した直後に自ら命を絶ったことで、実在の人物の現実と結びつけられるセンセーショナルな側面にどうしても目が奪われがちな作品である。しかし、しっかりと目を見開いて読み込めば、眩しすぎるほどのその繊細な文章や高い文学性のとりこになってしまう。

冒頭で「実話をもとにした小説である」と断っているように、あくまでも「著者の体験記」ではないことは、大部分が登場人物の具体的な名前、あるいは彼、彼女を主語にした三人称で描かれながら、時として主人公の房思琪のみならず、劉怡婷、李国華、許伊紋、毛毛らそれぞれの人物の「わたし」と「ぼく」という一人称の視点で語られる不思議な文体からも明白だ。思琪が「嫌でたまらない」「やりきれない」と感じているときに、李国華は「自分がこんな短い間に二度できるのは初めてのことだ。やはり年齢は若い方がいい」などと考えていることがわかるのだ。その内面や行動の詳細が明らかになればなるほど、苦しんでいる思琪の立場から見れば李国華はますます許しがたい身勝手な男でしかなく、同情や共感の余地などない。それでもあえて、林奕含は房思琪が苦しんでいるその瞬間の李国華の冷淡さや快楽まで詳細に描いている。一方で、葛藤しながらも彼を愛そうとする少女の純粋な気持ちも描かれる。苦痛や恐怖を描いても、それが文学たり得るという事実。そこに存在する矛盾、不条理。

これが、事実そのものの告発ではなく小説として、作家・林奕含が文学として読者に問いたかったものではないか。そのことは、冒頭でも引用した亡くなる八日前のインタビューを締めくくる言葉で、林奕含自身が言及している。

この物語は実は簡単な二言、三言で語り尽くせてしまう、直観的な、ストレートな、残忍な言葉で言い尽くせてしまうものです。それは「ある教師が、長年その教師という立場を利用して、女子生徒を誘惑、レイプ、性的虐待している」という簡単な二言、三言ですが、わたしはさらに細やかなタッチで、あるいは精密すぎるタッチで、それを描いたのです。書きたかったのはノンフィクション小説ではなく、社会の現状を変える気もなければその力もなく、いわゆる大きな言葉や構造に結び付けたいともわたしは思っていません。ここで、問いたいのは、一人の物書きとして、わたしのこんな変態的な、創作の、芸術の欲望とは何なのか？　この芸術と称する欲望はいったい何なのか？　ということです。わたしはよく読者に向かってこんなふうに言っています。あなたが読んでいるときに感じた苦痛は、それは真実のものです、と。けれど、今もっと言いたいのは、あなたが読んでいるときに美しさを感じたら、それもまた真実で、さらには、あなたが感じたいわゆる真実の苦痛は、それはすべて文字とレトリックによって構築されたものだということです。これが、わたしが問いたい問題なのです。

わたしの結論としては、かつてかなり深くはまっていた張迷（熱狂的な張愛玲ファン、フリーク）だったわたしが、いかに胡蘭成（張愛玲と一時期婚姻関係にあり、日本の傀儡政権といわれた汪兆銘政権の高官で漢奸と呼ばれ、女性関係の派手な艶福家であった）嫌いだとしても、（胡蘭成の著書である）『今世今生』の「民国女子」という文章が、今に至るまで張愛玲をもっとも詳細に徹底的に描いた文章の一つであることを認めなければならないということです。わたしの小説全体が、李国華というこの登場人物から、書くというわたしの行為そのものまで、みなとにかく巨大な詭弁であり、芸術におけるいわゆる真善美に対する問いかけなのです。怡婷がマンション全体の物語を振り返ったときの本音、「彼女が悟ったのは、裏切ったのは文学を学んだ人間ではなく、文学そのものだということだった」という一文をもって、わたしの結びの言葉としたいのです。

張愛玲（一九二〇－一九九五）は中華圏に膨大な数の「張迷」と呼ばれる熱狂的なファンを持つ女性作家で、作品とともに胡蘭成との短い結婚生活も含むその生き方、恋愛観に少なからぬ読者が多大な影響を受けているといわれる。その生涯や作品には、林奕含の思い、そして彼女の文学観につながるものがあり、本書はある意味で張愛玲作品、そして張愛玲と胡蘭成の関係に対するオマージュであるという側面も否定できない。胡蘭成の『今世今生』は台湾の繁体字版、中国の簡体版は近年続々と復刊して話題の書となっているが、一九五八年に日本で出版されたものは現在入手不可能となっている。張愛玲に関しては『傾城の恋／封鎖』（藤井省三訳、光文社古典新訳文庫）、『中国が愛を知ったころ』（濱田麻矢訳、岩波書店）などの邦訳が刊行されている。張愛玲の作品、その人生へのアプローチは、あるいは読者にとっても、林奕含の気持ちに寄り添い、彼女の文学を理解するための一助となると思う。

怡婷の言葉通り、林奕含は文学に裏切られたのだろうか。林奕含の「書くという行為そのもの」のどこに詭弁があるのか。「誘惑された、あるいは強姦された女の子の物語」ではなく、「強姦犯を愛した女の子の物語」なのだと言いつつ「かすかな希望を感じられたら、それはあなたの読み違いだと思うので、もう一度読み返したほうがいいでしょう」と「かすかな希望」を否定する。彼女の思いも、愛する文学に救いを求めて客観的に描こうとする意識と、心の奥底に澱む絶望との間で、最後まで揺れ続けていたのではないだろうか。

小説だとわかっていても、読者は考えずにはいられない。なぜ思琪は救われなかったのか、思琪を救えたのは誰なのか、このような現実を生んでしまう社会とは……いま日本でも考えなければならないリアルな問題、社会と人間の心の闇を、力強く明るみに引きずり出す。親子関係、友人関係、隣人との関係……なにげない日常の中にきっかけはあり、崩壊への兆しがひそんでいる。穏やかな現実は、その兆しから目を背け続けているからなのか。気づかないふりをしてはならない。わたしたちは何かを見落としてはいないか。

舞台は、台湾第二の都市・高雄で、居住者の多くが社会的な成功者、資産家で、その子弟は高学歴、海外留学経験者ばかりという、近隣でも際立って豪華な高級マンション。慈善活動を行ったり、円卓を囲んで優雅に会食したりという、裕福な人々ならではの和やかな社交のシーンが本書の冒頭、そして終盤でも描かれる。思琪と怡婷はホームレスの人々に元宵節の湯圓《タンユェン》を配るという慈善活動や、円卓での会話に居心地の悪さを感じ、幼い頃から大人社会の偽善を敏感に嗅ぎ取っている。慈善活動の中で思いやりよりも優先する建前に違和感を覚える怡婷。ホームレスの人々の前で新しいコートを着てきたことを恥ずかしく思い、涙目になる思琪。敏感で純粋な二人の存在が、鈍感で偽善的な大人たちの姿を浮き彫りにする。

そして、次々に女子生徒を弄《もてあそ》び、海外に出ても幼い少女を物色する李国華。女子生徒の保護者に問い詰められても、妻にばれても口先で丸め込み、思琪がいなくなっても新しい相手を見つけ、変わらぬ生活を続ける。思琪たちとほぼ年齢も変わらない李国華の娘・晞晞《シイシイ》は、デパート通いでショッピングを楽しむ一方で、外国の子供を支援、養育するなど慈善活動にも熱心に、豊かな経済力と両親の愛を一身に受け、のびのびと育っている。

また、やはり裕福な家庭に育った高学歴の伊紋は、傍目には理想的な結婚をしてこのマンションの住民となるが、待っていたのは酔うと豹変するＤＶ夫との心休まることのない結婚生活だった。周囲の大人たちはそれを知りつつ、見て見ぬふりをする。しかし、伊紋は絶望の淵に立たされたことでようやく心を決め、このマンションから出ていくことで、自分を取り戻してゆく。

誰よりも近くにいたのに、容姿のコンプレックスから捻じれた思いをぶつけ、思琪を追い詰めてしまった怡婷。思琪が踏み出せなかった一歩を踏み出したことで、周囲の目を気にすることなくほんとうの幸せを知った伊紋。二人は救えなかった思琪に寄り添い、苦しみ続ける。

思琪、怡婷、伊紋の、お互いを思う気持ちの純粋さ、美しさは、ほのかな救いである。強く結びついているそれぞれの人生の根底にあるものこそ、彼女たちが愛する文学なのではないか。怡婷も伊紋も思琪の苦痛を激しい怒りとともに抱きしめ、目を背けることなく、それぞれの形で背負ったまま生きてゆこうとする。

「忍耐は美徳じゃない。忍耐を美徳にするのは、この偽善の世界が、その歪んだ秩序を維持する方法。怒りこそ美徳なのよ」

著者・林奕含は思琪であり、怡婷であり、伊紋である。純粋すぎる林奕含の三人の分身が、自らの苦しみをもって、真実をさらけ出してくれているのだ。

このあとがきを書いている訳者のすぐ傍に、日本語の本、中国語の本、パソコンの中の原稿、翻訳作品のゲラ……文字が書いてあるものにはなんでも興味を持ってのぞき込んでは、声に出して読もうとする小学生の娘がいる。『房思琪の初恋の楽園』がその目に触れそうになることにうろたえ、動揺し、不自然なまでに隠し続けた。目に触れたところで、まだ内容を正確に理解できるとも思えないのに。中国語で書かれた文学作品を日本語に翻訳するとき、最初の頃は師匠や恩師、両親を初め人生の先輩たちの顔を思い浮かべていたのが、いつしか年下の友人や教え子の大学生たち、娘の世代に読んでほしいという思いのほうが強くなっていった。けれど、この作品は別である。房思琪が十三歳で引きずり込まれた「暗闇」を、房思琪が、劉怡婷が知ってしまった「世界の裏側」を、そんな世界が存在することなど考えもせず、太陽の下で無邪気に笑っている子どもたちに敢えて知らせなくてもいいのではないか。読んでほしいけれど、読んでほしくない。そんな思いがぐるぐると頭の中を行ったり来たりする。危険の存在を知らずして、人は危険を避けることはできない。だから、また考え直す。「暗闇」に引きずり込まれないためにも、「暗闇」の存在を子どもたちにこそ知らせるべきではないか。たとえ、その「暗闇」が美しく描かれていることに不安を感じたとしても。けれど、またためらう。そもそも思琪にとって果たしてそれは「暗闇」だったのか。あるいはまさかほんとうに「楽園」だったのか。

小説だから、フィクションだからと言い聞かせながら読んでも、ただただ辛く、苦しい。いつしか息をすることを忘れてしまうほどに。自らを救えなかった著者の叫びが、ここにある。文学はほんとうに彼女を救えなかったのだろうか。それでも、彼女の文学が、誰かの救いになると信じたい。物語に絶望を感じたからこそ、房思琪が踏み出せなかった「誰かに助けを求める」「自分を取り戻す」という一歩を、思い切って踏み出してみて、と。

プレスリリースの席で、林奕含は読者に「読み終わった後で希望を抱いてほしくない」と口にしている。確かに、思琪の物語に、希望はないかもしれない。けれど、物語の中で、思琪と怡婷が映画『活きる』（原作：余華／監督：張芸謀）を見ていた時に伊紋が口にした「他人の苦しみを傍観するだけの人にはならないで」という言葉が、「他人の苦痛に対して、より想像力のある人間になりたい」と自身の結婚披露宴の挨拶で語った林奕含の言葉と重なる。助けを求めることもできなかった房思琪の心に寄り添い、苦しみながら息をひそめている魂の叫びに耳をすませ、心を研ぎ澄ませて、「あなたは悪くない」と伝えることはできる。これが、林奕含が何より伝えたかったメッセージなのではないか。

訳者の力不足も強く感じたが、中国語を母語とする人が読んでも難解といわれる原文であった。語り手の「わたし」は常に「房思琪」というわけではなく、ときに「李国華」であり、「怡婷」「伊紋」「一維《イーウェン》」「毛毛《マオマオ》」であったりする。同時に「彼女」でもあり「彼」でもある。さらに、古典、現代、翻訳ものを問わず、文学を愛する林奕含の豊かな教養や知識に裏打ちされ、さまざまな文学的要素がそこかしこに散りばめられ、意識して深読みしなければ見落としてしまうようなメタファーや本歌取りともいうべき緻密な技法も少なからず織り込まれた原文の美しさが伝わらないようであれば、それは訳者の不徳の致すところである。翻訳にはできるだけ日本の小説を読むのと同じような読み易さを心掛けてきたが、本書は「もっと読み易く、という思い」と「読み易くするよりも大事なもの」との間で常に葛藤があり、逡巡した。

翻訳をすると決めてから完成までは、苦しい長い長い道のりだった。白水社の杉本貴美代さんには、長い間お待たせし、さんざん困らせてしまったが、優しく寄り添い、伴走してくれたことに、ひたすら感謝の言葉しかない。また翻訳の過程で、黄耀進さん、李琴峰さんという台湾と日本の文学界において宝物ともいうべき才能あるお二人にも大変お世話になった。

日本の読者のみなさんはこの作品をどんなふうに読むのだろう。訳者にとって、読むのも訳すのも、とにかく辛く、苦しい作品であった。それでも、繁体字、簡体字の読者である中国語圏の友人たち、韓国語訳の読者である韓国人の友人らと房思琪について語れば、それぞれの社会に思いを巡らせつつ、あふれる思いに話は尽きない。もう叶わないことではあるけれど、願わくは、著者の林奕含と語り合いたかった。

二〇一九年九月

泉京鹿

## Uブックス版　訳者あとがき

原著『房思琪的初戀樂園』の刊行から、即ち林奕含《リン・イーハン》が亡くなってからもうすぐ七年になる。生まれたばかりの子が小学生に、小学生が中学生に、中学生が未成年ではなくなるだけの歳月が過ぎた。日本語版が刊行された二〇一九年以降、この四年余りの日本を振り返るだけでも、権力を悪用した弱者や未成年に対する性虐待の痛ましい事件の発覚、告発等の報道は後を絶たない。しかし、苦しんできた被害者たちが少しずつ声をあげられるようになってきたのも、芸能界の性暴力問題が論じられる機会が増えたのも、ずっと戦い続けてきた人々の声に日本社会は応えることができず、イギリスBBC等海外の報道や指摘があってようやく少しずつ動き出したという事実も否定できない。

二〇二三年に発表された世界的なジェンダーギャップ指数（GGI）や社会制度・ジェンダー指数（SIGI）ランキングにおいて、日本は先進国でもアジアの対象国の中でも最下位の「人権後進国」といわれる嘆かわしい状況だ。一方、台湾は世界でもアジアでもトップレベルでさらに前進を続けている。林奕含が亡くなってのちすぐに、台湾各地で塾講師の実名制が義務化されたことは訳者あとがきでも触れたが、昨年には性犯罪防止法のさらなる厳格化といえる大きな動きがあった。

立法院（国会）が、ジェンダー平等教育法改正案を可決、校長や教職員が未成年の教え子と親密な関係を築くことを禁じる内容が明記された。成人した教え子については、不対等な権力関係を利用して親密な関係を築いてはならないと定められた。来年三月八日の国際女性デーに施行される。

（二〇二三年七月二十三日、台北中央社・フォーカス台湾日本語版サイト）

今回「ジェンダー平等教育法」「ジェンダー平等労働法」「セクハラ防止法」がともに改正されたのは、昨年五月末以降、台湾で大きく広がった #MeToo 運動が法律を動かした結果だ。そしてそれは、文学や映画・テレビドラマなどのコンテンツが性暴力問題を可視化し人々の意識を変えたことが大きいと言われている。（二〇二三年十月五日、台北駐日経済文化代表処台湾文化センタープレスリリース、及び同年九月十二日、東洋経済オンライン、栖来ひかり「ドラマから始まった台湾 #MeToo 運動の奥深さ」参照）

　昨年の台湾における #MeToo 運動広がりのきっかけとして、台湾総統選を舞台にセクハラやジェンダー問題を描いたNetflixのドラマ『WAVE MAKERS～選挙の人々～（原題：人選之人——造浪者）』が真っ先に挙げられるが、その少し前、二二年の話題作の存在も忘れてはならない。映画『童話・世界（英題：Fantasy World）』とNetflixのドラマ『ふたりの私（原題：她和她的她）』は、日本でも観た人は多いかもしれない。中国語圏では観た人のほとんどが「『房思琪《ファン・スー・チー》』と林奕含を思い出さずにはいられない」という作品だ。

「林晨曦《リン・チュンシー》(『ふたりの私』の主人公)はもう一人の房思琪であり、もう一人の林奕含でもある」

(「『她和她的她』映像化された房思琪の物語。女性の忍耐は決して美徳ではない」二〇二二年十一月十一日、『VOGUE TAIWAN』BY VOGUE CHINA 和 YI CHANG)

ドラマや映画の制作者たちが実際に意識したかどうかはわからないが、近年、房思琪と林奕含を想起させる映像作品が相次いで生まれており、社会への問題提起がやまないことに、林奕含の不在、そして彼女が残したものの重さをあらためて思い知らされる。

林奕含の誕生日の三月十六日、命日の四月二十七日には、中国語圏の各地で彼女の追悼集会や『房思琪』の読書会が毎年開催され、様々なSNS上でもその不在を悼む声を目にすることができる。そしてこの動きは中国語圏の外へもじわじわと広がりつつある。

本書は、日本語版のほか、中国語簡体字、韓国語、タイ語、ロシア語、ポーランド語でも刊行されすでに二〇〇万部を突破。今年五月には“*Fang Si-Chi's First Love Paradise*”のタイトルで英語版が刊行予定、続いてスペイン語、ベトナム語版が刊行される予定だという。

日本語版の刊行後、『房思琪』の感想や林奕含への思いとともに自身の被害体験を綴ったお手紙やメッセージを読者の方々からいただいた。その後数年を経ても「つらくて二度と読み返したくないけれど、絶対に一度は読んでほしい」とブログやSNSで紹介してくださる方、授業で扱って学生に勧めてくださる先生方、メディアの書評や文章で取り上げてくださる方も後を絶たない。つらい読書の中にも、作品の詩的表現や著者の文学的感性を感知し、まっすぐに受け止めて、作品として好きだと言ってくれる多くの読者がいることも嬉しかった。この数年は品切れで入手困難な時期もあったが、その間も、少なからぬ方が書店に問い合わせてくれたり、「もっと多くの人に読んでほしい」と増刷・復刊を望む声をあげてくれたりした。そんな皆さんのおかげで、また杉本貴美代さんをはじめ白水社の皆さんのご尽力のおかげで、より手にとりやすいUブックスという形での復刊が実現し、こうして新しい読者の手に届けられることを深く感謝したい。

裏を返せば、まだ救われない「房思琪」が存在するという、もどかしい現実を突きつけられているのかもしれない。それでも、だからこそ房思琪の物語の、林奕含の「パスワード」が一人でも多くの人に伝わることを願わずにはいられない。

「あなたは悪くない」

二〇二四年一月十九日

泉京鹿

# 解説

小川たまか

私は日本で性暴力の取材を続けてきたライターだが、性暴力被害の実態とは、フィクションの中でしか表すことができないのではないかと考えてしまうことがたびたびある。その理由をこれまでうまくまとめることができなかったのだが、『房思琪《ファン・スーチー》の初恋の楽園』の解説にあたって、なんとか挑戦してみたい。

## 性交同意年齢十三歳

日本では二〇一七年に性犯罪に関する刑法改正があり、これは一一〇年ぶりの大きな改正であると報道された。けれどこのとき、論点の一つであった性交同意年齢の引き上げは見送られた。当時の同意年齢は十三歳であり、この引き上げは二〇二三年の再改正を待たなければならなかった。引き上げが見送られた理由は、他の先進国では引き上げの傾向があるものの隣の韓国では依然として十三歳であることなど。その後韓国では二〇二〇年に引き上げが行われた。

性交同意年齢とは、シンプルな説明の仕方をすれば、その相手と性行為をするかどうかを自分で決定できる年齢、ということになる。

この年齢に達していない児童との性的行為は、暴行や脅迫の有無にかかわらず問答無用で犯罪だが、十三歳の誕生日からはそれが和姦ではないこと（当時の要件では暴行や脅迫によって抵抗できなかったこと）を被害者側が証明する必要があった。十三歳に対してこの立証ハードルを課すのはあまりにも酷であると引き上げの声が上がったが、反対派の理由は、ローティーンの性的自己決定権を阻害し、罰するべきではないローティーンの性行為を罰してしまう可能性があるから、というものだった。

もちろん年少者にも性欲はあり、彼らの性的自己決定権は尊重されなければならない。けれどそれを盾にとるかたちで、成人から年少者への性的加害が見逃されてきたことは説明するまでもない。五十代が十三歳に性的な行為を行っても、十三歳がそれを法に訴えたければ、相手に対して恋愛感情などなく、殴ったり脅されたりして行為が行われたのだと説明しなければならなかった。

「あの年二人は十三歳だった」（四三頁）の一文に、私は何度も苦しさを感じてしまう。あまりにも象徴的な年齢であり、とても偶然とは思えない。「十四歳を超えた人間には身にまとうことができないもの」（六一頁）に捕食者は価値を感じる。そしてその年代の、子どもと大人のちょうど間の人たちの戸惑いに対して、捕食者以外は鈍感すぎる。だから房思琪は孤立するしかなかった。

## 性的グルーミング

二〇一七年以降に日本でも大きく報道されるようになった #MeToo 運動の成果や、二〇二三年の故・ジャニー喜多川氏による未成年者への性虐待報道の結果、性的グルーミングという言葉が以前よりも知られるようになった。性虐待の当事者で支援職の資格も持つ友人はこれを「本人でさえも被害を被害と認識できない恐ろしい犯罪」「加害者による独特な戦略」と表現した。

殴ったり脅したりして性行為に応じさせれば、やられた側はそれを被害と理解しやすい（それでも自分の心を守るために被害と認識できないこともある）。しかし、自分の能力を褒められたり、承認欲求を刺激するようなことを言われて徐々に懐柔され、その延長の中で応じる行為は、いつの段階でNOを言って良いのかわかりづらく、子どもであればなおさらだ。さらに相手は「悪い人ではない」のだから、混乱し、誰かに話すまでには時間がかかる。

村田沙耶香の『地球星人』では、塾講師による児童への性的虐待が描かれる。不安定な状況の児童に近づき、徐々に性的接触を受け入れさせていくそのディティールについて、私は作家の現実に対する想像力はライターの取材を超えるのだと思わざるを得なかった。ノンフィクションよりも真実に近づくフィクションは存在する。

「君たちはわたしのことが好きなんだってね」（八二頁）。その「好き」は思琪と怡婷《イーティン》が言う「好き」とはまったく違うものなのだが、思琪は「ブーヤオ、ブーヤオ」としか言えない。言葉を読み、操ることが好きな少女が李国華《リー・グォホァ》の前では言葉を失ってしまう。このときから支配が始まる。拒んでいたはずの思琪だが「一週間置いてから思琪はまた下の階に行った」（八三頁）とあり、その間には何の説明もない。この説明のできなさ（説明のつかなさ）がグルーミング当事者の視点だ。主体的だったとも、強いられたとも思いたくない。そのどちらかでは説明できない。「何が本当？　何が嘘？　本当と嘘が相対するものであるとは限らないし、世界に絶対的な嘘が存在するとは限らない」（八九頁）のだ。

## 法は現実をすくいきれない

けれどこういった複雑な被害者心理を理解しようと努める人は、文学の真摯な読者以外ではなかなかいない。性被害を告発する人に投げられる「なぜ逃げなかったのか」「なぜそんな格好をしていたのか」「なぜ今さら言うのか」といった言葉を、多くの人が目にしているだろう。それは二次加害にあたる言動だと指摘されてもなお、ネット上では矢のような言葉が連日放たれる。……つい筆が滑って「文学の真摯な読者以外では」と書いたけれども、文学を愛する人の中にも目の前の性暴力に鈍感な人がいるのは悲しいことだ。

さらに言えば、社会の認識は法に反映される。警察が被害者に対して「なぜ」を繰り返し問い、捜査しなかったり、検察が起訴を断念することもあった。二〇二三年まで強制性交等罪の構成要件は「暴行・脅迫」、準強制性交等罪は「抗拒不能・心神喪失」であり、例えば不意打ちの行為に驚きフリーズして抵抗できなかったと被害者が証言した場合、それでは「性犯罪ではない」と判断されることがあった。

「性犯罪」は「性暴力」の中のごく一部でしかないのだ。

刑事事件で立件できず、やむをえず民事での訴訟となっても、なぜ事件の後に加害者に迎合的なメールを送ったのか、なぜ普段通りの生活を続けることができたのかといった問いに被害者は晒される。

二〇一九年三月の四件の性犯罪無罪判決は日本社会に衝撃を与えた。その中の一つは、中学生の頃から実父から性虐待を受けた十九歳の女性の、十九歳になってからの被害について、その頃にはもう実父からの加害を拒めることもあったのだから、法律が定める「抗拒不能」の条件には当たらない（＝実父は無罪）という判断だった。控訴審では被害者心理の第一人者である精神科医師が数時間にわたって証言を行い、それでようやくこれが性犯罪だと認められた。

これが無罪判決だったからこそ世間に知られることとなったが、被害届の不受理や不起訴は、その理由が明らかにならない。繰り返すが「性犯罪」となることができる「性暴力」はほんの一部なのだ。

李国華が郭暁奇《グオ・シャオチィ》にしたことを、暁奇の両親でさえも「被害」とは思っていない。暁奇はある時期から、性に奔放な、まるで多くの二次加害者が思い描くような振る舞いをするし、彼女以外の視点からは、その告発の方法は常軌を逸しているように見える。けれど「写っているのは蟹の思琪」

（二五八頁）のように、李国華の行いを直接的に知っていたり、あるいは第三者として初めて知ることになるのは、暁奇や怡婷といった思琪と同年代の同性たちであり、それ以外の人が知る頃には、その衝撃はだいぶ和らげられている。

人々の目には告発はセンセーショナルに見えるが、その前に行われていた恐ろしい事実――「魂のふたご」が「汚染され、落書きされ、残飯にされた」（二六九頁）事実――は、好奇の目で見られる告発者の姿ほどは伝わらない。

「どうしようもない。証拠が必要で、証拠がなければ、逆に名誉毀損だと言いがかりをつけられて、反撃されてしまう。そして、相手が勝訴する」（二六九頁）。法は弱者を守るものではないし、強者の視点から見える範囲で作られている。

## 作られる被害者の理想像

台湾の小説なのに、日本の性犯罪に関する法律や二次加害の状況が関係あるのかと思われる人もいるかもしれない。けれど家父長制の社会を土台にして築かれた法があり、法が時代とともに洗練されていくとはいえ、児童など社会的弱者の視点は後回しになりがちである点は、共通するだろう。そしてそういった土台のある社会の中で、性被害者の実態を世に表し、その通り受け取ってもらうのは非常に困難なことだ。

実の親からの性虐待を受けていた当事者が「それでも親を好きだった一面もある」と話すのを聞

いたことがある。グルーミングはとても複雑な被害で、被害者側が「自分が相手を誘ったのだ」と思い込まされていることもあるし、外形的に見ればそう振る舞っていることもある。

このような心理や行動を、短い記事で無防備にネットの海に投げ込むことがどれだけ危険か理解してもらえるだろうか。それをそのまま「子どもにも性欲があるのだから、早いうちから教えてあげて良いのだ」と受け取る加害者はいるし、その発言を信じて被害者を非難する加害者の〝支援者〟も決して少なくない。

また、言葉を尽くしたノンフィクションであっても、それは結局第三者の聞き書きにしかなり得ない。誰もがインターネットを通じて自身の声を直接発信できる現代で、性被害当事者の率直な語り以上に記者の記事が意味を持つことがあるだろうか。私はないと思う。

## 『房思琪の初恋の楽園』

性暴力の加害者がその行為の責任を被害者に求め、自己と向き合うことから逃げ続ける一方で、被害者は自分を責め、自分と向き合い、ときに加害者のその過去や未来とも対話を求め続ける。社会が性被害当事者にそれを求めるからである。他の被害とは違い、性被害は自分で自分を「性被害当事者だ」と絶えず確認し続けなければ、当事者は当事者でいられない。それはときとして人を狂わせる事実である。

人生の大切な記憶の中に絶えず思琪を思い出している怡婷は悲痛である。「療養所にいる、大小便すら自分で処理できない思琪、彼女の思琪。どんなことをしていても、彼女は思琪を思った。思琪がこんな経験をすることはないのだと思った」（一一七頁）。けれど彼女の語りによって、私たちは狂った人が自分から世を離れていくわけではなく、世の中が彼女ら彼らを排除する事実に気づかされる。怡婷は心の中で思うことしかできない。それは多くの支援者の事実だ。

二人が慕った優しい伊紋《イーウェン》は怡婷に言う。「世界にはこんなことに向き合わされないといけない人間なんていない」（二七九頁）。林奕含が林奕含に言った言葉だと思う。

誤解を恐れずに言えば、「なぜ」性被害に遭ったのかを問い続ける中で自分の言葉を獲得するに至った当事者に私は何人も会ってきた。彼女ら彼らの多くは性被害に遭ったことでコミュニティから弾き出されたような感覚も体験していて、社会とのつながりを見出す作業の一つが言葉の獲得なのだとも思う。一方でその過程で死に引き寄せられる人もいる。

彼女ら彼らはときとして加害者の心理を語ることもできる（李国華は、房思琪よりも雄弁に見える）。けれどそれを真実とするにあたっては、さすがにフィクションの力を借りなければ難しい（房思琪よりも雄弁に堂々と李国華に語らせることで、林奕含は彼を辱めようとしたようにも見えるが、それは単純すぎる解釈かもしれない）。またフィクションの良いところは、例えその中で描かれる人物が読者から「二次加害」あるいは的外れな解釈を受けたとしても、その人物が架空であることだ。

『房思琪の初恋の楽園』は書かれるべき時期に書かれるべくして書かれた作品であると思う。これがもう少し前に書かれていたら、社会はこれを悲劇としては受け止めず、子どもと大人の間での対等な性的同意もあり得るのだという、繰り返されてきた加害者のファンタジーに利用していたかもしれない。

訳者あとがきによれば、著者はこれを「誘惑された、あるいは強姦された女の子の物語」ではなく「強姦犯を愛した女の子の物語」なのだと言いつつ「かすかな希望を感じられたら、それはあなたの読み違いだと思うので、もう一度読み返したほうがいいでしょう」とも言ったという。林奕含は、もうこれ以上、小説の中以外では語りたくなかったのではないか。小説の中で表したもの以外による解釈を拒んだのではないか。

彼女の真実は小説の中にしか存在し得なかった。だから私は彼女の死を悲劇ではなく必然のものとして受け止めたいと願うけれど、そのような解釈も彼女は拒むだろう。

（おがわ・たまか／ライター）

著者略歴
林奕含（リン・イーハン）
1991年3月16日－2017年4月27日
台湾・台南で名の知られた皮膚科医の娘として生まれ、幼少期から作文や数学で優秀な成績を収め、多くの表彰を受ける。高校2年のときにうつ病を患う。2009年、台北医学大学医学部に入学するが、2週間で休学。その後、3度の自殺未遂。12年に国立政治大学文学部中国文学科に入学、3年生のときに再び休学。17年2月に、デビュー作であり唯一の著作である本書を出版。その二か月後に自殺。「これは実話をもとにした小説である」と本書に記していることから、台湾社会に大きな波紋を呼んだ。17年、Openbook好書賞（台湾）、18年、第1回梁羽生文学賞大賞（中国、広西省）を受賞。中国語簡体字、韓国語、タイ語、ロシア語、ポーランド語でも翻訳刊行され、200万部突破。2024年に英語版、後にスペイン語、ベトナム語版が刊行予定。

訳者略歴
泉京鹿（いずみ・きょうか）
1971年、東京生まれ。フェリス女学院大学文学部日本文学科卒業。北京大学留学、博報堂北京事務所を経てライター、メディアコーディネーター、翻訳者として16年間北京で暮らす。訳書に、余華『兄弟』（文春文庫、アストラハウス）、閻連科『炸裂志』（河出書房新社）、『太陽が死んだ日』（共訳、河出書房新社）、王躍文『紫禁城の月 —— 大清相国　清の宰相 陳廷敬　上・下』（共訳、メディア総合研究所）、九把刀『あの頃、君を追いかけた』（共訳、講談社文庫）など。大学非常勤講師。

本書は2019年に単行本として小社より刊行された。

白水uブックス　251

房思琪《ファン・スーチー》の初恋の楽園

著　者　林奕含
訳　者©泉京鹿
発行者　岩堀雅己
発行所　株式会社白水社
東京都千代田区神田小川町3-24
振替　00190-5-33228　〒101-0052
電話　(03) 3291-7811（営業部）
(03) 3291-7821（編集部）
www.hakusuisha.co.jp

2024年2月15日印刷
2024年3月10日発行
本文印刷　株式会社三陽社
表紙印刷　クリエイティブ弥那
製　本　誠製本株式会社
Printed in Japan

ISBN978-4-560-07251-6

乱丁・落丁本は送料小社負担にてお取り替えいたします。

白水uブックス